茅盾研究
八十年書系

錢振綱・鍾柱松◎主編

吳奔星◎著

3

茅盾小說講話
（1954年3月初版）（1982年8月修訂版）

花木蘭文化出版社

國家圖書館出版品預行編目資料

茅盾小說講話（1954 年 3 月初版）　吳奔星 著／茅盾小說講話（1982 年 8 月修訂版）　吳奔星 著 — 初版 — 新北市：花木蘭文化出版社，2014〔民 103〕

目 2+104 面 ＋ 目 2+104 面；19×26 公分

（茅盾研究八十年書系；第 3 冊）

ISBN：978-986-322-694-9（精裝）

1. 沈德鴻　2. 中國小說　3. 文學評論

820.908　　　　　　　　　　　　　　　　　103010064

中國茅盾研究會《茅盾研究八十年書系》編委會

主　　編：錢振綱　鍾桂松

副主編：許建輝　王中忱　李　玲

特邀顧問：

邵伯周　孫中田　莊鍾慶　丁爾綱　萬樹玉　李　岫

王嘉良　李廣德　翟德耀　李庶長　高利克　唐金海

茅盾研究八十年書系
第 三 冊

ISBN-978-986-322-694-9

9 789863 226949

ISBN：978-986-322-694-9

茅盾小說講話（1954 年 3 月初版）

本書據上海泥土社 1954 年 3 月初版重印

茅盾小說講話（1982 年 8 月修訂版）

本書據四川人民出版社 1982 年 8 月修訂版重印

作　　者　吳奔星

主　　編　錢振綱　鍾桂松

總 編 輯　杜潔祥

副總編輯　楊嘉樂

編　　輯　許郁翎

出　　版　花木蘭文化出版社

社　　長　高小娟

聯絡地址　235 新北市中和區中安街七二號十三樓

　　　　　電話：02-2923-1455 ／傳真：02-2923-1452

網　　址　http://www.huamulan.tw 信箱 hml810518@gmail.com

印　　刷　普羅文化出版廣告事業

初　　版　2014 年 7 月

定　　價　60 冊（精裝）新台幣 120,000 元

茅盾小說講話
（1954年3月初版）

吳奔星　著

作者簡介

吳奔星（1913～2004），湖南安化縣人。現代詩人、學者、現代文學史家、教育家。1949 年前主要從事新詩創作活動，曾於 1936 年與李章伯創辦北平《小雅》詩刊。1949 年後在武漢大學、江蘇師範學院、南京師範大學等高校教授現代文學。出版有《語文教學新論》（1950）、《閱讀與寫作的基本問題》（1953）、《茅盾小說講話》（1954）、《文學作品研究》（1954）、《魯迅舊詩新探》（1981）、《文學風格流派論》（1987）、《中國現代詩人論》（1988）、《錢玄同研究》（1991）、《詩美鑑賞學》（1993）、《虛實美學新探》（2000）等學術專著。

提　　要

　　本書首先把茅盾的創作道路，特別是他的文藝觀點和創作思想的演變作了簡要的論述；其次就最能體現茅盾創作上的成就的代表作品，如：《春蠶》、《秋收》、《殘冬》、《林家舖子》、《子夜》等加以詳盡的分析，指出它們的思想意義和藝術價值。前者如骨骼，後者如血肉。兩者結合起來看，就能明確茅盾在我國現代文學史上的地位及其對現代文學的貢獻。

　　本書據上海泥土社 1954 年 3 月初版重印。

目次

茅盾——在社會主義現實主義征途上奔馳的戰士（代序）

一　茅盾的創作反映了中國人民在革命鬥爭中自我教育和自我改造的面影

在我國現代文學的發展過程中，茅盾是起了和起著巨大作用的作家之一。把他的一些代表作品作一個輪廓式的考察，就差不多可以看到在新民主主義革命發展過程中，中國人民通過以工人階級為領導的反帝反封建的鬥爭，爭取自我教育自我改造並且日益堅強起來的面影。

比如他的《虹》（成書於《蝕》之後）和《蝕》，反映了「五四」到第一次國內革命戰爭時期內小資產階級知識分子的一些思想情況。《虹》反映了五四到五卅一個時期內小資產階級知識分子爭取個性的解放、對於真理的追求以及在城市革命工作者（如梁剛夫等）策動之下舉行的反帝反封建的五卅大示威；同時也寫了國家主義派那班人（如李無忌）的改良主義和準備做國民黨匪徒的那班人（如徐自強）對反帝鬥爭的袖手旁觀的態度。他的《蝕》反映了大革命時代小資產階級知識分子幻滅、動搖和追求的思想情況。

至於他的《子夜》、《林家舖子》和所謂「農村三部曲」——《春蠶》、《秋收》和《殘冬》以及《兒子去開會去了》則更明確地反映了第二次國內革命戰爭時期內中國人民和反動統治階級的矛盾，和帝國主義的矛盾，並且真實地具體地寫出工人與資本家的鬥爭、農民與地主的鬥爭以及青年學生為掀起

抗日戰爭與帝國主義和封建勢力所作的鬥爭。特別值得我們重視的，是出現於作品中的人物，除了一些反動的官僚、工業資本家、金融買辦資本家和地主階級外，主要的是共產黨員、工人、農民、青年學生、革命的知識分子、小商人，使人看到當時複雜的階級關係和階級鬥爭的複雜性。

到了抗日戰爭時期，他寫了《第一階段的故事》、《腐蝕》和《清明前後》（劇本）等作品，反映了抗戰八年國民黨匪幫內部的罪惡面和腐朽面。《第一階段的故事》的主題是宣傳抗日民族統一戰線的。以上海爲背景，寫從抗戰爆發到上海撤退四個月間的動態，企圖表現淪陷前上海的全貌。他寫了大學教授（如朱懷義）的悲觀主義，逃難地主的消極情緒，巨商富賈（如潘海成）的製造謠言、操縱金融，反動官員的濫用職權、貪污腐化，也寫了民族資本家（如何耀先）的轉變過程，和許多愛國青年的堅定勇敢，走向抗日聖地——延安。《腐蝕》是通過一個被國民黨特務機關陷害了的女青年的一本日記，來「告訴關心青年幸福的社會人士，今天的青年們在生活壓迫與知識饑荒之外，還有如此這般的難言之痛，請大家再多注意」。日記的主人公是一個叫趙惠明的女青年，她不幸陷入國民黨的特務組織——那個「可怖的環境」。她要照人家的計劃行事，用「某種姿態」去接近進步人士，「注意最活躍的人物，注意他們中間的關係，選定一個目標作爲獵取的對象」，或者把自己的肉體當作香餌擺下「美人局」，引誘進步青年拋棄信仰，出賣同志。這日記寫的是一九四〇年九月十五日到一九四一年二月十日這五個月間，她在重慶所遭遇的事故和內心的難言之痛。這五個月是抗戰期間一段最黑暗的時期：對內，國民黨破壞統一戰線，陰謀進攻新四軍，造成令人痛心的皖南事變；對外，「和平」（實質上是國民黨的準備投降）的謠傳正盛，汪僞特務潛入大後方，大肆活動，而重慶則是光明與黑暗界限分明的場合。通過活動於這個場合的女主角趙惠明，作者大膽暴露了反動派的嘴臉：殘忍、狡獪、無恥。同時也使人看到那些堅貞不屈的革命者——由特殊材料做成的共產黨員挺立在牛鬼蛇神之中，不躲閃、不退讓的英雄形象。從他們身上我們可以聽到新中國脈搏的跳動，體會出終不肯讓祖國「腐蝕」下去的眞誠的願望和堅定的意志。《清明前後》是作者第一次嘗試寫作劇本的作品。《第一階段的故事》和《腐蝕》寫的是抗戰前期，這個劇本寫的則是抗戰後期接近勝利的時候，即一九四五年清明前後重慶發生的一件於國家很不名譽的事件，那就是所謂「黃金案」。作者以這闊動山城的事件爲背景，來描寫若干人物的行動。

據他在《後記》中的說明，是他把當時某一天報紙上的新聞剪下來排成一個紀錄，然後依據了這個記錄來動筆的。其中有青年失蹤或被捕的事、有災民湧到重慶的事、有工廠將倒閉的情形、小公務員因挪用公款買黃金投機被罰辦的情形、一般薪水「階級」因物價上漲而掙扎受苦的情形、高利貸盛行的情形、所謂「聞人」「要人」在各方面活躍的情形、官商界互相勾結的情形。作者根據他在重慶那個大型集中營式的城市中多年的生活體驗，把這許多形形色色的事件寫成這個劇本。劇本的主題是工業的現狀與出路。而作者對於出路，只在末幕用寥寥幾句話點明，認為「政治不民主，工業沒有出路」。他全部的氣力著重於現狀的描寫，即黑暗的暴露。故事並不複雜：有一個更新鐵工廠的總經理，林永清，於「八一三」戰爭時依照「政府國策」，辛辛苦苦把全部工廠設備與工人搬到重慶，經營了許多年，結果落了虧空，借重利債款至二千萬元之巨。為要苟延工廠的命脈，不惜犧牲了平生潔白的工業志願，竟想向某財閥借一筆新借款來試作黃金投機買賣，結果偷雞不著損了一把米。這裡所表現的是金融資本壓倒實業資本的情形。在帝國主義，封建主義與官僚資本主義的壓迫下，舊中國的實業資本家也是沒有出路的，而金融資本家則一向是經濟界的驕子，此中情形，作者看得很明白，戰前寫的《子夜》就反映了他們的飛揚跋扈的面貌。但《子夜》中所寫的只是平時的狀況，而這劇本中所寫的卻是戰時的狀況，兩者比較起來，後者更酷虐、更兇狠了。

由這一個粗略而不全面的考察，也可說明茅盾的創作不但扣緊了而且大體上反映了新民主主義革命發展中的一些現實情況。因此，我們研究茅盾的作品，不僅僅要注意他如何刻劃人物，而且要注意他所刻劃的人物所處的「典型環境」——即人物性格所產生的社會基礎是什麼，人物所負荷的歷史使命是什麼。同時，讀他的作品，不僅僅要注意他如何真實地反映某個具體的歷史階段，而且要注意他所反映的現實生活的典型性的程度在我國現代文學逐步走向社會主義現實主義的歷程中的影響如何，即承前啓後的作用如何。

然而非常遺憾，直到目前為止，對茅盾作品的研究工作還是一個空白。使得廣大的讀者，對茅盾的作品不能獲得新的認識，作出新的估價。由於我個人思想認識水平和文藝理論水平的限制，自然還遠不足以填補這個空白，也不曾妄想填補這個空白，但希圖引起高明的文藝理論工作者的注意，設法及時來填補這個空白，倒是存心已久的。因此，這裡選擇茅盾在第二次國內革命戰爭時期內所寫的幾篇作品來加以初步的分析和評價，也只是想和一般

文藝工作者、語文教學工作者和文藝愛好者交流一些關於閱讀茅盾小說的心得，藉以引起大家研究的興趣。如果有一得之見，就供給大家參考；如果有缺點和錯誤，也希望大家指正，使我有訂補的機會，我覺得在這一個新的研究工作上面有了缺點和錯誤而能得到同志們善意的指正，幫助自己不斷地提高，那該是最感幸福的事。

二 茅盾文藝觀點的演變：由籠統的「為人生」到熱愛被侮辱和被損害者

至於我為什麼暫時只選取他在第二次國內革命戰爭時期所寫的幾個長短篇來作為發表學習心得的依據，則是由於我對茅盾創作道路的一些粗淺的理解來決定的。

茅盾是文學研究會有代表性的主要成員之一。在大革命前他致力於西歐、舊俄和蘇聯文學理論、文學創作、乃至文壇情況的介紹，對於新文學運動從破壞舊的封建文學的階段走向建設新的現實主義文學的階段，他是有了相當偉大的貢獻的。他當時對文學的態度和主張，也可以說是文學研究會這個團體對文學的態度和主張。文學研究會是適應「要校正那遊戲的文學觀」之客觀的需要而產生的。他們對於文藝原本沒有「一致」的意見，但是覺得「將文藝當作高興時的遊戲或失意時的消遣的時候，現在已經過去了」，卻是他們的基本的態度。他們當時「在反對遊戲的消遣的文藝觀這一點上，頗有點戰鬥的精神」（茅盾：《關於文學研究會》）。他們要在「打破舊文學觀念的包圍」的鬥爭中進行新文學的建設。這就是「為什麼本身組織非常散漫的文學研究會卻表現了那樣很有組織似的對舊文學觀念的鬥爭」的緣故。正因為文學研究會除了那一基本的而且共同的態度以外，就沒有任何主張，沒有什麼綱領，「所以在『五四』以後新文學運動萌芽時期能夠形成一個雖然很散漫但是很廣大的組織，因而在反對遊戲的和消遣的文學觀這方面盡了微薄的貢獻」（同上）。但也正因為文學研究會反對遊戲的消遣的文藝觀，便被人目為提倡「為人生的藝術」。茅盾說：「文學研究會並沒有什麼『集團』的主張。儘管有個別會員曾經提倡『為人生的藝術』，並曾發表論文，但從未在書面上或口頭上表示那是集團的主張。」雖然如此，茅盾卻也承認「文學研究會多數會員有一點『為人生的藝術』的傾向，卻是事實」。這所謂「多數會員」該是包括他

本人在內的吧。他在一九二一年曾經說過這樣的話：

> 翻開西洋的文學史來看，見他由古典——浪漫——寫實——新
> 浪漫……這樣一連串的變遷，每進一步，便把文學的定義修改了一
> 下，便把文學和人生的關係束緊了一些，並且把文學的使命也重新
> 估定了一個價值。……這一步進一步的變化，無非欲使文學更能表
> 現當代全體人類的生活，更能宣洩當代全體人類的感情，更能聲訴
> 當代全體人類的痛苦與期望，更能代替全體人類向不可知的命運作
> 奮抗與呼籲。（《小說月報》第十二卷第二期：《新文學研究者的責任與努力》）

這樣公開的告白，確是一種「為人生的藝術」的傾向。不過在階級社會
裏，這種為「全體人類」的「人生」的觀點，在反對遊戲的和消遣的文學觀
上雖有其一定的積極意義，但終嫌籠統和空泛。特別是在帝國主義侵略中國
越來越兇的時候，為「全人類」的看法是難於言之成理的。因此他接著有所
修正：

> 不過，在現時種界、國界以及言語差別尚未完全消滅以前，這
> 個最終的目的（為全體人類）不能驟然達到。因此，現時的新文學
> 運動都不免帶著強烈的民族色彩（茅盾在此處並舉愛爾蘭和猶太的
> 新文學有此傾向作例——星），對全世界的人類要求公道的同情。我
> 們中國的新文學運動，不能不是這種性質了。

這裡值得我們注意的是他不但把文學和人生的關係拉得很緊，而且提倡
以文學的民族色彩去削減「全體人類」一詞的籠統性。這種主張在現代文學
的發展上有其一定的進步作用。只是他所說的「人生」仍是一種從全體人類
的「人生」到每一個民族的「人生」，還不是階級分明的「人生」。正因為如
此，使得當時《小說月報》發表的創作大體上也就反映了各個階級和各個階
層的「人生」。

因為他主張為「民族的」人生，便認為文學要有個性和國民性。他說：

> 創作須有個性，……但要使創作確是民族的文學，則於個性之
> 外；更須有國民性。所謂國民性，並非指一國的風土民情，乃是指
> 這一國國民共有的美的特點。……中華這麼一個民族，其國民性豈
> 無一些美點？……國民性的文學，如今正在創造著。

但是所謂「個性」是什麼階級的人的個性，所謂「民族」主要包括那些
階級？當時的茅盾並沒有明確地指點出來。這些問題如不解決，想要通過文

學去表現優秀的「國民性」，自然感到方向不明，而所表現出來的「國民性」也就未必都是真正優秀的「美點」。不過，他既已肯定文學要表現「民族的」人生，要表現「個性」和「國民性」，他就得出了「以文學為純藝術的藝術，我們是不應承認的」的結論。於是他接著反對世紀末的頹廢文學，大力介紹自然主義及寫實主義的文學理論和文學作品。

「為什麼人」的「人生」的問題，他這時還只到達「為民族」的「人生」的程度；至於「如何為法」呢？他說：

> 人們怎樣生活，社會怎樣情形，文學就把那種種反映出來。譬如人生是個杯子，文學就是那杯子在鏡子裏的影子，所以可以說文學的背景是社會的。

他這種文學被社會所決定的觀點，實淵源於泰納的文學理論。泰納的社會學的文學觀，主張文學是社會的表現，對於觀念論的文學觀當然是進步的。但是泰納的文學理論，雖披著科學的外衣（用心理學和社會學解釋藝術的表現），但由於他不認識社會中的階級關係，其理論就如同建築在沙灘上，大部分是立不住、站不牢的。茅盾介紹這種理論，適足說明當時小資產階級出身的作家們想從歐洲資本主義國家內流行的文學理論探索中國現代文學的出路而終於找不到出路的困惑的思想情況。不過他所說「文學的背景是社會的」，對於唯心論的文學觀說來，無疑地還是進了一步。

由於中國社會的急劇發展：一方面是帝國主義操縱下的封建軍閥的野蠻統治與互相割據的惡劣形勢，另一方面是中國共產黨領導下的工人階級跟他們作不調和的鬥爭兩者所繪成的中國社會的血腥的圖畫（如「二七」慘案等），使向來關心祖國人民的生活和命運而又是努力地向現實主義邁進的茅盾，在肯定文學與人生、文學與社會的關係的基礎上，更進一步地正視現實，並且作了深入的體驗與瞭解，於是，在他的文藝思想中便增長了社會主義現實主義的因素。他在介紹西歐文學的同時，也注意到了東歐和舊俄的文學，特別是接觸到了蘇聯的文學。他經常在《小說月報》上介紹蘇聯文藝界的動態。如《勞農俄國治下的文藝生活》（見《小說月報》十二卷一、二期）、《俄國文學出版界在國外之活躍》（第四期）、《文學家對於勞農俄國的論調》等篇。這些資料在當時把中國讀者的視線引到一個新的方向。並且《小說月報》第十期還出了一個「被損害民族的文學專號」，又加上共產黨人瞿秋白和惲代英等同志的影響（如瞿秋白曾在一九二四年六月十日出版的《小說月報》第十五卷第六號發表《赤俄新文藝時

代的第一燕》，惲代英曾在《少年中國》上主張「現在的新文學」應該「激發國民的精神，使他們從事於民族獨立與民主革命的運動」之類），於是文學要為社會服務，要為革命服務——為民族獨立與民主革命服務，應同情被損害者與被侮辱者的觀點逐漸確定下來。茅盾在《大轉變時期何時來呢》一文中說：

> 我們相信文學不僅是供給煩悶的人們去解悶，逃避現實的人們去陶醉；文學是有激勵人心的積極性的。尤其在我們這時代，我們希望文學能夠擔負喚醒民眾而給他們力量的重大責任。我們希望國內的文藝青年，再不要閉緊眼睛暝想他們夢中的七寶樓臺，而忘記自身實在是住在豬圈裏。我們尤其反對青年們閉了眼睛忘記自己身上帶著鐐鎖，而又肆意譏笑別的努力想脫除鐐鎖的人們。

由於他敢於正視現實，才體認出文學所擔負的重大責任——喚醒民眾而給他們以力量。這種對於文藝的武器作用的認識，是在他的思想水平的不斷提高上完成的。他這時可以說初步地明確了社會階級的懸殊，初步地認識到工人階級是革命的主導力量，他所謂的「人生」已不復如以前那樣的含混籠統，已經開始認識到廣大「民眾」是「被損害與被侮辱」的被壓迫的階級。他在《社會背景與創作》一文中說：

> 我們現在的社會背景……由淺處看來，……兵荒屢見，人人感覺生活不安的痛苦，真可以說是亂世了。……如再進一層觀察，頑固守舊的老人和向新進取的青年，思想上衝突極厲害，應該有易卜生的《少年社會黨》和屠格涅夫的《父與子》一樣的作品來表現它……總之，我覺得表現社會的文學是真文學，是與人類有關係的文學。
> 在被迫害的國家裏更應該注意這社會背景。

由於他特別注意那樣的「兵荒屢見，人人感覺生活不安的痛苦」的「亂世」的社會背景，他於是主張「愛被損害者與被侮辱者」（茅盾：《自然主義與中國現代小說》）。這種愛不是抽象的，也不是旁觀的，必須是站在被壓迫者的立場上，通過具體的行動去表現，使被損害者不受損害，被侮辱者不受侮辱。於是他從一九二四年以後參加了第一次國內革命戰爭，開始接近了工農勞苦大眾。他說：「一九二五～二七，這期間，我和當時革命運動的領導核心有相當多的接觸，同時我的工作崗位也使我經常能和基層組織與群眾發生關係。」（《茅盾選集自序》）這是茅盾思想發展的一大關鍵。

當然，他由面向「全人類」到面向被損害與被侮辱的工農勞苦大眾，是

並不簡單的，這是一個根本方向的轉變。這一個轉變是一個摸索的過程，也是一個思想鬥爭和思想改造的過程。茅盾如此，大多數的文學研究會會員們也無不如此。不過，文學研究會會員們的思想水平的發展是很不平衡的，他們最初雖多數傾向於「為人生的藝術」，到後來逐漸就有程度不同的分別了。像茅盾等發展到了「為」被壓迫民眾的「人生」，像周作人等卻發展到「為」資產階級的「人生」。同樣是「為人生」，而其精神實質是不同的。大革命開始後，文學研究會這個原本比較散漫的團體就開始了分化；大革命失敗後，這個分化便與政治上的分化同時出現了，而文學研究會也就若有若無了。因此，茅盾以為在一九二八年以後仍有人把文學研究會當作「人生派」的文學集團看，是「不免冤枉了文學研究會這集團」的。他說：

> 雖然所謂「為人生的藝術」本質上不是極壞的東西，但在一般人既把這頂帽子硬放在文學研究會的頭上以後，說起文學研究會是「人生派」時便好像有點訕笑的意味了。這訕笑的意味在當時是這樣的：文學研究會提倡「人生派」藝術，卻並沒做出成績來呀！用一句上海俗語，便是「戲牌頭」而已！一九二八年以後，仍舊把文學研究會當作「人生派」的文學集團的人們卻又把那訕笑轉換了方向；這就是我們常聽得的一句革命歌訣：「什麼人生派藝術，無非是小布爾喬亞的意識形態！」
>
> 我以為這兩個態度都不免冤枉了文學研究會這集團。(茅盾：《關於文學研究會》)

誠然，「這兩個態度」對文學研究會這一整個集團來說是「不免冤枉」的，對茅盾先生個人來說，更是「不免冤枉」的；但對分化以後的文學研究會的其他成員如周作人、徐志摩來說，我想是並不太冤枉的。我之所以說對茅盾本人來說是冤枉的，理由就是基於上述茅盾在大革命失敗前文藝觀點的轉變和適應他「愛被損害者和被侮辱者」的觀點而產生的實際的革命活動，以及在大革命失敗後或多或少反映了實際革命活動的創作：《蝕》(《幻滅》、《動搖》、《追求》)。當然，我並不是說具有了愛護被壓迫民眾的觀點，參加了大革命活動而又寫了《蝕》的茅盾，已經完成了他的無產階級思想的體系，到達了高度的馬克思主義者的思想水平。我只是說他在寫作《蝕》時已初步的具備了階級觀點，只是還缺少工人階級的遠見，不能全面地長遠地看革命形勢的發展。大革命失敗後，他只看到國民黨的猖狂和腐敗，只看到革命一時的挫折，卻

看不到，至少看不明白，有千千萬萬的革命青年、工農大眾，在中國共產黨的領導下踏著先驅者的血迹繼續猛進，爲創造一個新的時代、新的社會而奮鬥。寫作《蝕》時的茅盾先生充滿了悲觀失望的情緒，我想這該是原因之一。他自己說過，那時他既暫時中止了革命活動，就不願再裝出一副「慷慨激昂」的樣子，把話「說得勇敢些」；況且他「想到自己只能躲在房裏做文章，已經是可鄙的儒怯，何必再不自慚的偏要嘴硬呢」？因此他以爲：

> 我只能説老實話：我有點幻滅，我悲觀，我消沉，我都很老實的表現在三篇小説裏。我誠實的自白：《幻滅》和《動搖》中間並沒有我自己的思想，那是客觀的描寫；《追求》中間有我最近的——便是作這篇小説的那一段時間——思想和情緒。《追求》的基調是極端的悲觀；書中人物所追求的目的，或大或小，都一樣的不能如願。……我不能使我的小説中人有一條出路，就因爲我既不願意昧著良心説自己以爲不然的話，而有不是大天才能夠發見一條自信得過的出路來指引給大家。

> 所以《幻滅》等三篇只是時代的描寫，是自己想能夠如何忠實的時代描寫；説牠們是革命小説，那我就覺得很慚愧。因爲我不能積極的指引一些什麼　姑且說是出路吧．

又說：

> 《追求》剛在發表中，……我自己很愛這一篇，並非愛牠做得好，乃是愛它表現了我的生活中的一個苦悶的時期。……就因爲那時我發生精神上的苦悶，我的思想在片刻之間會有好幾次往復的衝突，我的情緒忽而高亢灼熱，忽而跌下去，冰一般冷。這是因爲我在那時會見了幾個舊友，知道了一些痛心的事——你不爲威武所屈的人也許會因親愛者的乖張使你失望而發狂。這些事將來也許會有人知道的，這使得我的作品有一層極厚的悲觀色彩，並且使我的作品有纏綿幽怨和激昂奮發的調子同時並在。《追求》就是這麼一件狂亂的混合物。我的波浪似的起伏的情緒在筆調中顯現出來，從第一頁至最末頁。（《從牯嶺到東京》）

寫作《蝕》時的思想情況，二十多年後的今天，茅盾先生進一步告訴我們：由於他的悲觀失望的情緒，造成《幻滅》等三部小説的兩大缺點：

第一，對於當時革命形勢的觀察和分析是有錯誤的，對於革命前途的估

計是悲觀的；表現大革命失敗後的小資產階級知識分子的思想動態，也是既不全面而且又錯誤地過分強調了悲觀、懷疑、頹廢的傾向，且不給以有力的批判。這一個缺點按理是不應該發生的，因為他當時和革命運動的領導核心既有相當多的接觸，同時，他的崗位工作又使他經常地和基層組織與群眾發生聯繫，對革命形勢該有全面的瞭解，可能作出比較深刻而正確的分析；但終因思想領域中的悲觀失望情緒佔據了支配的地位，就造成了作品中的第一個缺點。

第二，是這三部小說沒有出現肯定的正面人物。雖然有一個李克，卻只在《動搖》中曇花一現，同時也不是主要人物。其所以造成這個缺點的原因，並非是由於他在大革命時代：一九二四～二七年間所接觸的各方面的生活沒有肯定的正面人物，完全是因為當時他的悲觀失望情緒使他忽略了所遇到的正面人物的存在及其必然的發展。

這兩個缺點的造成，茅盾自己歸咎於他當時還沒有認識「一個作家的思想情緒對於他從生活經驗中選取怎樣的題材和人物常常是有決定性的」。

正因為存在這樣的缺點，就使他的創作實踐和文藝理論有未能完全吻合之處。茅盾曾經這樣主張過：

> 真的有效的工作，是要使人們透過現實的醜惡，去認識人類偉大的將來，從而發生信賴，……應該凝視現實、分析現實、揭破現實。（《野薔薇序》）

《蝕》揭破了當時現實的一部分，卻沒有很好地分析現實，顯示現實的本質。所以不容易使人透過現實的醜惡，認識人類偉大的將來。作者只是片面地看到國民黨反動派統治下的幾個大城市的一些小資產階級幻滅、動搖和追求的面貌，而沒有全面地看到從城市深入農村的許多革命的小資產階級的知識分子追求真理的精神品質。也就是說只看到許多浮沉於革命低潮的灰色的人物，而沒有發掘和表現決定國家未來命運的萌芽狀態的新興的人物。關於這一點，蔡儀同志曾作如下的分析：

> 當時並不是沒有小資產階級知識分子在正當的道路上追求，何以作者不能表現在正當的道路追求的小資產階級知識分子，這不能不說是由於作者在大革命失敗以後悲觀心情的影響，和作者的客觀的現實主義的創作態度的限制。

關於「客觀的現實主義」一詞，蔡儀同志又曾有過一些說明：

　　……文學研究會的現實主義依然是舊現實主義，這也是由於社
會生活本身的規定，由於小資產階級知識分子局限性的規定。他們
的反映社會現象，主要還是對於應該否定的予以否定。只是舊現實
主義也並不是單純的，有批判的現實主義，也有客觀的現實主義。
批判的現實主義，就作者主觀來說就是政治認識深刻，所以有批判
精神；就對象來說就是社會基礎深廣，所以典型性強。兩者的結合
是由於主觀的批判精神加強對象的典型性，使舊的沒落的社會本質
表現得更充分突出。而客觀的現實主義頗近於自然主義，就作者主
觀說是政治認識不深刻，批判精神不夠；就對象說是社會生活現象，
典型性弱，兩者的結合是由於主觀精神沒有加強對象的典型性，使
所表現的是零碎的瑣屑的現象，沒有聯繫更深廣的社會生活本質，
以致看不出它的廣大的意義，而不感到怎樣的關心。

　　這個說明，大體上是正確的；但只能說是對文學研究會會員們的一般的
看法，如果根據它而肯定當時的茅盾「政治認識不深刻」，「沒有聯繫更深廣
的社會生活本質」，「頗近於自然主義」，就有些失之偏頗，並且似乎是用今天
的政治標準去衡量在二十多年前的具體的歷史條件下的茅盾的思想水平，有
些脫離實際或者反歷史主義的傾向。況且在事實上《蝕》的內容正標誌著茅
盾當時對政治已經有相當深刻的認識，同時也聯繫了深廣的社會基礎。蔡儀
同志的話，應用到茅盾身上，頂多只能說認識不「夠」深刻和沒有很好的聯
繫……。因之，他之所以不能表現正面人物，我同意「是由於作者在大革命
失敗以後悲觀心情的影響」的說法，而對於蔡儀同志所說的由於「作者的客
觀的現實主義的創作態度的限制」一點，似乎尚有值得商量之處。姑不論把
產生於我國當時的具體條件下的舊現實主義硬分為「批判的」和「客觀的」
兩種是否欠妥，只要把茅盾在《蝕》以後不久寫作的《虹》來看，也可知把
「客觀的現實主義」的帽子扣到茅盾頭上並非持平之論。因為《虹》與《蝕》
同是一個時期的作品，都是大革命失敗以後左聯成立前的作品；如果僅根據
《蝕》而忘記了《虹》，來批評作者那一個時期的創作態度，結論就未免有片
面之弊。況且真正分析起《蝕》的內容來，與所謂「客觀的現實主義」的概
念也並不完全符合。自然，《蝕》的「批判精神」誠然是「不夠」的，但也只
是在批判的現實主義的範疇內的「不夠」，用不著標新立異說它是什麼近乎自
然主義的「客觀的現實主義」。我個人以為在寫《蝕》和《虹》的時候的茅盾，

雖還不能說是馬克思主義者，卻正在從革命民主主義者向馬克思主義者發展；他的創作方法，已經是革命的現實主義，並適當地潛在著積極的浪漫主義的因素，也就是說他的作品中社會主義現實主義因素在大量地增長。如果不這樣地理解，那末，左聯成立後的茅盾就已經是一個社會主義現實主義的作家（馮雪峯等同志均有此看法），其間的繼承關係與發展軌道，就顯得突然一些了。我這一種粗淺的看法，不知蔡儀同志以爲如何？

三　茅盾思想轉變的根本原因及其在創作上的主要成就

茅盾思想的發展，前已言之，他在第一次國內革命戰爭時期，參加革命鬥爭的實際活動，是一個關鍵——由初步明確了階級關係走向革命實踐。這一個關鍵可以說是茅盾思想發展上的第一個關鍵。第二個關鍵則是在第二次革命戰爭時期左翼作家聯盟成立前後，他明確了革命發展的方向，克服了悲觀失望的情緒。這一個轉變是一個思想鬥爭的過程，是頗不簡單的。客觀上，首先是由於中國共產黨單獨領導的人民革命運動，在反動的軍事與文化「圍剿」的形勢下，確定了農村革命深入和文化革命深入的鬥爭方向，革命的前途重新閃爍著曙色，使茅盾從消極苦悶的情緒中解放出來，找到了應該繼續前進的道路。其次是由於左聯的成立，組成了進步的文藝工作者的統一戰線，標誌著文化革命深入的具體內容，密切配合革命形勢的發展，使他視野擴大，從表現小資產階級的知識分子轉變到表現工農勞苦大眾，思想中積極的因素增長，消極的因素削弱，逐步堅定了無產階級的立場、觀點並掌握了社會主義現實主義的創作方法。主觀上，由於自我思想鬥爭取得勝利後，思想領域內產生了一種自覺的學習「社會科學」——馬克思列寧主義的要求，提高了思想水平，深化了對客觀現實認識程度，於是革命的宇宙觀與先進的創作方法完全統一起來，更加勇猛地朝著社會主義現實主義的方向邁進。這兩方面是促使茅盾思想轉變而且向前發展的根本原因，是估價他的作品必須注意的中心環節。他那時認爲要使中國有辦法，必須喚醒民眾，必須煽動階級鬥爭。他已認識到「一個作家的思想情緒對於他從生活經驗中選取怎樣的題材和人物常常是有決定性的」。這時，他爲了改造和健全自己的思想方法，很注重社會科學的學習。他說：

　　……一個做小說的人不但須有廣博的生活經驗，亦必須有一個訓練過的頭腦能夠分析那複雜的社會現象。尤其是我們這轉變中的社會，非得認眞研究過社會科學的人每每不能把牠分析得正確。而社會對於我們的作家的迫切要求，也就是那社會現象的正確而有爲的反映！（茅盾：《我的回顧》）

　　社會科學的學習既如此重要，茅盾就時常反省他「漫無社會科學的修養就居然執筆寫小說，我眞是太大膽了」！於是他努力學習社會科學，亦即馬克思列寧主義，去訓練他的頭腦，武裝他的思想。這樣學習的結果，使他在創作時「未嘗敢忘記文學的社會意義」，從而唾棄那些不能夠反社映社會的身邊瑣事的描寫，那些戀愛與革命的結構、「宣傳大綱加臉譜」的公式，那些向壁虛造的「革命英雄」的羅曼司，那些只有「意識」的空殼而沒有生活實感的詩歌、戲曲、小說。這時日本帝國主義正進攻中國，他主張作家們「最低限度必須藝術地表現出一般民眾反帝國主義的勇猛，……打破帝國主義共管中國的迷夢」。

　　由於他明確了文學的使命如此重大，就主張作家必須深入生活，文學必須反映「生產」。但是當時上海等城市的文學，卻與他的主張存在很大的距離。他說：

　　……「五卅」那時候，據說上海工人總數三十萬左右，現在（一九三二）據社會局的詳細調查，也還是三十萬掛點兒零。上海是「發展」了，但發展的不是工業的生產的上海，而是百貨商店的、跳舞場電影院咖啡館的娛樂的消費的上海！上海是發展了，但是畸形的發展：生產縮小，消費膨脹！

　　這畸形的現象也反映在那些以上海人生爲對象的都市文學。消費和享樂是我們的都市文學的主要色調。大多數的人物是有閒階級的消費者：闊少爺、大學生、以至流浪的知識分子；大多數人物活動的場所是咖啡店、電影院、公園。跳舞場的爵士音樂代替了工場中機械的喧鬧，霞飛路上的彳亍代替了碼頭上的忙碌。

　　……我們有很多坐在咖啡杯旁的消費者的描寫，但是站在機器旁邊流汗的勞動者的姿態卻描寫得太少；我們有很多的失業知識分子坐在亭子間裏發牢騷的描寫，但是我們太少了勞動者在生產關係中被剝削到只剩一張皮的描寫。

　　由於反對當時的不健康的「都市文學」，他主張描寫「被剝削到只剩一張皮的」勞動者，並且描寫勞動者的生產，這應該說是茅盾在當時到達無產階級思想水平的具體表現，也是他的文藝思想到達社會主義現實主義的水平的具體表現。因爲他鼓舞作家描寫的，正是社會現象的最本質的方面。那時的「生產」，儘管是萎縮了的「生產」，他還是主張要描寫。他說：

　　　　雖然畸形發展的上海是生產縮小，消費膨脹，但是我們的都市文學如果想作全面的表現，那麼，這縮小的「生產」也不應該遺落。從這縮小的生產方面，不是可以更有力地表現了都市的畸形發展，表現了畸形發展都市內的勞動者加倍的被剝削，而且表現了民族工業的加速度沒落麼？

　　但是要寫出表現舊社會「勞動者加倍的被剝削」和「民族工業的加速度沒落」的作品，不是關起門來坐在亭子間內可以寫得出來的。他主張作家必須擴大自己的生活圈子，走到勞動群眾中去，走到工廠中去。他說：

　　　　然而都市文學新園地的開拓必先有作家的生活開拓，我們目前的都市文學實在也是作家一部分生活的反映。到作家的生活能夠和生產組織密切的時候，我們這畸形的都市文學纔能夠一新面目。（茅盾：《都市文學》）

　　茅盾說這話的時候，正在《子夜》發表之後。《子夜》是茅盾在他的「生活能夠和生產組織密切的時候」寫出來的，的確是通過了「縮小的生產」的描寫，「表現了畸形發展都市內的勞動者加倍的被剝削，而且表現了民族工業的加速度沒落」。因此，他當時倡導文學要寫生產，寫生產中被剝削的工人的理論，是在生活實踐和創作實踐相結合的基礎上適應客觀需要提出來的，不是憑空喊出來的。

　　更重要的，他不但描寫城市的工人，而且也描寫日益走向破產的農村的農民。《子夜》就是「打算通過農村（那是革命力量正在蓬勃發展的）與城市（那是敵人力量比較集中也是比較強大的）兩者的情況的對比，反映出那時候的中國革命的整個面貌。」（《茅盾選集自序》）雖然《子夜》這個長篇沒有勝利地完成這個「打算」，但結合同時期寫的歷史小說《大澤鄉》、《林家舖子》（「有點像縮緊了的中篇」的短篇小說）、《春蠶》、《秋收》、《殘冬》（也有點像由一個中篇分出來的三個連續性的短篇）和《兒子去開會去了》等篇加以綜合的研究，我以爲茅盾是完成了他在寫《子夜》時的「打算」的。這一個「打算」的完成，便使

得讀者可以從他這幾篇小說中看出「那時候的中國革命的整個面貌」—— 一方面是反動的軍事「圍剿」和文化「圍剿」，另一方面是農村革命深入和文化革命深入。這是我們應該首先學習茅盾在第二次革命戰爭時期所寫的這幾篇小說的第一個理由。

通過這幾篇作品，我們不但可以看出「那時候的中國革命的整個面貌」，而且可以了然當時的文藝思潮，就是我國現代文學的社會主義現實主義正在成長中。在這裡我們必須認識，判斷是否社會主義現實主義的作品的標準，不僅僅是看它所反映的是否社會主義社會的生活，主要是看作者是否以社會主義的立場、觀點和創作方法來表現革命發展過程中的眞實面貌。正如斯大林所指示的：一個忠實於生活的作家，自然會循著社會發展的客觀規律，成為一個共產主義者，他忠實地描寫生活，客觀生活自然會引導他向社會主義社會發展。由於茅盾是一個忠實於生活的作家，在這時期所產生的作品，社會主義的因素已經增長到佔了支配的地位。

首先就其創作態度說，在寫《子夜》時的作者，已經是一個無產階級的現實主義者；就其創作方法說，不是純客觀的灰色的描寫，而是在現實主義的基礎上有革命的浪漫主義的傾向，也就是說走上了社會主義現實主義之路了。因此，「《子夜》卻已經是屬於無產階級現實主義的作品。」（借用馮雪峯同志的話）

其次就題材的處理說，也反映了現實在革命發展過程中的眞實面貌，而且藝術的眞實性也已初步的和從思想上改造與教育勞動人民的任務相結合。如《春蠶》和《秋收》中的老通寶驚奇於「多多頭他們耀武揚威」，臨死時更覺悟到自己保守頑固的思想與當時的革命形勢有了矛盾，想不到多多頭他們的「造反」行為倒是對的。又如《殘冬》中的四大娘夫婦在群眾的說服教育下也初步克服了農民的狹隘保守的思想，跟大家一起行動起來，參加了「吃大戶」的鬥爭行列。

最後是由於茅盾克服了大革命失敗以後一九三〇年以前的悲觀失望的思想情緒，「從所接觸的各方面的生活中」，很關心正面人物的「存在及其必然的發展」。因此，在《子夜》等作品中就出現了不少肯定的萌芽狀態的正面人物，而且有的還是典型的正面人物。如克佐甫、蘇倫、瑪金、蔡眞、陳月娥（均見《子夜》）、林先生、壽生（均見《林家舖子》）、阿多、陸福慶、李老虎……（見《春蠶》、《秋收》和《殘冬》）和阿向（見《兒子去開會去了》）等。這些人物，不是被

剝削的工人、農民，就是被迫害的共產黨員、學生和小商人，都是些痛恨反動政權而懷抱著一定理想的人物。

特別值得我們注意的是不但出現了正面人物，而且他還初步地寫出了中國共產黨對城市革命工作的領導作用（如在《子夜》中的罷工風潮），對農民運動和學生運動的領導或影響。

這個三點，都符合社會主義現實主義的基本特徵，是茅盾在創作道路上的偉大成就，也是他對現代文學的巨大貢獻。這樣的成就和貢獻，對我國現代文學中社會主義現實主義的成長和發展起了推動並促其走向完成的作用，是現代文學走向為工農兵服務的過程中一塊不朽的里程碑。這是我們應該首先學習他在第二次國內革命戰爭時期所寫的這幾篇小說的第二個理由。

文藝工作者在今天所要求的政治學習，和投入生產鬥爭與階級鬥爭的理論，茅盾在二十年前就已勾畫出一些粗略的線條。如前引「一個做小說的人非得認真研究社會科學不可」和「都市文學新園地的開拓必先有作家的生活的開拓……到作家的生活能夠和生產組織密切的時候……文學纔能夠一新面目」的理論，就是一個例證。特別值得注意的是他不但提出來，而且還把這些理論去指導他的創作實踐。他說：

> 《子夜》的寫作過程給我一個深刻的教訓：由於我們生長在舊社會中，故憑觀察亦就可以描寫舊社會的人物。但要描寫鬥爭中的工人群眾，則首先你必須在他們中間生活過，否則，不論你的「第二手」材料如何多而且好，你還是不能寫得有血有肉的。（《茅盾選集自序》）

這是他用理論指導實踐而又自感理論與實際不能完全一致時的自我批評，說明他當時雖然提出了那樣的理論，但在實際中還存在著一定的距離。因此，我們學習茅盾的作品，一方面要學習他學習政治、學習生活的精神，一方面也要學他追求理論與實際一致的創作態度。而這種精神和態度都可以從《子夜》等作品中體認出來。這是我們應該首先學習他在第二次國內革命戰爭時期所寫的這幾篇作品的第三個理由。

自然，除此之外，還有許多別的理由。但我想這幾點是最主要的，足以說明他在我國現代文學史上的地位和貢獻，足以說明第二次國內革命戰爭時期是茅盾創作道路上創作力最旺、代表性最強的時期。我們要研究茅盾的創作或思想，這時期的作品就值得我們首先學習。這是我對於一九三〇年至一九

三七年之間茅盾的思想及其創作的一些膚淺的理解。

四　輝煌的文藝理論和高度的創作熱情　　預示著豐收的未來

　　抗日戰爭爆發前後，文藝界的統一戰線逐漸形成。雖然也有過論爭，但除極少數人以外，都認爲文藝是應該服務於抗戰的。因此，大家提倡文學下鄉、文章入伍，爲新文學與革命的人民大眾相結合創造了條件。許多文藝工作者都走上了戰鬥的崗位，表現了鍛鍊自己和提高自己的高遠的願望。茅盾也並不例外。抗戰後，他主編《文藝陣地》，團結進步作家，把新文學向爲工農兵服務的方向推進。但在皖南事變後，蔣管區的抗戰文學遭受了多方面的迫害。反動統治的魔手伸到政治、經濟、文化各方面，寫作的限制極嚴，凡是指謫缺點、暴露黑暗，就被認爲是動搖人心妨礙抗戰的東西。但是茅盾激於義憤與愛國熱情，仍於皖南事變後在敵人的脅迫下寫了《腐蝕》。「他的筆尖，伸到了反動統治最兇惡的、也是最腐敗的作爲政治支柱的特務組織裏面，把它盡量地、徹底地、有力地揭露出來；而且通過反動統治的這一角，反映著反動政治的全貌：它的反共活動、投降準備、和漢奸合作、對一般革命青年的殘酷的迫害。這裡表現著作者的現實主義的精神：深刻地透入本質，也緊密地聯繫全面。」（借用蔡儀的話）到了抗戰後期，他又寫了劇本《清明前後》，把他的筆尖再一次地插入反動統治最腐敗的作爲經濟支柱的官僚資本裏面去，暴露反動的金融資本如何扼殺工業資本，阻礙生產力的發展，拖住歷史車輪的前進。如果結合其他的作品如《霜葉紅似二月花》、《第一階段的故事》等作品一起分析，我們可以得到這樣的結論：七七以後至抗戰勝利是茅盾思想逐步深化的時期。那就是說他通過一九二五～二七追求眞理的時期後，到左聯成立前，有一個短時期的悲觀失望的階段；後來由於農村革命深入、文化革命深入的影響，使他看到了革命的光輝的遠景，明確了革命應該走的道路，作爲自我教育和自我改造的思想鬥爭，取得了勝利。因此，在大革命時代初步取得的階級觀點得以鞏固下來。加以他於一九三〇年以後勤懇地學習社會科學——馬克思列寧主義和蘇聯文藝界先進的創作與批評的基本方法或原則——社會主義現實主義，於是對眞理拳拳服膺，濃厚的愛國主義的色彩在他的作品中鮮明地出現，佔了支配的地位。一到抗戰發生，愛國主義的熱情

激動他更進一步地靠攏工農大眾，政治立場堅定地與反人民的國民黨集團對立起來，國民黨匪幫對他恨入骨髓。當《清明前後》在各地上演時，反動派還通過反動的宣傳機器——偽中央廣播電臺向全國播音，說該劇有毒素，要觀眾明辨是非，仔細反省，真是無恥到了極點。抗日戰爭勝利後，茅盾應蘇聯的邀請，於一九四六年赴蘇參觀與講學，國民黨匪幫曾一再阻撓。他回國後著有《遊蘇日記》、《蘇聯見聞錄》、《雜談蘇聯》等書，都是政論性雜文和報告文學一類的文字，真實地反映了蘇聯社會主義社會的飛速發展和繁榮，大大鼓舞了我國的讀者，對於第三次國內革命戰爭及至今天祖國的大規模經濟建設，都不失為鼓舞人心的動力之一。他的思想發展到這時已是愛國主義與國際主義相結合，到達了一個新的高度。

在一九五三年第二次文化大會上，「大家明確認識了社會主義現實主義的方向，是『五四』以來新文學運動的基本方向。」（邵荃麟同志總結發言）這個方向是由於在政治上「工人階級領導的人民革命的要求和創作上現實主義的要求相結合」而確定的。由這個方向所決定的現代文學的基本主題就不能不是真實地反映中國人民澈底地不妥協地反帝、反封建、反官僚資本主義的要求、願望和實際鬥爭。如果說魯迅是朝這一方向首先邁開第一步的先驅者，那末，茅盾便是朝這一方向勇往直前的先鋒軍。近年來他雖然沒有什麼創作，但他的輝煌的文藝論文還不時出現，對於沿著社會主義現實主義方向前進的文藝創作和文藝批評都具有指導的意義和推動的作用。茅盾現在是最高文化行政領導幹部之一，而他對體驗生活，回到本行，仍然念念不忘。我想他對現代文學的發展與繁榮還有更輝煌的貢獻。下面是他所提出來的諾言：

> 數十年來，漂浮在生活的表層，沒有深入群眾，這是耿耿於心，時時疚痗的事。年來常見文藝界同人競訂每年寫作計劃，我訂什麼呢？我想：我首先應當下決心訂一個生活計劃：漂浮在上層的生活必須趕快爭取結束，從頭向群眾學習，徹底改造自己，回到我的老本行。自然，也不敢說這樣做了以後一定能寫出差強人意的東西來。但既然這是正確的道路，就應當這樣走。（《茅盾選集自序》）

願他的諾言早日實現，並預祝他在文學工作崗位上沿著社會主義現實主義的道路獲得更加輝煌的成就！

本篇原無小標題。這裡分成四部分，加上標題，只能看作便於閱讀的重點提示，原因是所加的標題並不能以概內容之全。——作者附誌

《春蠶》

一 《春蠶》等作品標誌著茅盾創作的新方向

在第二次國內革命戰爭時期內，特別是從一九三○年春天左聯成立以後，茅盾先生的作品在主題和題材方面有一個帶根本性質的轉變。那就是他的「視野」的擴大，看到了一個新興的方面：不僅寫都市，而且寫農村；不僅表現小資產階級知識分子，而且更多的表現工農大眾和其他被壓迫的人們。同時，適應主題和題材的轉變，創作方法也開始在批判現實主義的基礎上向社會主義現實主義跨出有歷史意義的一大步。這一個新的方向，以一九三○年十月所寫的煽動農民的革命情緒的歷史小說《大澤鄉》作開端，以本書所討論的幾篇小說而擴大。如《子夜》寫了工人對資本家的鬥爭，也寫了農民對地主的鬥爭；《林家舖子》寫了地主階級對農民的殘酷的剝削和被壓迫的民眾對反動統治階級的自發性的鬥爭。至於《春蠶》、《秋收》、《殘冬》等三個姊妹篇更是有意識地表現了廣大農民群眾在殘酷的現實前面無法活下去，終於走向自發性的武裝鬥爭的具體過程。

茅盾的這一個轉變不是偶然的，是血腥的時代所造成的。它對我國現代文學中社會主義現實主義的成長具有推動和促其完成的重大意義。

第一次國內革命戰爭失敗後，革命進入低潮，茅盾雖然有過一個時期的消極情緒，但在他內心燃燒著的階級仇恨，並沒有熄滅，他對舊中國的陰暗面，特別是對蔣匪幫的反動措施，是更加痛恨了。自一九三○年以後，資本主義國家的經濟危機波及中國，洋貨瘋狂輸入，民族工業陷於癱瘓，農村經濟

趨向破產，而反動派的橫征暴歛，特別是地主階級對農民的殘酷剝削，變本加厲，使得城市平民和農民生活陷於絕境。況且帝國主義經濟侵略之不足，更繼之以日本帝國主義的武裝侵略，階級矛盾與民族矛盾糾纏一起，眞是新仇舊恨相繼而來。茅盾作爲一個忠實於生活的作家，在題材和主題的抉擇上便有了新的方向。這一個新的方向標誌著他思想上的偉大的發展。爲了更好的反映現實，他「一貫的態度」是「未嘗敢忘記了文學的社會的意義」。於是他的思想中社會主義成分不斷增長。他當時說過：「現在已經不是把小說當作消遣品的時代了，因而一個做小說的人不但須有廣博的生活經驗，亦必須有一個訓練過的頭腦，分析那複雜的社會現象；尤其是我們這轉變中的社會，非得認眞研究過社會科學的人每每不能把它分析得正確，而社會對於我們的作家的迫切要求，也就是那社會現象的正確而有爲的反映！」(《茅盾自選集》:《我的回顧》，一九三二年十二月作。) 這就是說，當時的茅盾，已堅定了革命立場，而且以馬列主義「訓練」他的頭腦，並以社會主義現實主義的創作方法反映那複雜的社會現象。因而可以說「社會科學」是指導他當時「搜集材料」的依據之一。

他在抗戰前寫的《創作的準備》一書就說過這樣的話：

　　　在一個忠實於生活的作家，所謂「搜集材料」與「熟悉他所不熟悉的生活」，應該是一句話的兩種說法。在我們目前，單說一句「寫你自己熟悉的生活」，只得了片面的眞理。在一般作家的百分比還是小市民層知識分子佔絕對大多數的我們現在，要是嚴格執行起「寫你自己熟悉的生活」而排斥「搜集題材」的提議，徒然使作品的內容單調狹小而已。在我們目前，正要高呼：探頭到你自己的生活圈子之外！正要高呼：搜集材料！問題在於搜集材料的方法。我們要排斥貪圖省力的走馬看花似的左拉式的方法，但是我們不能連「搜集材料」這意見也排斥。我們鄙棄左拉式的從書籍中去搜找，但是我們不能忽視書籍對於我們「搜集材料」時的幫助。問題在於何等樣的書籍。如果是指導我們了解中國社會經濟結構的書籍，如果是幫助我們明瞭中國社會全般面目——光明的勢力與黑暗的勢力如何在相決盪的書籍，我們是絕對需要的。我們必須先取得此等書籍中的正確的知識來武裝我們的頭腦，使我們知道在社會的哪一角有我們所需要的「材料」，以及如何去觀察、去「搜集」。

茅盾先生的意思在今天說來，就是一個作家必須重視政治學習——馬克思列寧主義的學習，改造自己的思想，武裝自己的頭腦，才能知道如何「探頭到你自己的生活圈子之外」向「社會的哪一角」去「搜集材料」。也就是說，小資產階級的作家必須接受工人階級的思想領導，走出靈魂深處的王國，投入生產鬥爭和階級鬥爭，與廣大的工農群眾一同生活，一同戰鬥。《子夜》、《林家舖子》、《春蠶》、《秋收》、《殘多》⋯⋯等作品，就是茅盾先生當時以馬列主義武裝了自己的頭腦，深入細緻的解剖了當時的社會現象，抓住了「時代的大題材」的本質，而後獲得的輝煌的收穫！

他的作品，留下了時代的面影。所謂「社會現象的正確而有為的反映」，可以說是他轉變後對創作的基本意圖。所謂「正確」，是要寫出歷史的真實；所謂「有為」，是要指出社會發展的動向。比如他寫《子夜》「原來的計劃是打算通過農村（那是革命力量正在蓬勃發展的）與城市（那是敵人力量比較集中因而也是比較強大的）兩者的情況的對比，反映出那時候的中國革命的整個面貌，加強革命的樂觀主義。」（《茅盾選集自序》）雖然由於這個計劃中途放棄了，致使《子夜》「不能表現出整個的革命形勢」，「是重大的缺陷」。但這個缺陷，我覺得如果結合《林家舖子》、《春蠶》、《秋收》、和《殘多》等短篇來看，是彌補了的。因為《子夜》和《林家舖子》是通過工商業的凋敝來聯繫農村的經濟破產，而《春蠶》等三個短篇卻是通過農村的經濟破產來聯繫工商業的蕭條，這兩者一結合，就反映了舊中國的全貌，而且暗示了在發展中的「革命形勢」。因此，如果這樣肯定：「打算通過農村與城市兩者的情況的對比，反映出那時候的中國革命的整個面貌，加強革命的樂觀主義」，就是茅盾先生從一九三一年到一九三六年之間的創作思想的核心，幾乎貫穿在他這一時期內的全部創作，這是能夠在他的作品中獲得有說服性的佐證的。這個思想的核心可以說是他這一時期作品產生的思想基礎。

雖然，在這個時期內，他除了表現工農大眾外，也寫了「小市民的灰色生活」，「離開今天青年的要求」較遠；但因為他的作品中充滿了「暴露或批判的意義」，今天讀起來，仍有積極的作用：「告訴今天的讀者，從前曾經有過這樣灰色的人生，因而今天的燦爛蓬勃的新生活是彌足珍貴」（《茅盾選集自序》）的。

總之，茅盾是左聯成立後抗戰發生前首先把工農階級作為革命的主力來表現的作家之一。他的作品一方面固如車爾尼雪夫斯基所說「具有對生活現

象的批判的意義」，而另一面也暗示了新的生活的方向——革命發展的方向。

二 《春蠶》——農民階級對內外反動派 反抗意識的萌芽

《春蠶》這篇小說以日本帝國主義對我國的侵略（主要是「一‧二八」事件）作背景，通過江南蠶絲產區蠶農老通寶一家養蠶賣繭的故事，寫出第二次國內革命戰爭時期江南農村的蠶農在帝國主義和封建主義雙重壓迫下，在生產過程中所產生的美麗的幻想和希望都在殘酷的現實前完全破滅——意味著不推翻反動政權，不打倒內外反動派，從而消滅剝削，農民們單靠勤勞生產，勢將越來越窮困，永遠不能翻身。

這就是《春蠶》的主題思想。分析起來，它的內涵，主要是：

一、作者暴露了國民黨反動派對農民的殘酷剝削：

> 去年秋收固然還好，可是地主、債主、正稅、雜捐，一層一層地剝削來，早就完了。（《文學初步讀物》第一輯《春蠶》十八頁，下同。）

> 從今年開春起，他們都只吃個半飽；他們身上穿的，也只是些破舊的衣服。實在他們的情形比叫化子好不了多少。（十二頁）

二、作者也寫出了蠶農雖被剝削，但由於對階級敵人認識不足，不知道窮困的根源，昧於政治與生產的關係，仍然餓著肚子辛勤地勞動，把希望寄託在「春蠶」上，對未來作種種美麗的幻想。

> 蠶事的「動員令」也在各方面發動了，藏在柴房裏一年之久的養蠶用具都拿出來洗刷修補。那條穿村而過的小溪旁邊，蠕動著村裏的女人和孩子，工作著，嚷著，笑著。（十一頁）

> ……他們的精神都很不差。他們有很大的忍耐力，又有很大的幻想。雖然他們都負了天天在增大的債，可是他們那簡單的頭腦老是這麼想：只要蠶花熟，就好了！他們想到一個月以後，那些綠油油的桑葉就會變成雪白的繭子，於是又變成叮叮噹噹的洋錢，他們雖然肚子裏餓得咕咕地叫，卻也忍不住要笑。（十二頁）

> 上山後三天，息火了。四大娘再也忍不住，也偷偷地挑開簾角看了一眼；她的心立刻卜卜地跳了。那是一片雪白，幾乎連綴頭都瞧不見；那是四大娘有生以來從沒有見過的好蠶花呀！老通寶全家

立刻充滿了歡笑。現在他們一顆心定下來了！寶寶們有良心，四洋一擔的葉不是白吃的；他們全家一個月的忍餓失眠總算不冤枉，天老爺有眼睛！（三十一～二頁）

　　……這些人都比一個月前瘦了許多，眼眶陷進了，嗓子也發沙，然而都很快活興奮。她們嘈嘈地談論那一個月內的奮鬥時，她們的眼前便時時現出一堆一堆雪白的洋錢。她們那快樂的心裏便時時閃過了這樣的盤算：夾衣和夏衣都在當舖裏，這可先得贖出來；過端陽節也許可以吃一條黃魚。（三十二頁）

但是由於帝國主義的經濟侵略促使反動派加倍地對農民進行殘酷的剝削，蠶農們的希望儘管美麗，最後是只有破滅的：

　　……老通寶向來仇恨小輪船這一類洋鬼子的東西！他從沒見過洋鬼子，可是從他父親嘴裏知道老陳老爺見過洋鬼子……並且老陳老爺也是很恨洋鬼子，常常說「銅鈿都被洋鬼子騙去了」。……洋鬼子怎樣就騙了錢去，老通寶不很明白。但他很相信老陳老爺的話一定不錯。並且他自己也明明看到自從鎮上有了洋紗、洋布、洋油——這一類洋貨，而且河裏更有了小火輪船以後，他自己田裏生出來的東西就一天一天不值錢，而鎮上的東西卻一天一天貴起來。他父親留下來的一份家產就這麼變小，變做沒有，而且現在負了債！老通寶恨洋鬼子不是沒有理由的！他這堅定的主張，在村坊上很有名。五年前，有人告訴他：朝代又改了，新朝代是要打倒洋鬼子的。老通寶不相信。為的他上鎮去看見那新到的喊著「打倒洋鬼子」的年輕人們都穿了洋鬼子衣服。他想來這夥年輕人一定私通洋鬼子，卻故意來騙鄉下人。後來果然就不喊「打倒洋鬼子」了，而鎮上的東西更加一天一天貴起來，派到鄉下人身上的捐稅也更加多起來。老通寶深信這都是串通了洋鬼子幹的。（八～九頁）

況且在經濟侵略之外還有反動派一手製造的反人民的連年內戰和日寇得寸進尺的軍事侵略，給予民族工業以致命的打擊，使得繭廠多不開門。蠶農們的蠶花雖好，卻無銷路：

　　……老通寶也聽得鎮上小陳老爺的兒子——陳大少爺說過，今年上海不太平，絲廠都關門，恐怕這裡的繭廠也不能開。但老通寶是不肯相信的，他活了六十歲，反亂年頭也經過好幾個，從沒見過

綠油油的桑葉白養在樹上……（五頁）

張老頭子卻拍著大腿嘆一口氣。忽然他站了起來，用手指著村外那一片禿頭桑林後面聳露出來的繭廠的風火牆說道：

「通寶！繭子是採了，那些繭廠的大門還關得緊洞洞呢！今年繭廠不開秤！——十八路反王早已下凡，李世民還沒出世，世界不太平！今年繭廠關門，不做生意！」

老通寶忍不住笑了，他不肯相信。他怎麼能夠相信呢？難道那五步一崗似的比露天茅坑還要多的繭廠會一齊都關了門不做生意？……然而老通寶到底有點不放心。他趕快跑出村去，看看塘路上最近的兩個繭廠，果然大門緊閉，不見半個人；……老通寶心裏也著慌了。但是回家去看見了那些雪白發光很厚實硬古古的繭子，他又忍不住嘻開了嘴，上好的繭子，會沒有人要！他不相信……。

可是，村裏的空氣一天一天不同了。纔得笑了幾聲的人們現在又都是滿臉的愁雲。各處繭廠都沒開門的消息陸續從鎮上傳來，從塘路上傳來。往年這時候，收繭人像走馬燈似的在村裏巡迴，今年沒見半個收繭人，卻換替著來了債主和催糧的差役。請債主們就收了繭子吧，債主們板起面孔不理。

全村人都是嚷罵、詛咒和失望的嘆息！人們做夢也不會想到今年蠶花好了，他們的日子卻比往年更加困難！這在他們是一個青天的霹靂！並且愈是像老通寶他們家似的，蠶愈養得多，愈好，就愈加困難！——「真正世界變了！」老通寶搥胸跺腳地沒有辦法。（三十三～五頁）

鐵的事實，使頑固的老通寶模糊地認識到真正變了的世界影響了他的勤勞生產，但是，世界究竟怎樣變，老通寶是不知底細的。他仍然想以「不變應萬變」，到處去碰運氣。

終於一線希望忽又來了，同村的黃道士不知從哪裏得的消息，說是無錫腳下的絲廠還是照常收繭……

……他們去借了一條赤膊船，買了幾張蘆蓆，趕那幾天正是好晴，便帶了阿多，他們這賣繭子的「遠征軍」就此出發。

……繭廠挑剔得非常苛刻：……老通寶他們的繭子雖然是上好的貨色，卻也被繭廠裏挑剩了那麼一筐，再也不肯收買。老通寶他

們實賣得一百一十塊錢。除去路上盤川，就剩了整整的一百元，不
夠償還買青葉所借的債！老通寶路上氣得生病了，兩個兒子扶他到
家。

　　……老通寶……就此白賠上十五擔葉的桑地和三十塊錢的
債！一個月光景的忍餓熬夜還都不算。（三十八頁）

在帝國主義軍事侵略的形勢下，資產階級損人利己的本質暴露得更清楚
了，在他們殘酷的剝削下，造成了蠶農辛勤勞動的悲慘的結局。真是希望愈
大，失望也愈大。

三、作者一方面暴露國民黨反動派所掌握的國家那部機器如何嚴重地阻
礙了生產力的發展，如果不推翻反動政權，不消滅剝削，農民的勤勞生產是
要落空的。但另一方面也批判了老通寶不問條件只憑經驗的近乎盲目的生
產。作者在描寫老通寶的小兒子阿多時透露了這一點：

　　……老通寶那種憂愁，他（多多頭——旦）是永遠沒有的。他永
不相信靠一次蠶花好或是田裏熟，他們就可以還清了債再有自己的
田；他知道單靠勤儉工作，即使做到背脊骨折斷也是不能翻身
的。……（二十五～六頁）

這就是作者對當時的廣大農民所進行的思想政治教育，煽動著農民應走
別的道路。這是《春蠶》的主題思想的最積極的一面，同時也是茅盾當時小
說中社會主義現實主義的因素逐漸增長的一個有力的證明。多多頭的信念，
就是農民大眾對內外反動派反抗意識的萌芽，在這裡雖還停留在口頭上，但
到了《秋收》和《殘冬》便變為實際的行動了。

四、同時也必須指出：作者通過老通寶跟荷花的關係，老通寶跟四大娘
的關係，對蠶農的宿命論思想——由於迷信而鬧不團結乃至互相仇視的思
想，和老通寶的無原則的盲目排斥洋貨的保守頑固思想，也是作了鞭撻的。
作者暗示著農民只有在思想上覺悟起來才能開展革命鬥爭。這在《春蠶》的
姊妹篇：《秋收》和《殘冬》裏，用了明顯的典型事例，作了進一步的說明。

從《春蠶》的主題思想的分析，使我們知道茅盾先生的主觀創作意圖是
通過客觀生活中真實的人物性格來體現的，「是轉化為人的。……這個人物越
清楚地代表一種思想，思想與人物的結合越密切……藝術性就越強。」（安東諾
夫：《論短篇小說的創作》）因此，主題思想的深刻性是與藝術形象的生動性不可分
的；否則，作者的主觀意圖，徒然給讀者一個抽象的概念而已。

三　結構及情節的發展

（一）情節概述

《春蠶》的情節是通過四個大段來表現的：

第一大段爲主人公老通寶在清明節後出現在典型的蠶桑環境裏，坐在塘路邊，望著密密層層的桑樹和比露天茅坑還要多的繭廠，聽見由歌謠裏帶來的吉兆，不相信「今年上海不太平，絲廠都關門，恐怕這裡的繭廠也不能開」的傳說，仍然對今年的春蠶寄予新的希望。

第二大段是寫村莊裏的二三十戶人家都像老通寶那樣對春蠶寄予希望，懷著希望和恐懼的心情，準備養蠶，並通過老通寶一家寫出千百年相傳的迷信色彩非常濃厚的「收蠶」儀式。

第三大段是描寫具體的養蠶情況：蠶農輪流看守蠶房，和惡劣的氣候搏鬥，和不可知的命運搏鬥，和日日夜夜不能休息所引起的疲勞搏鬥。人人拚命幹活，老通寶還爲了買桑葉抵押了最後的一點產業。

第四大段是寫春蠶的慘局：「蠶愈養得多，愈好，就愈加困難。」「因爲春蠶熟，老通寶一村的人都增加了債！」給老通寶不相信政治上的混亂能引起商業上的蕭條（或者是生產力的萎縮）的思想一個打擊。

（二）情節發展中的線索

在情節發展的過程中，一方面盛傳不太平的時局（帝國主義的侵略和封建統治的剝削）影響民族工業，絲廠繭廠均將關門，春蠶無望；一方面是主人公老通寶根據六十年來的經驗，除非是老天爺使蠶花不熟，時局是不會影響絲業和繭廠的。這個現實生活中的供銷的矛盾，其實就是理想和實際的矛盾。老通寶一般蠶農希望安居樂業的生活，縱使朦朧地認識到世界在變，但總想安於現狀，以「不變」應萬變。這在當時的條件下是決不可能的。老通寶理想中的「不變」和客觀世界的「經常的變」，貫穿在情節中，成爲一條主線。發展的結果是老通寶和村人對春蠶的幻想和希望在現實前面破滅，結果老通寶氣得生了一場大病。

環繞這條主線還有四條副線：

一條是老通寶和小兒子阿多對勤儉生產的看法上的矛盾：老通寶不相信

政局能影響生產，只相信春蠶熟就能解決窮困問題，甚至土地問題；而阿多卻永不相信，在混亂的局面下，養蠶和種地能解決根本問題。這也就是老通寶的想以不變應萬變和阿多的想「窮則變，變則通」兩種極端相反的思想意識間的矛盾。這個矛盾也可以說是逃避現實或遷就現實和迫切要求變革現實之間的矛盾。

其次一條是老通寶和兒媳四大娘在選擇蠶種上的矛盾：老通寶恨死了帶「洋」字的東西，因此不願用「洋種」；而四大娘卻主張用洋種。這也是「不變」與「要變」之間的矛盾，也可以說是保守和進取的矛盾。

第三條是老通寶一般人與荷花之間的矛盾：老通寶一般人都說荷花是「白虎星」，避之唯恐不及；而荷花則認為大家不把她當人看待，是莫大的羞辱。這雖是迷信和反迷信的矛盾，其實也是「不變」（繼承封建傳統，不把婦女當人看待）與「要變」（要求打破歧視婦女的傳統）之間的矛盾。

最後一條是以老通寶的小兒子阿多為核心的愛情線索：這條線索寫出「村裏有名淘氣的大姑娘」六寶和「愛和男子們胡調」的李根生老婆荷花間的矛盾，一方面表現農村人民錯綜複雜的關係，同時也製造氣氛，強調了第三條副線。

這些線索除在《秋收》和《殘冬》裏繼續發展外，在《春蠶》中也初步得到解答：在春蠶雖好並不解決問題一點上，證明阿多的觀點正確；在出賣繭子時洋繭值錢的事實上，也證明了四大娘的主張正確；在春蠶大熟一事上，更證明了一般蠶農說荷花是「白虎星」，對春蠶有妨障的虛妄；在捋葉時證明六寶和阿多要好，荷花不過是個陪襯。在《殘冬》裏六寶還受了阿多和她哥哥陸福慶的影響，參加了革命。

這些副線都與主線交織一起，為主題的表現而服務，而且幫助讀者對作品獲得完整的印象。

四　人物描寫

如所周知，茅盾先生是以人物描寫見長的作家。如果讀他的小說，不注意他如何刻畫人物肖像、表現人物性格——主要是思想感情，而光去追求作品中的「故事性」，那就會拾起了芝蔴，扔下了西瓜。因此，我們必須把注意力放在他如何描寫人物性格上面去，看他如何通過人物的語言、行動、人物與人物的關係以及人物所處的客觀環境……來浮雕似地刻畫他的人物。

　　讀過《春蠶》後，我們可以體會出茅盾描寫人物的一些原則。這些原則比較顯著的大體上有三個：

　　一、個別與一般相結合──包含兩層意思：一是從人物安排上說，首先是由個別的人物「波及」（聯繫的意思）一般的人物，再由一般的人物烘托個別的人物。這也就是「點面相結合」的意思。如在情節的開展中，首先出現老通寶這個主要人物，由他開始，通過他的想像，介紹了他和鎮上的地主老陳老爺、小陳老爺乃至小陳老爺的兒子陳大少爺的關係；接著又介紹了他自己一家有兒子阿四、兒媳四大娘、小兒子阿多、孫子小寶。再從他自己一家又波及到同村的人：荷花、荷花的丈夫李根生、六寶、黃道士乃至別處的親戚──親家張財發。然後再由這些一般的人物烘托老通寶、烘托阿多，使這些主要人物或重點人物的性格更突出來。還有一層意思是從個性中表現共性，從共性中也表現個性。比如老通寶這個人物的個性是固執、保守、迷信、相信命運、不問政治……等，但也通過他這些個性表現了農民階級的共性：規矩、勤儉、具有嚴肅認真的勞動態度、頑強不屈的苦幹精神。使我們喜愛他、同情他、可憐他、但又責怪他，為什麼那麼頑固？看事情看得不遠、不全面、對新事物缺少敏感和信心，只曉得埋頭苦幹。前一層意思使我們明確人物的相互關係和主從關係，後一層意思使我們瞭解人物的思想實際和心理面貌。

　　二、具體與抽象相結合──人物描寫包括外貌和內心兩部分。外貌是具體的，包括相貌、四肢、服裝等，比較容易刻畫；而內心卻是抽象的，包括人物的感覺、感想、思想感情等，比較難於描寫。而前者又往往是後者的反映，二者關係密切，人物描寫成功與否，就看二者是否有機的統一。能統一，便能刻劃出活生生的人物形象來。比如作者首先這樣地描寫了老通寶的肖像：

　　　　老通寶坐在塘路邊的一塊石頭上，長旱煙管斜擺在他身邊。清
　　明節後的太陽已經很有力量，老通寶背脊上熱烘烘的，像背著一盆
　　火。塘路上拉縴的快班船上的紹興人只穿了一件藍布單衫，敞開了
　　大襟，彎著身子拉，額角上有黃豆大的汗粒落到地下。

　　　　看著人家那樣辛苦的勞動，老通寶覺得身上更加熱了，熱的有
　　點兒發癢。他還穿著那件過冬的破棉襖，他的夾襖還在當鋪裏，卻
　　不防繞得清明邊，天就那麼熱。

　　　　「真是天也變了！」

　　老通寶心裏想，就吐了一口濃厚的唾沫。（四頁）

　　使讀者對這位穿破棉襖拿長旱煙管的老頭子的感覺、感想、思想感情乃至出身和處境，都得一初步的明確的印象，原因是作者把具體的形象和抽象的意念統一起來了。比如紹興人拉縴的形象是具體的，看得見；自己的感覺是抽象的，看不見。但因為別人的辛苦勞動，通過視覺的聯繫，使自己感到更加發熱發癢。這樣一來，老通寶抽象的感覺便具體化了，使讀者易於理會。

　　三、批判與表揚相結合——人物描寫的過程往往是作者對讀者進行思想教育的過程，因為社會主義現實主義的文學藝術，在藝術描寫的真實性上是和勞動人民的思想改造的任務相結合的。比如作者對老通寶這個人物一方面表揚他刻苦耐勞的精神，一方面也批判他的宿命論觀點和保守落後的思想。既有所肯定，也有所否定。

　　如果說前面兩個原則是人物描寫方面的藝術性的原則，後面這一個原則便可以說是人物描寫方面的思想性的原則。

　　茅盾先生刻畫人物的手法基本上是適應這些原則的。當然，我並不是說這些原則和適應這些原則的藝術手法是茅盾先生所獨創或者所獨具；而是想指出在廿年前的茅盾先生就已運用了這些社會主義現實主義文學藝術的原則和手法，這決不是偶然的，顯然是共產主義思想體系的完成和無產階級世界觀的獲得的鮮明標誌。

　　《春蠶》中的人物描寫的方法根據上述原則，可以體會出來的主要的有如下幾點：

　　一、通過客觀事物在人物頭腦中的具體反映來描寫人物的性格：人物的性格，說得窄狹一些，主要是指人物的思想感情；說得廣泛一些，「包括人物的外貌、思想活動、精神狀態、動作和語言等方面的特徵在內。所謂性格，就是說人物在這些方面有著獨特的特徵；就是人物在思想和行動中所表現的許多特徵，在讀者腦子裏所形成的一個活的印象。如果人物的形態沒有自己的特點，也就無法在讀者腦子裏形成一個能夠觸摸得到的印象，這人物就沒有個性，實際上也就是沒有人物形象。」（見秦兆陽：《論公式概念化》七十三頁）而老通寶這個人物在茅盾的筆下，使得他在讀者的腦子裏形成一個能觸摸得到的印象。比如第一大段作者把那個在清明節後還穿著過冬的破棉襖的主人公老通寶安排在一個典型的蠶桑環境裏：

　　在他面前那條官河內，水是綠油油的，來往的船也不多，鏡子

一樣的水面這裡那裡起了幾道皺紋或是小小的渦旋，那時候，倒影在水裏的泥岸和岸邊成排的桑樹，都撹亂成灰暗的一片。……那拳頭模樣的椏枝都已經簇生著小手指兒那麼大的嫩綠葉，這密密層層的桑樹，沿著那官河一直望去，好像沒有盡頭。田裏現在還只有乾裂的泥塊，這一帶，現在是桑樹的勢力！在老通寶背後，也是大片的桑林，矮矮的，靜穆的，在熱烘烘的太陽光下，似乎那桑拳上的嫩綠葉過一秒鐘就會大一些。

離老通寶坐處不遠，一所灰白色的樓房蹲在塘路邊，那是繭廠。十多天前駐紮過軍隊，現在那邊田裏還原著幾條短短的戰壕。那時都說東洋兵要打進來，鎮上有錢人都逃光了；現在軍隊又開走了，那座繭廠依舊關在那裡，等候春繭上市的時候再熱鬧一番。老通寶也聽得鎮上小陳老爺的兒子——陳大少爺說過，今年上海不太平，絲廠都關門，恐怕這裡的繭廠也不能開；但老通寶是不肯相信的，他活了六十歲，反亂年頭也經過好幾個，從沒見過綠油油的桑葉白養在樹上等到成了枯葉去餵羊吃；除非是蠶花不熟，但那是老天爺的權柄，誰又能夠未卜先知？

「纏得清明邊，天就那麼熱！」

老通寶看著那些桑拳上怒茁小綠葉兒，心裏又這麼想，同時有幾分驚異，有幾分快活。（五～六頁）

這麼短短的一個片斷，概括了自然風景、歷史條件、社會風貌、人物關係——這些就是所謂典型環境。從這裡可以看出作者使他的主要人物（即典型性格）在典型環境中觸景生情。使讀者認識這個人物具有熱愛蠶桑，相信命運，但憑經驗，不問政治的性格。「景」是具體的，「情」是抽象的，兩者結合，情景交融，避免了為寫景而寫景的毛病，寫出了典型環境中的典型性格。這種性格，既有階級性，也有個別性。王朝聞同志說：

一般的說，形成性格的共同性的條件，是環境；形成個別性的是歷史。當然，歷史也有其歷史的環境作用，但對待今天的環境說，是歷史；今天的環境雖然不是和歷史絕緣的，但對待老遠的過去來說，是環境。（《新藝術創作論》一四〇頁）

這一段話正好說明老通寶的性格：熱愛蠶桑，靠經驗辦事，這是蠶農的共性，是由於當時那樣的典型的蠶桑環境造成的。而那種相信命運，不問政

治情況的個性，則是由於他六十年來的歷史所形成的。當然，歷史在當時說來有環境的作用；環境對未來說來，也有歷史的作用。茅盾先生說：「背景不但指空間，而且也指時間，兩者都不能有錯誤。」（茅盾：一九五〇年八月九日在北京中學國文教員暑期講習會所講「怎樣閱讀文學作品」）這正是對環境與歷史的交互作用的說明。而老通寶一班蠶農的典型環境就是包括了空間與時間而說的。空間是江南的農村，時間是「一‧二八」前後。在這樣的典型環境裏的典型性格，才是共性（階級性）與個性的有機的統一。

我們在談到「通過客觀事物在人物頭腦中的反映來描寫人物性格」的手法時，就必須瞭解茅盾先生筆下的客觀事物是自然環境、社會環境以及歷史條件三者的統一體。他的作品之所以能反映時代面影，批判社會現象，並預示革命發展的方向，原因也就在於他能表現典型環境的典型性格。

二、通過人物的相互關係來描寫人物的性格。比如第二大段寫這些桑拳頭上的嫩葉現在都有小小的手掌那麼大了，蠶事的動員令也在各方面發動了。藏在柴房裏一年之久的養蠶用具都拿出來洗刷修補，那條穿村而過的小溪旁邊，蠕動著村裏的女人和孩子。作者通過這樣一個場面的描寫使得人物在相互之間表現出他們的性格來：

> 這些女人和孩子中間也就有老通寶的媳婦四大娘和那個十二歲的小寶。娘兒兩個已經洗好了那些團扁和簸箕，坐在小溪邊的石頭上，撩起布衫角揩臉上的汗水。
>
> ⋯⋯⋯⋯⋯⋯⋯⋯⋯
>
> 這時候有一個壯健的小伙子正從對岸的陸家稻場上走過，⋯⋯跨上了那橫在溪面⋯⋯的橋。四大娘一眼看見，⋯⋯高聲喊道：
>
> 「多多弟！來幫我搬東西吧！這些扁，浸濕了就像死狗一樣重！」
>
> 小伙子阿多也不開口，走過來拿起五六隻團扁，濕漉漉地頂在頭上，卻空著雙手，划槳似地蕩著，就走了！⋯⋯那些女人們看著他戴了那特別大箬帽似的一疊扁，裊著腰，學鎮上女人的樣子走著，又都笑起來了。老通寶家緊鄰的李根生的老婆荷花一邊笑，一邊叫道：
>
> 「喂！多多頭！回來！也替我帶一點去！」
>
> 「叫我一聲好聽的，我就給你拿。」

　　阿多也笑著回答，仍然走。轉眼間就到了他家的廊下，就把頭上的團扇放在廊簷口。

　　「那麼，叫你一聲乾兒子！」

　　荷說著就大聲地笑起來。她那出眾地白淨然而扁得作怪的臉上，看去就好像只有一張大嘴和瞇緊了好像兩條線一般的細眼睛。她原是鎮上人家的婢女，嫁給那不聲不響整天苦著臉的半老頭子李根生還不滿半年，可是她愛和男子們胡調已經在村中很有名。

　　「不要臉的！」

　　忽然對岸那群女人中間有人輕聲罵了一句。荷花那對豬眼睛立刻睜大了，怒聲嚷道：

　　「罵那一個？有本事，當面罵，不要躲！」

　　「你管得我？棺材橫頭踢一腳，死人肚裏自得知：我就罵那不要臉的騷貨！」

　　隔溪立刻回罵過來了。這就是那六寶，又一位村裏有名淘氣的大姑娘。

　　於是對罵之下，兩邊又潑水，愛鬧的女人也夾在中間幫這邊幫那邊。小孩們笑著狂呼，四大娘是老成的，提起她的蠶簞，喊著小寶，自回家去。

　　阿多站在廊下看著笑。他知道為什麼六寶要跟荷花吵架。……

（二十四～五頁）

　　通過人物相互間的關係，寫出了農村青年婦女在愛情上相互嫉妒的心情。因為阿多是六寶的情人，而荷花又愛和男子們胡調，這中間便產生了矛盾。這種矛盾是在生產勞動的基礎上產生的，不是單純的寫愛情。它的作用在通過這一角落的活動看出農村錯綜複雜的關係，加強情節的現實性和親切感。在《春蠶》中寫阿多的地方雖不多，但他與老通寶絕然不同的性格卻表現得非常明朗：他樂觀、進取、不迷信，雖然勤勞生產，卻知道單純勤勞，無濟於事。從精神實質看，他在《春蠶》中是僅次於老通寶的主要人物。這一段，作者通過環繞在他周圍的其餘的人，和他們的行動的相互關係的描寫，寫出了阿多這個人物所處的社會環境，就在這一環境中繼續發展了他的性格。到了《殘冬》，他便成了主要人物。

　　三、通過人物的行為或行動來描寫人物的性格：比如寫老通寶用大蒜頭

作占卜的工具，放在墙腳下看它是否發綠芽，來預測春蠶的命運；寫「窩種」時村中頒佈「戒嚴令」，至親好友不得往來，以免沖了蠶神；寫老通寶時常警戒他的小兒子多多頭不要跟鄰居荷花說笑，說「那母狗是白虎星，惹上了她就得敗家」。……這些行為都表現當地的蠶農特別是老通寶思想意識中濃厚的迷信色彩。茅盾說：「人物描寫是為要寫出性格及其發展，因此就需要從具體行動以及支配這些行動的思想情緒來寫人物，要從故事的發展來寫人物的成長，而且要從各種角度去寫，以免把一個人物寫得片面、單調、枯燥無味。」（《新的現實和新的任務》）《春蠶》中的老通寶這個人物的性格的表現，是符合他自己所說的理論的，足見他的理論是從長期的創作實踐中提煉出來的。

四、通過人物的語言來描寫人物的性格：茅盾先生在《春蠶》中通過人物的語言來描寫人物的性格——思想感情，有兩種表現形態：一種是直接的，就是把人物說的話不走樣地直接用引號徵引下來。比如寫清明節後村中女人和孩子在溪邊洗刷養蠶用具時，四大娘和六寶之間有這樣一段對話：

> 「四阿娘！你們今年也看洋種麼？」
>
> 小溪對岸的一群女人中間有一個二十歲左右的姑娘隔溪喊過來了。四大娘認得是隔溪的對門鄰舍陸福慶的妹子六寶。四大娘立刻把她的濃眉毛一挺，好像正想找人吵架似地嚷了起來：
>
> 「不要來問我！阿爹做主呢！——小寶的阿爹死不肯，只看了一張洋種！老糊塗的聽得帶一個『洋』字就好像見了七世冤家！洋錢，也是洋，他倒又要了！」（十三頁）

作者直接地徵引老通寶的媳婦四大娘的話，表現出四大娘很不滿意她公公的保守思想，甚至加以諷刺。像這樣的語言，的確是從生活中來的，多變化，有情味，能夠構成鮮明的形象。另一種是間接的，就是把人物的語言溶化在作者的敘述裏。比如作者寫多多頭就是如此：

> 全家都是惴惴不安地又很興奮地等候收蠶。只有多多頭例外，他說：今年蠶花一定好，可是想發財卻是命裏不曾來。老寶通罵他多嘴，他還是要說。（十九頁）
>
> 老通寶嚴禁他的小兒子多多頭跟荷花說話。……阿多像一個聾子似地不理睬老頭子那早早夜夜的嘮叨，他心裏卻在暗笑。全家中就只有他不大相信那些鬼禁忌。……（二十三頁）
>
> ……他雖然在這半個月來也是半飽而且少睡，他也瘦了許多

了，他的精神可還是很飽滿。老通寶那種憂愁，他是永遠沒有的。

他永不相信靠一次蠶花好或是田裏熟，他們就可以還清了債再有自

己的田；他知道單靠勤儉工作，即使做到背脊骨折斷也是不能翻身

的。……（二十六頁）

這三段話把年青的一代阿多的性格刻畫出來了。他為人樂觀，見識高，不相信命運，不迷信鬼神。但是這第二種表現形態，作者是在把握人物性格，密切扣緊情節的基礎上表現的。有些作者使用間接形態的語言最容易越俎代疱地代替人物說話，就是因為沒有很好的把握人物性格並扣緊情節的發展的緣故。這樣地刻劃人物，結果往往使小說變成記敘文，自然不免概念化，人物怎麼活得了呢！

五、通過具體的場面使人物在行為上所表現的抽象的因素形象化：這一方面就是體現了具體與抽象相結合的原則。

比如說一個人的氣力大不大，是非常抽象的，必須通過客觀事物才能表現出來。你有一百斤氣力，光是說一百斤還是抽象的，必須扛得起一百斤的東西來才能使人看出你真有一百斤氣力。作者描寫阿多的氣力非常大，從第二點中所引的例子就可以看出來。四大娘覺得養蠶的團扁浸濕了就像死狗一樣重，而阿多卻拿起五六隻頂在頭上，還空著一雙手，划槳似地蕩著。雖沒有說出他的力氣有多少斤，而他的力氣「大」這個抽象的因素卻形象化了。那就是說他的頭上可以頂五六隻「死狗」，而走路的姿式還絲毫不受影響，悠哉游哉的走著，表示毫不在乎的樣子。這不是單純描寫力氣大，而是表明阿多身強體壯，在當時農村革命深入的時候具備了最基本的健康的條件。他以後能成為自發性的武裝鬥爭的領袖之一，不是偶然的。

又如青年男女之間的愛情也是非常抽象的，但作者卻通過捋桑葉的場面表現出來：

那六寶是和阿多同站在一個筐子邊捋葉。在半明半暗的星光

下，她和阿多靠得很近。忽然她覺得在那槙條（帶葉的桑樹枝條——

星）的隱蔽下，有一隻手在她大腿上擰了一把。好像知道是誰擰的，

她忍住了不笑，也不聲張。驀地那手又在她胸前摸了一把，六寶

直跳起來，出驚地喊了一聲：

「噯喲！」

「什麼事？」

同在那筐子邊挦葉的四大娘問了，抬起頭來。六寶覺得自己臉上熱烘烘了，她偷偷地瞪了阿多一眼，就趕快低下頭，很快地挦葉，一面回答：

「沒有什麼。想來是毛毛蟲刺了我一下。」

阿多咬住了嘴唇暗笑。（二十五頁）

這一個富有農村風味的生動的場面，把一對在半封建半殖民地社會裏受封建婚姻制度支配的青年男女間不可遏止的抽象的愛情，形象化表現出來了。

又如生產中的勞動態度──「嚴肅認真」也是非常抽象的，而作者卻適應當時的社會經濟結構，通過傳統的風俗習慣的描寫，具體地表現出來：

穀雨節一天近一天了。村裏二三十戶人家的布子都隱隱現出綠色來。……四大娘看自家的三張布子，不對！那黑芝似的一片細點子還是黑沉沉，不見綠影。她的丈夫阿四拿到亮處去細看，也找不出幾點綠來。……幸而再過了一天，四大娘再細心看那布子時，哈！有幾處轉成綠色了！而且綠得很有光彩。四大娘立刻告訴了丈夫，告訴了老通寶、多多頭，也告訴了她的兒子小寶。她就把那三張布子貼肉搵在胸前，抱著吃奶的嬰兒似的靜靜先坐著，動也不敢多動了。夜間，她抱著那三張布子到被窩裏，把阿四趕去和多多頭做一床。那布子上密密麻麻的蠶子兒貼著肉，怪癢癢的；四大娘很快活，又有點兒害怕，她第一次懷孕時胎兒在肚子裏動，她也是那麼半驚半喜的！（十八～九頁）

從這種「窩種」的傳統習慣看，蠶農們在生產過程中的勞動態度是多麼的小心謹慎。「窩種」以後的收蠶儀式更是隆重：

終於收蠶的日子到了。四大娘心神不定地淘米燒飯，時時看飯鍋上的熱氣有沒有直衝上來。老通寶拿出預先買了來的香燭點起來，恭恭敬敬放在灶君神位前。阿四和阿多去到田裏採野花。小寶幫著把燈芯草剪成細末子，又把採來的野花揉碎。一切都準備齊全了時，太陽也近午刻了，飯鍋上水蒸氣嘟嘟地直沖。四大娘立刻跳了起來，把「蠶花」和一對鵝毛插在髮髻上，就到蠶房裏。老通寶拿著秤桿，阿四拿了那揉碎的野花片兒和燈芯草碎末。四大娘揭開布子，就從阿四手裏拿過那野花碎片和燈芯草末了撒在布子上，又接過老通寶手裏的秤桿來，將布子捲在秤桿上，於是拔下髮髻上的鵝毛在布子上輕輕兒拂：野花片燈芯草末子，連同烏娘，都拂在那

蠶蔟裏了。一張兩張，都拂過了；第三張是洋種，那就收在另一個蠶蔟裏。末了，四大娘又拔下髮髻上那朵蠶花，跟鵝毛一塊插在蠶蔟的邊兒上。

這是一個隆重的儀式！千百年相傳的儀式！那好比是誓師典禮，以後就要開始了一個月光景和惡劣的天氣，和惡運以及和不知什麼的連日連夜無休息的大決戰！（二十～一頁）

這種儀式雖然帶些迷信色彩，卻把蠶農們在生產過程中的嚴肅認眞的勞動態度形象地表現出來了。但是在舊社會蠶農們儘管這樣地辛勤勞作，結果還是陷入窮愁困苦的絕境。因此老通寶的小兒子永遠不相信靠一次蠶花好或是田裏熟，就可以還清債，贖回田地。他知道單靠勤儉工作，即使做到背脊折斷也是不能翻身的。這樣的覺醒，就是對反動統治階級反抗意識的萌芽，也即是革命行爲的萌芽！

從《春蠶》的人物描寫中，我們可以體會兩點：

一、人物的面貌鮮明，眉眼各有不同，性格各有差別。一方面使人看出在當時紅色政權影響下的農民內部思想意識的矛盾，如：

（一）通過老通寶那種「老糊塗的聽得帶一個『洋』字就好像見了七世冤家！」的性格，反映出農民大眾的反帝情緒，但同時也批判了由反帝而產生的盲目排外的心理，以及由反帝而產生的抗拒新事物的態度。

（二）通過養蠶過程的敘述，描寫了蠶農的生產熱情，但也用事實揭發了相信命運和迷信鬼神的虛妄。如大蒜頭儘管不大發綠芽，荷花儘管偷了老通寶家的「寶寶」，但結果春蠶仍然豐產，並未受絲毫影響。

另一方面也使人看出農民大眾與統治階級的矛盾。那就是《春蠶》中的人物形象體現出階級矛盾的尖銳化。如寫收蠶的時期一天一天逼近，「二三十戶人家的小村落突然呈現了一種大緊張、大決心、大奮鬥，同時又是大希望。人們似乎連肚子餓都忘記了；老通寶他們家東借一點，西賒一點，南瓜、芋艿之類也算一頓，居然也一天一天過著來。也不僅老通寶他們，村裏那一家有兩三斗米放在家裏呀！去年秋收固然還好，可是地主、債主、正稅、雜捐，一層一層地剝削來，早就完了。現在他們唯一的指望就是春蠶，一切臨時借貸都是指明在這春蠶收成中償還。他們都懷著十分希望又十分恐懼的心情來準備這春蠶的大搏戰！」（17-8頁）

作者雖不直接把封建統治階級的人物形象搬到紙面上，然而通過這樣的

關鍵性的敘述，就使讀者看出農民階級和統治階級之間的尖銳的對立。

　　二、突出地表現新生的一代老通寶的小兒子多多頭，說他力氣大、見識高、不迷信、樂觀地工作，但卻不相信單純勤勞生產能解決農民的翻身大事。我們從他身上看出潛在的革命力量。作者突出地寫他，不外通過他來教育農民克服保守思想、落後意識，從而領導農民和反動統治階級作鬥爭。因此，多多頭這個人物的性格，在《秋收》和《殘冬》裏，得到了繼續不斷的發展，使他成為當時農民自發性的武裝鬥爭的領袖之一。

《秋收》

一 《秋收》——革命的暴風雨來臨前的閃電

　　《秋收》是茅盾表現第二次國內革命戰爭時期江南農民生活的三個連續性的短篇的第二篇。它仍然像《春蠶》一樣，通過老通寶一家人種田豐收但遭受穀賤傷農的慘局的故事，反映江南農民在春蠶的慘痛經驗後陷於飢餓的絕境，逼不得已對囤積居奇的奸商和為富不仁的土豪，展開鬥爭，藉以渡過青黃不接的一段時期，然後努力種田，希望一次豐收翻過身來。但結果呢，由於農民的辛勤勞作，倒的確是豐收了，可是，農民卻享受不到豐收的幸福，反動統治通過奸商搗鬼，使米價慘跌，農民的幻想像肥皂泡一般地完全破滅；原已病弱的老通寶竟然氣死了。他那臨終時的表情似乎覺悟到小兒子阿多領導農民吃大戶搶米囤的鬥爭是正確的。這是對於那些盲目強調傳統的「人窮志不窮」的人生觀，打算在反動派統治下做「正派」人（其實是奴才）的保守思想的一種深刻的批判，也是對於那些單純強調安分守己，聽天由命，不起來和反動派作鬥爭的人的一個當頭棒喝！

　　這就是《秋收》的主題思想，比《春蠶》的主題思想更積極，更深入了一些。

　　首先它指出農民運動的戰鬥傳統和變革現實的積極意義：當時江南農民吃大戶、搶米囤的風潮，正當大革命失敗後四五年的光景。這時期有兩種反動「圍剿」：軍事「圍剿」與文化「圍剿」；也有兩種革命深入：農村革命深入與文化革命深入。江浙地區的農民鬥爭正是當時農村革命深入的一個側

面，是與黨所領導的十年土地革命戰爭血肉相聯的。那時似乎有些農民認為當時的農村革命深入，有些像是太平天國革命的翻版，作者恐怕模糊了人們的認識，特把大革命的影響、黨的領導像一條紅線似的牽引下來。當老通寶從黃道士口中得知小兒子多多頭參加了吃大戶、搶米囤的行列，就認為那「小畜生」是「那『小長毛』冤鬼投胎」，要害他一家。而且在晚上想起來「冷汗直淋，全身發抖。天哪！多多頭的行徑活像個『長毛』呢！而且老通寶猛又記起四五年前鬧著什麼『打倒土豪劣紳』的時候，那多多頭不是常把家裏藏著的那把『長毛刀』拿出來玩麼？『長毛刀』！這是老通寶的祖父從『長毛營盤』逃走的時候帶出來的；而且也就是用這把刀殺了那巡路的『小長毛』！可是現在，那阿多頭和這刀就像夙世有緣似的！」作者寫出了父子兩代其所以存在著矛盾的歷史根源：老通寶是深受祖父的影響的，而阿多頭則是在大革命時代就已經萌芽的一棵革命的幼苗。儘管被比作「小長毛」投胎，但投胎再世的「長毛」，由於時間、條件的不同，已經與先前的「長毛」有根本性質的區別了。

作者不但使人們對當時農民運動的性質獲得正確的認識，而且進一步指出農民運動是社會發展過程中階級矛盾的產物，具有變革現實的革命意義：

> 到了太陽落山的時候，老通寶的兒子阿四回家了。他並沒有借到錢，但居然帶來了三斗米。
>
> 「吳老爺說沒有錢，面孔很難看。可是後來他發了善心，賒給我三斗米。他那米店裏囤著百幾十擔呢！怪不得鄉下人沒飯吃！今天我們賒了三斗，等到下半年田裏收起來，我們就要還他五斗糙米；這還是天大的情面！有錢人總是越拌越多！」
>
> 阿四陰沉地說著。（開明版《春蠶》五十二頁）

農民沒有飯吃，或者只能吃令人噁心的南瓜糊，而鎮上的「老爺」們開的米店卻囤著百幾十擔米，這成什麼世界！他們的米哪裏來的，很顯然，賒三斗，還五斗，簡直是窮人血汗的結晶。在如此尖銳的階級矛盾中，繼承了大革命的戰鬥傳統的農民，自然會起來作變革現實的鬥爭。茅盾說：「當時農村經濟的破產，掀起了農民暴動的浪潮。」這「浪潮」儘管像星星之火，發展開去，是必然會燎原的！

其次是指出農民「暴動」是走向武裝鬥爭的前哨，是有組織有計劃的，而且是在克服內部矛盾的基礎上進行的。

……村裏「出去」的人們都回來了。……老通寶……在計算怎樣「教訓」那野馬似的多多頭，並且怎樣去準備那快就來到的「田裏生活」。在這時候，在這村裏，想到一個多月後的「田裏生活」的，恐怕就只有老通寶他一個！

然而多多頭並沒回來。還有隔河對鄰的陸福慶也沒有回來。據說都留在楊家橋的農民家裏過夜，打算明天再幫著「搖船」到鴨嘴灘，然後聯合那三個村坊的農民一同到「鎮上」去。……（開明版《春蠶》五十七～八頁）

可見當時的農民運動在一定程度上也是有領導、有組織、有計劃的。但是不是農民之間除了老通寶、黃道士之流反對這種「暴動」外，就沒有別的人反對了呢？還是有的：

……鐺鐺鐺！是鑼聲。

「誰家火起麼？」

老通寶一邊問，一邊就跑出去。可是到了稻場上，他就完全明白了。……楊家橋的人，男男女女，老太婆小孩子全有，烏黑黑的一簇，在稻場上走過。「出來！一塊兒去！」他們這樣亂閧閧地喊著。而且多多頭也在內！而且是他敲鑼！而且他猛的搶前一步，跳到老通寶身前來了！老通寶臉全紅了，眼裏冒出火來，劈面就罵道：

「畜生！殺頭胚！……」

「殺頭是一個死，沒有飯吃也是一個死！去罷！阿四呢？還有阿嫂？一夥兒全去！」

多多頭笑嘻嘻地回答。老通寶也沒聽清，掄起拳頭就打。阿四卻從旁邊鑽出來，攔在老子和兄弟中間，慌慌忙忙叫道：

「阿多弟！你聽我說。你也不要去了。昨天賒到三斗米。家裏有飯吃了！」

多多頭的濃眉毛一跳，臉色略變，還沒出聲，突然從他背後跳出一個人來，正是那陸福慶，一手推開了阿四，哈哈笑著大叫道：

「你家裏有三斗米麼？好呀！楊家橋的人都沒喫早粥，大家來罷！」

什麼？「喫」到他家來了麼？阿四簡直不能相信自己的耳朵。可是楊家橋的人發一聲喊，已經擁上來，已經闖進阿四家裏去了。

老通寶就同心頭剜去了塊肉似的，狂喊一聲，忽然眼前烏黑，腿發軟，就蹲在地下。阿四像瘋狗似的撲到陸福慶身上，夾脖子亂咬，帶哭的聲音哼哼唧唧罵著。陸福慶一面招架，一面急口喝道：

「你發昏麼？算什麼！——阿四哥！聽我講明白！咳！阿多！你看！」

突然阿四放開陸福慶，轉身揪住了多多頭，一邊打，一邊哭，一邊嚷：

「毒蛇也不喫窩邊草！你引人來喫自家了！你引人來吃自家了！」

阿多被他哥哥抱住了頭，只能荷荷地哼，陸福慶想扭開他們也不成功。老通寶坐在地上大罵。幸而來了陸福慶的妹子六寶，這纔幫著拉開了阿四。

「你有門路，賒得到米，別人家沒有門路，可怎麼辦呢？你有米喫，就不去，人少了，事情弄不起來，怎麼辦呢？——嘿嘿！不是白吃你的！你也到鎮上去，也就分到米呀！」

多多頭喘著氣對他的哥哥說。阿四這時像一尊木偶似的蹲在地下出神，陸福慶一手捺著頸脖上的咬傷，一手拍著阿四的肩膀，也說道：

「大家講定了的！村坊裏誰有米，就先吃誰，喫光了同到鎮上去！阿四哥！怪不得我，大家講定了的！」

「長毛也不是這樣不講理的，沒有這樣蠻！」

老通寶到底也弄明白那是怎麼一回事，就輕聲兒罵著。……

這時候，楊家橋的人也從老通寶家裏回出來了，嚷嚷鬧鬧地捧著那兩個米甓。四大娘披散著頭髮，追在米甓後面，一邊哭，一邊叫：

「我們自家吃的！自家喫的！你們連自家喫的都要搶麼？強盜！殺胚！」

誰也不去理她。……六寶下死勁把四大娘拉開，吵架似的大聲喊著，想叫四大娘明白過來：

「有飯大家喫！你懂麼？有飯大家喫！誰叫你磕頭討饒去賒米來呀？你有地方賒，別人家沒有呀！別人都餓死，就讓你一家活

麼？嘘，嘘！號天號地哭，像死了老公呀！大家喫了你的，回頭大
家還是幫你要回來！哭什麼呀！」

　　蹲在那裡像一尊木偶的阿四這時忽然歎一口氣，跑到他老婆身
邊，好像勸慰又好像抱怨似的說道：

　　「都是你出的主意！現在落得一場空！有什麼法子？跟他們
一夥兒去罷！天坍壓大家！」（開明版《春蠶》六十一～五頁）

結果四大娘夫婦想開了，也同著兩個村莊的人到鎮上去。這種統一的行
動是在克服內部矛盾的基礎上完成的，這一個矛盾是個人主義與集體主義的
矛盾──個體利益和集體利益的矛盾，也是眼前利益和長遠利益的矛盾。只
有克服了農民內部的矛盾，才能統一認識，整齊步伐，與反動統治階級作不
調和的鬥爭。

　　第三、指出農民運動的目的，不僅僅是消極的為了解決目前生活問題，
而且是更積極的為了推動生產。我們看：

　　……「搶米囤」的行動繼續擴大，而且不復是百來人，五六百，
上千了！而且不復限於就近的鄉鎮，卻是用了「遠征軍」的形式，
向城市裏來了！

　　離開老通寶的村坊約有六十多里遠的一個繁盛的市鎮上就發
生了飢餓的農民和軍警的衝突。……農民被捕了幾十。第二天，這
市鎮就在數千憤怒農民的包圍中和鄰近各鎮失了聯絡。（六十八頁）

克服了內部矛盾的有領導有組織的農民運動，聲勢是如此浩大，不得不
使反動派暫時讓步：

　　這被圍的市鎮不得不首先開了那「方便之門」。這是簡單的三
條：農民可以向米店賒米，到秋收的時候，一擔還一擔；當舖裏來
一次免息放贖；鎮上的商會籌措一百五十擔米交給村長去分俵。紳
商們很明白目前這時期只能堅守那「大事化為小事」的政策，而且
一百五十石米的損失又可以分攤到全鎮的居民身上。

　　同時，省政府的保安隊也開到交通樞紐的鄉鎮上保護治安了。
保安隊與「方便之門」雙管齊下，居然那「搶米囤」的風潮漸漸平
下去；這時已經是陰曆六月底，農事也迫近到眉毛梢了。（六十八～九
頁）

生活問題得到暫時的解決，風潮的目的基本上達到，農民大眾當然轉向

生產。

> 老通寶一家總算仰仗那風潮，這一晌來天天是一頓飯，兩頓粥，而且除了風潮前阿四賒來的三斗米是冤枉債而外，竟也沒有添上什麼新債。但是現在又要種田了，阿四和四大娘覺得那就是強迫他們把債台再增高。（六十九頁）

在種田一事上，老通寶一家的意見是不統一的，阿四夫婦與老通寶是對立的：

> 「放屁！照你說，就不用種田了！不種田，喫什麼，用什麼，拿什麼來還債？」

> 老通寶跳著腳咆哮，手指頭戳到阿四的臉上。阿四苦著臉嘆氣。他知道老子的話不錯，他們只有在田裏打算半年的衣食，甚至還債；可是他近年來的經驗又使他知道借了債來做本錢種田，簡直是替債主做牛馬，——牛馬至少還能吃飽，他一家卻吃不飽。「還種什麼田！白忙！」——四大娘也時常這麼說。他們夫婦倆早就覺得多多頭所謂「鄉下人欠了債就算一世完了」這句話真不錯。然而除了種田有別的活路麼？因此他們夫婦倆最近的決議也不過是：「決不為了種田要本錢而再借債。」（七十頁）

而老通寶卻不管三七二十一，還是賒了一張豆餅回來，板起臉孔對兒子媳婦說：

> 「……什麼債，你們不要多問，你們只替我做！」（七十一頁）

矛盾暫時消除了，江南肥沃的農村中開始了積極的生產——「繰了蠶桑又插田」。

第四，最後指出舊社會的生產關係阻礙了生產力的發展。

在農夫大眾的辛勤勞作下，與旱災作鬥爭，的確爭得了豐收：

> 接著是涼爽的秋風來了。四十多天的抗旱酷熱已成為過去的噩夢。村坊裏的人全有喜色。經驗告訴他們這收成不會壞。……老通寶更斷言「有四擔米的收成」，是一個大熟年！有時他小心地撫著那重甸甸下垂的稻穗，便幻想到也許竟有五擔的收成，而且粒粒穀都是那麼壯實！

> 同時他的心裏便打著算盤：少些說，是四擔半吧，他總共可以收這麼四十擔；完了八八六擔四的租米，也剩三十來擔；十塊錢一

擔，也有三百元，那不是他的債清了一大半？他覺得十塊錢一擔是最低的價格！

> 只要一次好收成，鄉下人就可以翻身，天老爺到底是生眼睛的！（八十～一頁）

但是忠誠老實的農民想得太天真了，反動派如果肯讓人民大眾通過勞動來翻身，那它就不反動了。試看，當農民快要豐收的時候，官僚資產階級卵翼下的資本家，也就開始了殘酷的搜括：

> 但是鎮上的商人卻也生著眼睛，他們的眼睛就只看見自己的利益，就只看見銅錢。稻還沒有收割，鎮上的米價就跌了——到鄉下人收穫他們幾個月辛苦的生產，把那粒粒壯實的穀打落到稻箐裏的時候，鎮上的米價飛快地跌到六元一石——再到鄉下人不怕眼睛盲地舂穀的時候，鎮上的米價跌到一石糙米只值四元！最後，鄉下人挑了糙上市，就是三元一石也不容易出脫！米店的老板冷冷地看著哭喪著臉的鄉下人，愛理不理似的冷冷地說：
>
> 「這還是今天的盤子呵！明天還更跌！」
>
> 然而討債的人卻川流不絕地在村坊裏跑，洶洶然嚷著罵著。請他們收米吧？好的！糙米兩元九角，白米三元六角！
>
> 老通寶的幻想的肥皂泡整個兒爆破了！全村坊的農民哭著，嚷著，罵著。「還種什麼田！白辛苦了一陣子，還欠債！」——四大娘發瘋似的見到人就說這一句話。（八十～二頁）

我們讀了這一段話，不禁想起列寧所說的話：「俄國工人階級讀著列夫·托爾斯泰的藝術作品時，就更清楚認識了自己的敵人……。」（平明版季靡菲耶夫：《文學概論》八十六頁轉引）當時中國農民的敵人是誰？大之則是國民黨反動派，少之則是奸商和高利貸者。「列寧最重視作家的真實性，就是說，他對於客觀現實的忠實反映。他對作家提出的也便是這樣一個要求。『如果我們之間真是有一個偉大作家的話，』列寧關於列夫·托爾斯泰寫道：『那麼他應該在他的作品中反映出革命運動的即使是僅僅幾個重要的片斷。』他認為這種真實性（即是說生活反映的真實性）是評價作家的基本標準。」（同上八十六～七頁）茅盾在這裏真實地反映了當時殘酷的現實，值得我們給予較高的評價。

事實教訓了農民，單靠勤儉生產是不能翻身的！老通寶到要斷氣時，才覺得小兒子阿多的言行是對的。老通寶的覺醒標誌著農民運動推進了一步。

國民黨反動派如此阻礙生產力的發展，不起來武裝鬥爭，勞動人民那有日子過呀！因此，當殘冬到來的時候，農民對剝削階級的武裝鬥爭開始了，《秋收》，便是革命的暴風雨來臨前的閃電。

如果說《春蠶》提出了矛盾──多多頭主張變革現實和老通寶堅持安於現實，那末《秋收》就解決了矛盾，統一了認識；《殘冬》便是正式與反動階級展開武裝鬥爭了。在這裡，我們看出茅盾作品中社會主義現實主義的因素已佔了主導的地位，應引起我們特別的注意。

二　結構及情節的發展

（一）情節概述：

《秋收》的情節是通過三個大段來表現的：

第一段，寫遭受了春蠶的慘痛教訓後的老通寶，得知小兒子多多頭參加了「反亂」，想起來總是害怕。分開說有三層意思：

老通寶由於春蠶的慘痛結局所引起的一場病剝奪了他的健康，家庭生活也陷於飢餓的絕境，靠南瓜糊充飢，大家都瘦成皮包骨頭；尤其是孫兒小寶聞到南瓜味道就噁心，希望吃大米飯和叔叔阿多從鎮上帶回來的燒餅。但是他的父親阿四去鎮上借錢買米沒回，叔父阿多也有三天兩夜不曾回家。這是第一層意思；

老通寶在正午捧了碗南瓜到「廊簷口」，感到靜悄悄的，村莊像一座空山，覺得病後的世界變了。忽然看見小寶拿著一個燒餅從荷花家裏出來，不禁引起他複雜的心情：艷羨、仇恨、嫉妒。他說那是荷花做強盜搶來的，而小寶卻說荷花是好人。這是第二層意思；

老通寶正在生氣，忽然黃道士從對面走過來，告訴他「世界要反亂」，他的小兒子阿多也學別村鄉下人的榜樣，跟著村裏的人喫大戶、搶米囤去了。老通寶不禁驚喜交集：喜的是荷花家的燒餅果然來路「不正」，驚的是自己的兒子也幹那樣的事，世界當真變了，想起來總是害怕。這是第三層意思。

第二段，寫老通寶由反對多多頭的行為到驚訝於多多頭的行為所產生的結果。分開說有六層意思：

下午阿四從鎮上吳老爺處賒了三斗米回家，老通寶覺得來歷不明，認為做人要人窮志不窮。他打算拆掉豬棚賣給小陳老爺，四大娘覺得髒木頭值不

得幾個錢，小陳老爺不見得要。老通寶卻說他家和陳府三代的交情，不會不要；賣得幾個錢，阿多就不必幹那犯「王法」的事。這是第一層意思；

村裏「出去」的人都回來了，但阿多和陸福慶卻沒有回來，正在聯合別村的人打算第二天到「鎮上」去。全村坊的人興奮地議論這件事，大家認為老通寶脾氣古怪，都不告訴他。他在吃晚飯的時候當著阿四夫婦的面罵起來：「不回來倒乾淨！地痞胚子！我不認賬這個兒子！」這是第二層意思；

老通寶一夜睡不安穩，聽見阿四說夢話，小寶也在夢中發笑，不禁胡思亂想：他想到家道衰落，又想到春蠶賠本，又想起代代「正派」卻出了阿多頭這孽種，活像他祖父從「長毛營盤」逃走時用刀殺死的那個巡路的「小長毛」投的胎。他愈想愈害怕，卻沒想到他痛恨阿多的時候，正是阿多和陸福慶領導楊家橋二三十戶農民到自己村坊來了。這是第三層意思；

阿多領導楊家橋農民到了自己的村坊裏，阿四慌忙地告訴他昨天賒了三斗米，家裏有飯吃，不必去了。陸福慶連忙號召農民把它拿出來充公煮粥吃；阿四夫婦大吵大鬧，最後被說服，並且還一同參加了吃大戶的隊伍。這是第四層意思；

老通寶和黃道士在忙亂中會面，一個說農民吃了自家賒來的三斗米，比長毛還不講理；一個說農民把他的老雄雞也殺掉吃了，真正豈有此理！他們的談話，正反映了農民大眾破釜沉舟的決心。這是第五層意思；

全村的人安然回來，而且每人帶了五升米，使得老通寶十分驚奇，覺得世界變了，多多頭他們也能耀武揚威。老通寶想來想去，老是想不通。這是第六層意思。

第三段，寫老通寶的保守頑固的思想終於在醜惡的現實面前開始轉變。分開說也有六層意思：

農民「搶米囤」的風潮到處暴發，聲勢浩大。反動政府認為不可輕侮，採取緩和政策：一面派保安隊保護「治安」，一面開「方便之門」──農民可以向米店賒米，秋收時借多少還多少；當鋪裏來一次免息放贖；鎮商會籌借一百五十擔米交村長分俵。這樣一來，「搶米囤」的風潮逐漸平息，接著是農民要分秧種田了。這是第一層意思；

在種田一事上，老通寶和阿四夫婦意見不一致：老通寶主張借債種田，阿四夫婦則決定絕不為了種田要本錢而再借債。他們相信多多頭所說的「鄉下人欠了債就算一世完了」這句話真不錯，老通寶卻賭氣「不再管他們的賬」，

但結果還是跑到鎮上請小陳老爺出面到豆餅行賒了一張豆餅回來，要兒子兒媳不要過問債務，只管替他做。這是第二層意思；

天氣乾旱，稻田要車水，老通寶家人手不夠，陸福慶和六寶兄妹也來幫忙。多多頭因為老通寶死也不要見他，很少來村裏，就是來了也是幫別人家的忙；而阿四夫婦卻渴望多多頭來車水，說他比得上一條牛。老通寶看著稻田要乾死了，只得默認。可是已經太遲，河水乾得只剩河中心的一泓，任憑多多頭力大如牛，也車不起水來，如果再不下雨，老通寶的稻就此完了。這是第三層意思；

村中的人都商量租用鎮上的「洋水車」來救急，而老通寶一聽到「洋」字就不高興。他希望天老爺顯靈，於是跑到「財神堂」前磕了許多響頭，許了願心。他以為就是「洋水車」當真靈，也得等別人用過再說。

別家租用「洋水車」當真靈驗，老通寶懷疑那是泥鰍精吐唾沫，一下子就要收回去的。不過一切的狐疑始終敵不過那汪汪綠水的誘惑，老通寶決定請教「泥鰍精」。他借了八塊錢，車了一寸深的油綠綠的水。老通寶想到去年糙米也還賣到十一塊半錢一石，豐收的幻想又在他心裏復活。這是第四層意思；

水是有了，稻卻沒有活態。多多頭提議晚上用一點肥田粉，猛不防老通寶就像瘋老虎似的撲過來喊道：「毒藥！小長毛的冤鬼，殺胚！你要下毒藥麼？」於是當晚老通寶在田塍上看守，既怕那泥鰍精收回唾液，又怕阿四他們偷偷去下「毒藥」。然而一夜平安過去了，老通寶的稻子奄奄無生氣，他雖疑惑泥鰍精的唾液到底不行，然而別家的稻卻很青健。四大娘急得臉紅脖子粗，說「老糊塗斷送了一家的性命」。陸福慶勸老通寶用肥田粉試試看，或者還可補救。他在稻子的死活關頭，也只得默認。肥田粉撒下後，恰好接連兩天沒有毒太陽，稻又青健了。老通寶不肯承認是肥田粉的效力，但也不再說是毒藥了。這是第五層意思；

「穀賤傷農」——豐收時米價一再下跌，農民們的幻想的肥皂泡整個兒爆破了。全村坊的農民哭著，嚷著，罵著。春蠶的慘痛經驗造成了老通寶一場大病，現在秋收的慘痛經驗便斷送了他的命。當他斷氣的時候，已不能說話，明朗的眼睛看著多多頭，似乎說：「真想不到你是對的！真奇怪！」這是第六層意思。

（二）情節發展中的線索：

第一、二兩大段時間不到兩天，寫飢餓的農民展開吃大戶、搶米囤的鬥爭；第三段包括風潮的平息和種田破產的過程（分秧、車水、施肥、收穫、乃至破產）。在情節的發展中主要的一條線索是父子兩代在對待階級鬥爭上的矛盾：作為父親的老通寶認為做人要「正派」，要安分守己，要靠農事來解決生活問題，不主張造反——「造反有好處，『長毛』應該老早就得了天下。」作為兒子的多多頭則認為如不「造反」，就是把背脊骨做斷，也不能翻身，大兒子阿四夫婦基本上也同意多多頭的做法。這一條主線的發展依賴兩條副線進行：一條是體現個體利益必須服從整體利益、目前利益必須服從長遠利益的那個楊家橋農民把阿四賒來的三斗米吃光的場面，克服了阿四夫婦的個人打算，投入階級鬥爭的熱潮，最後勝利而歸。另一條是體現老通寶的保守頑固思想初步被克服的車水和施肥兩個場面，鐵的事實使老通寶低下頑固而保守的頭來。這兩條副線幫助主線的發展，通過秋收的慘痛經驗，老通寶臨終時才似乎覺得小兒子阿多的行為是正確的。

在情節的發展過程中，黃道士的出現是一個關鍵。老通寶對荷花家的燒餅的來歷表示懷疑，忽然聽得黃道士說村坊裏的人都吃大戶、搶米囤去了，一方面欣慰他自己猜中了荷花家的燒餅果然來路不正，另一方面加深老通寶對小兒子阿多的痛恨：「一向看得那小畜生做人之道不對，老早就疑心是那『小長毛』冤鬼投胎，要害我一家！現在果然做出來了！——他不回來便罷，回來時我活埋這小畜生！」父子兩代對待階級鬥爭的態度根本不同，更加鮮明了。由此推動情節的發展，到阿多領導楊家橋農民吃掉自己家的三斗米以後，恰好黃道士的雄雞也被吃掉了，他又出現在老通寶面前，異口同聲罵農民不講理。殊不知正是這些「不講理」的農民在追求真理，在跟壓在他們自己頭上的反動派作鬥爭，而且耀武揚威地取得了勝利，使反動派不得不開方便之門，暫時緩和對農民的剝削，讓農民進行「纔了蠶桑又插田」的生產鬥爭。因此，黃道士第一次的出現，使得父子兩代在階級鬥爭上的不同看法明確了，暴露了老通寶思想上的弱點；黃道士第二次的出現，更加使人認識到頑固、落後的農民意識是進行階級鬥爭的障礙，必須通過各種方式加以清除。

高爾基在談及情節時，把它叫做「人物的聯繫、衝突、同情、反感，一

句話他們的相互關係,是某些個性生長和形成的歷史」。他指明了情節一方面是展示個性及其品質的手段;另一方面,是一組能顯示人物的同情、反感及相互關係的具體事件。(參考季靡菲耶夫:《怎樣分析文學作品》第四十二頁)《秋收》的情節沿著一條主線兩條副線發展,使讀者看到老通寶性格的逐步轉化,多多頭性格的逐漸成長。的確,情節是人物的「相互關係,某些性格生長和形成的歷史」。

三 幾個特點

　　首先應該指出《秋收》和它的姊妹篇《春蠶》與《殘冬》出現了正面人物,而且作者站在無產階級立場歌頌了這些正面人物。像作為革命風潮的領導人之一的阿多,在大革命時代就曾玩弄武器,在《春蠶》裏就已露了頭角,到《秋收》中便以農民「暴動」的領袖的姿態出現了。另一個領導人陸福慶雖出場較少,描繪不多,但也能使讀者認識他是肯定的人物。此外像陸福慶的妹子六寶、李根生的老婆荷花、阿四夫婦、小寶等,雖然各個人所起的作用各有不同,雖然都存在著不同程度的缺點(像阿四夫婦),但在他們身上都可以找到農民階級的優秀品質和革命的潛在力量。就是老通寶這個人物作者也使他在殘酷的現實中逐漸克服他思想中的弱點,結局雖然可憐,但也是一個值得同情的可愛的勤儉的農民。這是從個別人物看。再從作為農民的整體來看,他們在鬥爭中克服了個人主義,走向集體主義,也是值得我們注意的。

　　正面人物大量出現,而且加以大力描寫,標誌著茅盾創作思想的偉大發展,應該引起我們特別的注意。他在一九二七年九~十二月寫作的《幻滅》、《動搖》和《追求》等三部小說,雖有若干生活經驗作基礎,但卻沒有出現肯定的正面人物。(雖然有一個李克,但形象與性格並不鮮明突出。)是不是在一九二五~二七年間,他所接觸的各方面的生活中就沒有肯定的正面人物的典型存在呢?當然不是。原因之一,前面已經說過,是寫作《幻滅》等三部小說的時候,他的思想情緒是悲觀失望的;這樣的悲觀失望的情緒使他忽略了肯定的正面人物的存在和他們的必然的發展。後來他認識了這一缺點而且為了補足這一缺點,就在一年多以後寫了《三人行》。寫這部小說時,作者的革命立場是堅定的,但因為缺乏實際生活經驗作基礎,使得這一作品的故事不現實,人物概念化。(參閱《茅盾選集》:《自序》)然而《三人行》儘管寫得不

成功，而在茅盾創作發展過程中卻有過渡性的意義，那就是由作品中沒有出現肯定的正面人物過渡到出現肯定的正面人物；由表現應該加以批判的小資產階級知識分子過渡到應該加以肯定的正面的工農勞苦大眾。只有這樣地從發展上看他的作品中的人物，才能認識這出現了而且歌頌了正面人物一點，是《秋收》等三篇作品的共同特點之一。

其次應該指出：《秋收》不但有生活經驗作基礎，而且寫出了現實在它的革命發展中的真實面貌。茅盾自己說過：「徒有革命的立場而缺乏鬥爭的生活不能有成功的作品。」（《茅盾選集》:《自序》）這句話是因為《三人行》寫得不大成功而說出來的。到了所謂「農村三部曲」的時候，作者是既有革命立場，又有了相當的鬥爭生活的經驗。這一生活經驗的積累，主要是由於他直接參加過大革命的鬥爭，其次是由於他生長於江南蠶絲產區，耳濡目染，觀察得深刻，認識得全面，因此，《秋收》等作品基本上克服了像《三人行》那種人物概念化的毛病，同時也寫出現實在革命發展過程中的真實面影，不但使人看到當時的社會面貌，而且知道那個面貌向怎樣的方向推進。比如作者描寫農民鬧「風潮」，使得反動派採取雙管齊下的政策。一方面是地方上所謂「公正」紳商議定開「方便之門」，一方面是偽省政府派保安隊來保護「治安」。前者反映農村中的土豪劣紳吸取了大革命時代的慘痛教訓，農民雖然可恨，但「暴動」起來，卻是可怕的，是殺不完的，不得不採取把「大事化為小事」的政策；後者反映國民黨反動派當時正走向法西斯化，扼殺民主精神，兩者一結合，變成軟硬兼施，使風潮漸漸平息下去。但階級矛盾是不能協調的，相反的，更尖銳化了。風潮的平息不是階級對立的消泯，而是階級鬥爭的起點。作者這樣地寫農民運動，既不誇大，也沒縮小，表現出在發展中的歷史的真實：反動勢力在一天天地削弱，人民力量在一天天地生長。

第三應該指出的是人物性格的發展決定了情節的發展：情節的發生與發展，是由人物的性格決定的。比如老通寶是勤儉的，但也是迷信、保守、落後的。在《春蠶》作者中把他刻劃得活靈活現，到《秋收》時進一步發展了他的性格：

一、他看見兒媳四大娘煮南瓜少加了水，就認為是「浪費」；

二、他看見孫子小寶吃荷花的燒餅，一方面艷羨，一方面妒嫉和仇視，要追究燒餅的來歷；後來聽到黃道士說村人都去「搶米囤」去了，才欣慰於她家燒餅來歷果然「不正」。

三、他在《春蠶》中宣傳荷花是「白虎星」，誰惹上她就要倒霉，後來事實證明荷花既沒有沖尅他家的蠶花，同時在《秋收》中她還是一個好勞動，幫人車水，得到豐收，他看了也就無話可說。他的迷信思想也就在現實面前碰了壁。

四、他恨死了小兒子阿多，但車水時又需要他的勞動力，只得默認要他來幫忙。

五、通過車水、施肥的場面，他的保守思想也就宣告破產。

六、等到秋收絕望，他與兒子間的矛盾竟然消除了，沒有帶到棺材裏去。

從《春蠶》到《秋收》，使人看到老通寶性格發展的完整的過程。他的性格的發展也就決定了情節的發展。

最後應該指出的是幾種主要的表現手法。有些人分析作品，專門發揮思想內容，誇誇其談，沒有一個完；讀者看了他的分析，對作品本身的理解沒有什麼幫助。這樣的分析不免存在概念化的傾向。也有些人分析作品專門研究藝術形式，不大接觸思想內容，使讀者記住不少有關表現技巧的術語，但對思想內容卻體會得不大完整。這樣的分析不免存在公式化的傾向。這兩種傾向都是使作品的思想性與藝術性割裂開來的，我們都應該加以反對。我們認為作品分析必須在分析思想內容的基礎上同時分析表現技巧，看作品的思想意義是通過那些手法表現出來的。茅盾說：「作品的藝術技巧不是和作品的思想內容分立的，而是從屬於內容，服務於內容的，作品的結構和人物的描寫，本身就是思想的表現。離開思想內容，只依靠技術，是不能表達什麼的。因此，我們必須堅決反對資產階級那種純技術觀點和形式主義。但是在另一方面，如果以為作品可以不要依靠一定的技術就能夠生動地表達出正確的思想內容，這好比只要有戰略思想而無需掌握作戰技術一樣，其結果無疑還是要打敗仗的。因此我又必須同時堅決反對那種輕視技巧或否認技巧的錯誤傾向。」（見《新的現實和新的任務》）這段話把思想內容與藝術技巧的關係作了確切的說明。《秋收》的藝術技巧除了前面分析的結構以外，還有幾種主要的表現手法。

一、暗示手法：作者通過農民的嘴用「長毛」來暗示農民起義，用「外出」來暗示暴動行為，用「搖船」來暗示領導作用。但並沒有模糊我們對當時農民運動的認識，以為當時的農民運動和太平天國革命運動的性質完全相同。作者用「長毛」來作暗示，只是反映某些保守、落後的農民對農民運動

的不正確的看法。作者暗示著當時的農民運動繼承了大革命的戰鬥傳統，是白色恐怖中的「小紅點」，雖然僅僅是星星之火，但終是可以燎原的。

二、側面的手法：作者只告訴我們當時吃大戶、搶米囤的風潮到處勃發，卻沒有正面告訴我們如何「吃」、如何「搶」的生動的場面，但是我們仍然可以從側面看出來。比如通過楊家橋農民拿阿四賒來的三斗米煮粥吃，就可以體會出「吃大戶」的場面如何；通過每人拿五升米回家，也可以體會出「搶米囤」的場面如何。這些都是使讀者通過想像來彌補正面刻劃不足的地方。如果連這些沒有，那麼作品的形象便無從捉摸了。

三、陪襯的手法：在描寫人物上作者使用陪襯的手法——以陸福慶陪襯多多頭，阿四陪襯四大娘，荷花陪襯六寶，黃道士陪襯老通寶。比如黃道士是一個「包打聽」。在《春蠶》中，說桑葉要漲價的是他，說無錫腳下的絲廠照常收繭的也是他。在《秋收》中，說阿多頭參加搶米囤的又是他。而老通寶呢，卻是一個努力爭取做「正派」人的人，每次見到黃道士思想上總有一次波動。黃道士可以說是推動老通寶的心理活動的一個人物。我前面說黃道士的出現有關鍵性的意義，原因也就在此。如果沒有黃道士作陪襯，老通寶的性格就會不鮮明，而且也不能充分的發展。特別是當阿四賒來的三斗米被吃光之後，老通寶氣得「沿著那小灘，從東頭跑到西頭」，「非要找一個人談一下不可」的時候，「他看見隔河也有一個人發瘋似的迎面跑來」，「他看明白那人正是黃道士的時候，他就覺得心口一鬆」，知己相逢，非常投機。老通寶家的米被吃光了，黃道士家的雄雞被殺掉了，都彆著一肚子悶氣，正好互相發洩一通。都說農民「豈有此理」，而不認識農民正在追求真理！「怪物」烘托「頑固」，性格更突出、更形象了。茅盾說：「主要人物和次要人物的安排，也常常不大能注意。有些次要人物似乎只是用來襯托主要人物的，他本身沒有獨立的存在，他在作品中的作用跟戲劇中的『道具』差不多。而相反，也有過多地描寫了次要人物，因而損害了主要人物的情形。」（見《新的現實和新的任務》）他的作品中的人物的安排，雖然使用了一些陪襯的手法，但每個作為陪襯的次要人物，都有獨立的性格，——有他自己的面貌，卻沒有被過多的描寫因而損害了主要人物的毛病。

四、呼應手法：《秋收》的結尾正是呼應《春蠶》的結尾，都是慘痛的教訓。這種慘痛的教訓，在半封建半殖民地的經濟基礎上，有它的必然性，不是農民的主觀努力所能改變的。江南農民的命根子，不是春天的蠶，就是秋

天的米。春蠶的美夢破滅於前，秋收的幻想絕望於後，這豈是偶然的現象？這裡充分地意味著：在內外反動派壓迫與剝削下的廣大農民面前，擺著兩條道路──不是被逼上吊，就是「逼上梁山」。當時江南的農民，由於中國共產黨所領導的「農村革命深入」的影響，走上了革命的道路。因此，這一個呼應逼出《殘冬》中武裝鬥爭的場面來。

《殘冬》

一 《殘冬》——農民大衆自發的武裝鬥爭的開始

　　《秋收》中所表現的吃大戶、搶米囤的鬥爭雖然全體農民都參加了，但他們的出發點，多半是爲了解決目前的生活問題，很少想到把那樣的風潮發展成爲自覺性的階級鬥爭。因此，許多農民只要暫時有了一碗飯吃，就不去考慮如何使他們自己永遠有飯吃。他們其所以這樣，原因是中了封建地主階級所散播的宿命論思想的毒害：「命裏有來終須有，命裏無來莫強求」，致使他們認識不到自己身上就存在著使自己翻過身來的一股力量。因此，到了《殘冬》裏，首先展開在讀者眼前的還是一幅悲慘的以張剝皮爲代表的地主階級壓迫農民的「歲寒飢民」圖。這樣的圖景在當時農村革命深入的時候，是不容許它長久映在人民的眼前的。而如何轉變這一幅圖景的顏色，卻是有良心的中國人、特別是負有宣傳教育責任的革命作家所考慮的一個中心問題。當時的紅色政權是存在的，而且在壯大著。但是由於白色恐怖的隔絕，在飢寒交迫的華東地區的江南農民得不到直接的領導，只能受些間接的鼓舞。作者掌握了這一情況，以爲最嚴重的問題是如何啓發江南農民階級覺悟的問題。雖然在《春蠶》和《秋收》中改變了某些農民的保守頑固觀點，而作爲封建主義的支柱之一的宿命論觀點和迷信觀點卻深入人心。不把農民從宿命論思想的濃霧中解放出來，農民就會永遠看不清自己的力量和自己的前途。因此，作者一方面暴露地主、官僚的醜惡本質，控訴他們陷害農民於悲慘的境地。農民們由於一時還缺乏正確的領導，只好信仰迷信，發洩他們對現實社會的

不滿情緒，寄希望於所謂「眞命天子」，希望改朝換代，使他們得些好處。而另一方面有力地剝落所謂「眞命天子」的謠傳的外殼，揭露迷信的眞相和反動武裝的薄弱，暗示農民運動的方向——從宿命論思想解放出來走向堅決的武裝反抗，認清楚促使改朝換代的「眞命天子」，不存在於虛無縹緲的幻想之中，而存在於農民大眾自己的身上。自己的力量就是決定自己的命運的所謂「眞命天子」的化身。

這就是《殘冬》的主題思想，分析起來有下面幾點值得我們注意：

首先告訴我們地主階級儘管對農民進行殘酷的剝削和迫害，但農民對地主階級的本質是看得很清楚的。試看農民居住的村莊是一個什麼景象吧：

> 連刮了幾陣西北風，村裏的樹枝都變成光胳膊。小河邊的衰草也由金黃轉成灰黃，有幾處焦黑的一大塊，那是頑童放的野火。
>
> 太陽好的日子，偶然也有一隻瘦狗躺在稻場上；偶然也有一二個村裏人，還穿著破夾襖，拱起了肩頭，蹲在太陽底下捉蝨子。要是陰天，西北風吹得那些樹枝叉叉地響，彤雲像快馬似的跑過天空，稻場上就沒有活東西的影縱了。全個村莊就同死了一樣，全個村莊，一望只是死樣的灰白。（《茅盾短篇小說集》第二集三十六頁）

這個荒涼的景象，就是地主階級洗劫農民的形象性的證明。但是地主階級那方面怎麼樣呢？

> 只有村北那個張家墳園獨自蔥綠。這是鎮上張財主的祖墳，松柏又多又大。
>
> 這又是村裏人的剋星。因為偶爾那墳上的松樹少了一棵——有些客籍人常到各處墳園去偷樹，張財主就要村裏人賠償。（四十六頁）

活的農民，飢寒交迫，死氣沉沉；而死的墳園，卻松柏長青，生氣勃勃。兩者的關係，顯然是「生氣勃勃」的墳園建築在「死氣沉沉」的農民身上。這種情況正如一首民歌所說的：

> 集鎮觀（代表統治階級意識的道士廟），
>
> 好地方，
>
> 松柏長在石板上。
>
> 揚開石板看，
>
> 長在窮人脊背上！
>
> ——見詩選《東方紅》。

　　村莊和墳園的對照，把農村階級關係的對立形象化地表現出來，洋溢著強烈的階級仇恨。地主階級儘管威風──別人砍了他墳園裏的一棵松樹，就要村裏人賠償，但農民也不是真正愚昧的，也就從這種淫威裏認識了他們的本質：

　　荷花在鎮上做過丫頭，知道張財主的底細，悄悄地對四大娘說道：

　　　　「張剝皮自己才是賊呢！他坐地分贓。」

　　　　「哦……」

　　　　「販私鹽的，販鴉片的，他全有來往！去年不是到了一夥偷牛賊麼？專偷客民的牛，也偷到鎮上的粉坊裏；張剝皮他──就是窩家！」

　　　　「難道官府不曉得麼？」

　　　　「哦！局長麼？局長自己也通強盜！」（三十九頁）

　　從荷花的話裏，使我們看出反動派內部的腐朽而且醜惡本質，也體會出人民對封建地主和反動官僚相結合的反動政權的潛在的反抗意識。在這種潛在的反抗意識指引之下，像多多頭那樣覺悟較高的農民自然得出「規規矩矩做人就活不了命」、「不錯，世界要反亂了」的結論。

　　其次告訴我們被壓迫的農民儘管意識到「活不了命，就要造反」；但是誰來「造反」？依靠什麼領導力量來「造反」？大多數的農民是沒有意識到的。他們的神智被宿命論觀點和迷信觀點統制著，矇蔽著，看不清自己，只有等待第三者來解救他們。這第三者又不是什麼現實的東西，而是子虛烏有的所謂「真命天子」。同時，他們的想法也不是長遠的、澈底的，只是希望「真命天子」出來後「三年不用完租」之類。這種不長遠、不澈底的想法對革命是不利的。充分反映出宿命觀點和迷信觀點對農民毒害之深！但是我們也必須肯定一點，即在當時具體的歷史條件下，農民不滿現狀，要求「改朝換代」，變革現實的主觀意圖，客觀上也造成人民對反動政權的離心力，仍有一定程度的積極意義。比如農民問黃道士「真命天子」幾時來，他說：等張家墳的松樹都砍光了的時候就來了。於是農民都關心那松樹被砍的情況。當傳說七家浜出了「真命天子」的時候，荷花向著一團青綠的張家墳說，這幾天裏松樹砍去了三棵。這種期待改變現狀的迫切的心情，正是農民們仇恨舊社會的思想情況的真實的反映。又如農民們當意識到「真命天子」出現時會殺人流血，他們為了免除殺戮之禍，都寄希望於黃道士的三個草人，對於住在村外

三里遠的土地廟裏的什麼「三甲聯合隊」的三條槍却加以鄙視，而且將保衛團捐轉送給黃道士的草人。這雖表現農民的無知，却也是對反動武裝的無能的一個絕大的諷刺。正如荃麟等同志所說：「作者在這裏有深深的悲痛，也有深深的憤怒。」（《文學作品選讀》下冊四十七頁）

第三、宿命論觀點和迷信觀點雖然能傳播對舊社會的潛在的反抗意識，能起一些「動搖人心」的作用，但究竟是農民落後意識的具體表現，與無產階級的世界觀是絕對違背的；同時，它基本上是被反動統治階級所傳播和利用的。比如「三甲隊」取締「眞命天子」，爲的是謠言影響了保衛團捐，影響了他們藉「保衛」而進行的剝削工作。試看當他們把所謂「眞命天子」捉來後，知道得獎無望，便想通過黃道士來騙取人民的金錢。幸而惡毒的計劃還沒實現，作爲反動武裝的「三甲隊」便被以多多頭、陸福慶、李老虎爲首的農民隊伍解除了武裝，並解放了那個連自己也莫明其妙的「眞命天子」。而且多多頭最後還對他說：「哈哈，你就是什麼眞命天子麼？滾你的吧！」

這是對封建迷信的絕大的嘲笑，也是對農民寄希望於「眞命天子」的宿命論思想的有力的鞭撻！只有用這種無可爭辯的事實才能澈底消除迷信和謠言在人民中間的市場，才能使人們認清自己的力量和自己的前途。爲了使大家都能建設一個溫暖的幸福的家，就應毫不可惜，毫不留戀個人的破落的家，堅決克服守株待兔式的等待主義，主動地走上鬥爭的崗位。荃麟同志說：「這一句嚮亮而有力的話（「你就是什麼眞命天子麼？滾你的吧！」）是宣告了農民對宿命主義的告別。」（出處同上）農民只有從宿命論的雲霧裏解放出來，才能認清自己正是決定自己的命運和前途的「眞命天子」！

二　結構及情節的發展

（一）情節概述：《殘冬》的情節是通過四個大段來表現的：

第一段：寫封建主義的山頭壓在農民頭上，農民希望變革現實；但爲宿命論思想支配的農民，對變革現實的看法，是不澈底的，只是希望「改朝換代」，希望「眞命天子」出現。這一段包涵三層意思：

農村破產後，村莊人煙稀少，死寂沉沉；而地主張剝皮的祖墳張家墳園却松柏長青，生氣勃勃，少了一根松樹，也要村裏人賠償。住活人的村莊有

死氣，埋死人的墳園有生氣，這一個對照，象徵階級矛盾的尖銳化。這是第一層意思；

村裏人發現張家墳園少了一棵松樹，大家商量對策：有的人主張趕快通知張財主；荷花的丈夫李根生則主張不用通知，走著瞧；趙阿大主張到隣近那班種「蕩田」的客籍人家裏取贓，但多多頭反對替張財主捉人搜贓。為了地主墳園少了一棵松樹，就鬧得村莊極大的不安，就引起農民複雜的思想顧慮，充分說明地主階級如何殘酷地壓迫農民。雖然有多多頭那樣的農民表示不屈服，但多數農民仍然受宿命論思想的支配，希望能夠暫時調和階級矛盾。這是第二層意思；

通過荷花和四大娘的談話，揭露封建地主與反動官僚本質上便是盜賊。在盜賊統治下面，規規矩矩做人就活不了，都希望變革現實，「改朝換代」，有「真命天子」出世。但她們倆為了「真命天子」是否已經出世的問題，爭吵起來。荷花說西天有一顆八角紅星，是「真命天子」的本命星；四大娘卻說那是反王，批評荷花不懂，而且又罵荷花是「白虎星」。荷花咬牙切齒，比挨打還痛；加以四大娘那方面，參加了一個六寶，使荷花更想著如何出這一口氣。荷花心裏正在躊躇，剛好看見黃道士從東邊走來，她改換了主意。這是第三層意思。

第二段：寫荒年人心殷殷望治，謠言和迷信在老百姓中有了市場。這一段包含三層意思：

用插敘的方法，概述黃道士的生平：他本來也是種田的，曾被反動派拉過一次伕，回來時已經是舊曆除夕，吃了年夜飯，老婆便死了。從此，光棍一條，賣了田地，種點菜到鎮上去賣，賣了錢就喝酒，並且聽測字的老姜講「新聞」。由於在鎮上混久了，嘴裏常有些鎮上人的「口頭禪」，又像念經，又像背書，村人聽不懂，也不願聽，就把他看成「怪東西」。

饑荒年頭，黃道士賣菜的錢不夠飽肚子，戒了酒，逢人便說：世界要反亂了，東北方出了「真命天子」。有人看見他躲在破屋子裏，屋子裏供著三個小草人，他在那裡拜四方，村人說他著了「鬼迷」。追根究底問他時，他卻躲躲閃閃。這是第一層意思；

荷花憋了一肚皮氣，見黃道士來了，馬上請他評理，說四大娘講那顆紅星是反王「真是熱昏」！黃道士就胡謅一段話，告訴四大娘「真命天子」出世了：「南京腳下有一座山，山邊有一個開豆腐店的老頭子，……天天……有

人敲店板，問那老頭子：『天亮了沒有？天亮了沒有哪？』……老頭子就回答『沒有！』他不知道這問的人就是『眞命天子』！」六寶追問「要是回答他『天亮了』就怎樣？」黃道士正在「那就，那就……」地支支吾吾，荷花馬上說，「那就是我們窮人翻身。」黃道士心裏感激荷花，而且說出了「眞命天子」「總有點好處落在我們頭上，比方說，三年不用完租」。四大娘就說：「老頭子早點回答『天亮了』，多麼好呢！」黃道士說：「哪裏成？……天機不可洩漏！」而且對六寶說：「回答了『天亮』就怎麼樣麼？……那天，天兵天將下來，幫著『眞命天子』打天下！」四大娘問他，「你怎麼知道那敲門問『天亮』的就是『眞命天子』？他是個怎麼樣兒？」黃道士很不耐煩，說豆腐店老頭總有點來歷，敲門的一定是「眞命天子」。說時板著臉孔，瞪著眼睛，神氣很可怕，聽的人毛骨悚然，就好像聽得那篤篤的叩門聲。總之，是黃道士乘機造謠，迎合老百姓殷殷望治的心理，使她們捉摸想像中的「眞命天子」，做他進行敲榨的張本。這是第二層意思；

　　既然黃道士肯定「眞命天子」已經出現，大家就問他的草人的用意何在。黃道士說，「哪一方出『眞命天子』，哪一方就有血光！」四大娘曉得所謂「血光」就是死了許多人，出「眞命天子」的地方不能沒有代價。黃道士接著說：「這裡，這裡，也是血光，半年吧，一年吧，你們都要做刀下的鬼，村坊要燒白！」四大娘說：「沒有救星了麼？」黃道士覺得騙人的機會成熟，就說：「我叫三個草人去頂刀頭子！……把你的時辰八字寫來外加五百個錢，草人就替了你的災難……」荷花問：「眞命天子」幾時來？黃道士說：「幾時來麼？等那邊張家墳的松樹都砍光了，那時就來！」於是大家的眼睛閃著恐懼和希望的光，對黃道士的胡說，就不知不覺發生了多少信仰。這就是說被宿命論支配的農民希望「改朝換代」時能免除災難。這是第三層意思。

　　第三段：寫饑荒時候，阿四夫婦商量出路問題：阿四還想種田，岳父張財發卻勸四大娘去做女工，但是阿四如果要種田，又少不了四大娘那雙手。多多頭卻主張他倆全到鎮上去「吃人家飯」，租田來種，做斷了背梁骨還要餓肚子。但阿四夫婦捨不得拆散一個家，猶豫不決。多多頭則認為亂世年成，餓死的人家上千上萬，死一個人好比一條狗，拆散一下家不算什麼。阿四夫婦雖然覺得多多頭的話揭露了他們內心的祕密，但就是難下決心。四大娘在悲泣中仍然想著什麼時候「眞命天子」才出現，黃道士的三個草人靈不靈。這就是在宿命論思想支配下的人們的心理矛盾：又想活下去，又不願拆散妨

礙活下去的那個凄涼的家。這樣一來使迷信和謠言更有了市場。

第四段：寫以多多頭為首的農民解除反動派的武裝，戳穿所謂「眞命天子」的眞相。包含三層意思：

饑荒時候，蠶農忍痛挖掘桑樹根來充飢。有些青年男女像多多頭、李老虎、陸福慶和他的妹子六寶都離開了村子，不知去向。而一般老百姓卻相信黃道士的一派胡言，都設法積攢五百個錢把自己的「八字」掛在草人身上，希望「眞命天子」出現時，草人能代替自己去頂刀頭子，藉以免除災難。這是第一層意思；

村裏的趙阿大傳說就在七家浜地方出了「眞命天子」，村坊快要在「血光」裏了。而且苟花說這幾天張剝皮的松樹被砍去三棵，眞的，「眞命天子」要出世了。於是黃道士生意興隆，化了五百文的人不覺鬆了一口氣，那些沒有花錢掛紙條的人，像趙阿大自己，也寧願把送給反動武裝的保衛團捐移到黃道士的草人身上，不相信「三甲隊」那三條槍有多少力量。這個把保衛團捐轉送給黃道士的草人的消息被「三甲隊」知道了，「三甲隊」就把七家浜那個十一二歲、拖著鼻涕的傳說中的「眞命天子」捉到土地廟來了。這是第二層意思；

「三甲隊」捉到所謂「眞命天子」後，隊長以為破了一件案子，希望得到獎賞。但值星官告訴他，基幹隊的棉軍衣都沒有著落，那裡談得上獎賞。於是他們異想天開，想把黃道士捉來，利用他來騙取村上有錢人家的錢。正要逼迫那個所謂「眞命天子」的小孩說出村裏誰有錢時，他們的可憐的反動武裝被農民的革命隊伍多多頭、李老虎、陸福慶等解決了。多多頭揪斷了那「眞命天子」身上的鐵鍊，孩子被嚇昏了，牙齒抖得格格地向，蘇醒過來，馬上就哭。多多頭在洋油燈下，笑著說：「哈哈，你就是什麼『眞命天子』麼？滾你的吧。」於是把那孩子給放回去了。這是第三層意思。

（二）情節發展中的線索

從情節的發展中，看出當時江南的農民受地主階級殘酷的剝削和壓迫，多數農民因家庭包袱重，不敢與封建地主作正面的鬥爭，憑空希望「眞命天子」出現，雖然反映了對現實的不滿情緒，卻於實際沒有補益。但少數覺悟較高的農民，卻在破除迷信，反對宿命論的基礎上，跟地主階級進行了自發性的武裝鬥爭。因此，多數農民由宿命論思想而產生的保守觀點和僥倖心理，

與少數覺悟較高的農民對地主階級進行鬥爭的主動性、積極性間的矛盾的發生、發展和解決的過程，是《殘冬》情節發展的一條線索。這條線索貫串著「某些個性（比如多多頭）生長和形成的歷史」。由此可知：只有農民內部的矛盾被克服了，農民階級對地主階級的鬥爭才能進行得堅決而澈底。

三　幾個特點

（一）「眞實」是現實主義藝術的生命，是評價作家的基本標準。斯大林曾經不止一次地教導作家寫出生活的眞實來。《殘冬》一如《春蠶》和《秋收》一樣，洋溢著舊社會實際生活的氣息，展現著一幅農村破產，農民不甘飢寒而死，終於走向自發性的武裝鬥爭的畫圖，「反映出革命運動的即使是僅僅幾個重要的片斷」。它使人對情節的發展感到自然、親切而生動，對當時的現實感到悲痛、憤怒。同時，又因這種令人悲痛憤怒的現實，已成爲歷史上的陳迹，一去不復再返，又令人感到興奮、愉快而幸福。

（二）反映的生活既是從實際出發，不是從概念出發，那麼在實際生活中活動著的人物也自然是活生生的眞實的。我們掩卷回憶，每一個人物的形象和性格就如在目前：有意志堅定、生性樂觀、精神愉快、看穿反動派的醜惡本質的多多頭；有忠厚、老實的阿四；有精明、幹練而又有些相信命運、捨不得拆散家庭的四大娘；有不大喜歡說話，專靠氣運辦事的李根生；有從丫頭出身、潑辣大膽、不甘寂寞、堅決反對別人污衊她而又能揭露反動派的本質的荷花；有慣於嫉妒、覺悟較高、首先參加農民運動的農村新女性六寶；也有比較落後，滿口「口頭禪」，信口胡說的黃道士；也有害怕地主，散播謠言的趙阿大。各個人物的性格不同，卻各自代表了農民性格的一面——進步的、中庸的、落後的，使得這篇小說人物雖不多，卻顯示著農村生活的無限寬廣，內容豐富，關係複雜，情節的發展，波瀾起伏。如果結合《春蠶》和《秋收》來看，更使人感到多多頭、四大娘、荷花……等人物性格突出，得到了合情合理的發展。特別是多多頭，他那堅定的性格，勇敢的行爲，敵我分明的立場，還值得今天的青年們學習。

（三）在實際生活中活動的眞實的人自然說著眞實的話，因此，《殘冬》在語言運用上也一如《春蠶》和《秋收》有一些特點值得指出：

首先是語言能表現人物的個性並能適應人物性格的發展：比如多多頭看穿了反動統治階級的盜賊本質，告訴他嫂嫂這年頭規規矩矩做人就活不了；

當哥嫂商量在飢荒年頭怎麼辦的時候，多多頭就乾脆告訴阿四：租田來種，做斷了背梁骨也還要餓肚子，因此主張他們都離開家「吃人家飯」去。但是四大娘害怕把一家人拆散，猶豫不決，多多頭就說：「亂世年成……拆散算得什麼！……死一個人好比一條狗……。」他的話好像一把刀戳穿了哥嫂的心。四大娘雖然沒有聽多多頭的話，而多多頭自己卻堅決地走上了反抗地主階級的戰線上去了，跟他一向說的話不僅僅相符合，而且做到了言行一致。他的語言充分表現了他的個性，與他的性格的發展，完全適應。

不僅多多頭的語言如此，即使是荷花與四大娘爭吵時的語言，也適應她們的性格的發展；如果結合《春蠶》和《秋收》來看，那就更了然啦！

其次是人物的對話和作者的敘述基本上都是「口語化」的。雖然還不能百分之百的體現農民的思想感情，但已嗅不到知識分子的書卷氣。比起五四時代的作品對話基本上是口語，而敘述卻基本上是歐化或者「學生腔」來，是一個很大的進步。這一個進步是過渡到文學為工農兵服務的一個橋樑，具有劃時代的歷史意義。茅盾說：

> 文學作品的語言應當是形象化的，富有表現力的，準確的和精鍊的，然後可以傳達作者所欲傳達的思想情緒，然後可以構成鮮明的形象。要表達一定的思想情緒，就必須用字正確，造句合法（語法），必須選擇適當的字，運用適當的句子。「語彙」貧乏，句法缺少變化，就會使得作品呆板枯燥，沒有吸引力。反之，堆砌浮詞，無原則地造作古怪的句法，就會使得作品拖沓、蕪雜、生硬，使人不能卒讀。我們不能不承認，這兩種毛病是同樣普遍地存在的。（《新的現實和新的任務》）

這三篇作品的語言其所以沒有這「兩種毛病」，原因是它們的語言性格化並且相當的口語化了。

（四）通過對照的表現手法，指出正反力量的消長和農民階級勝利的前途。比如：

首先通過村莊的死氣沉沉和墳園的生氣勃勃這一強烈的對照，指出反動勢力雖然強大，而農民卻也看穿了反動派跟匪盜一氣的醜惡本質，覺悟到規規矩矩做人是活不下去了。這就是說正面力量在反動勢力迫害之下開始萌芽，人民已不完全是馴服的羔羊了。

其次由於農民渴望變革現狀，由相信反動派的武裝──「三甲隊」的三

條槍到相信黃道士的三個草人，把保衛捐移作救命錢。這一個對照，也深刻暗示反動勢力在人民中失去威信，開始走向削弱、崩潰，給正面的新生力量創造了生長和壯大的條件。

最後通過武器掌握在反動派手裏和掌握在人民自己手裏的不同作用的對照，指出階級鬥爭勝敗的趨向。當武器掌握在反動統治階級手裏的時候，爲恐謠言煽惑人心，影響稅收，動搖反動政權的基礎，就把謠傳中的「眞命天子」捉來；而捉來之後，又想利用他來做工具，想把他和封建迷信相結合，轉而向人民進行更殘酷的剝削，使人民永遠陷入迷信觀點和宿命論思想中乖乖地做反動統治階級的奴隸或牛馬。但當反動派的武裝被農民群眾解除，武器掌握到人民自己手裏的時候，情形便完全兩樣了，不但是消極的把那個所謂「眞命天子」釋放，而且通過對他的釋放，積極地向農民進行了一次階級教育，讓人民深切認識大家所殷切期待的「眞命天子」，只不過是一個拖著鼻涕的十一二歲的小孩子，應該猛省：這是完全受了封建迷信和宿命觀點的愚弄和欺騙。唯有出自本身的力量才是解除反動武裝、變革現實的「眞命天子」。

（五）在結構方面的一個顯著的特點也是以對照的描寫開始和以對照的描寫結束。開端時的對照，農民處在被迫害者的地位，使讀者感到擔心；結尾時的對照，農民處在勝利者的地位，使讀者感到痛快。而這前後兩種對照的內在的聯繫卻是階級矛盾的發生和解決。雖然還不能作永久性的解決，卻指出了一個解決階級矛盾的方向——跟反動統治階級作不調和的鬥爭。

由最後兩個特點看來，《殘冬》雖寫於二十年前，它的現實意義卻是教導我們「知道什麼是正在產生的、新的、前進的、不可阻撓的力量；什麼是垂死的、舊的、腐朽的力量，從而來促進新生力量的加速生長和舊的腐朽的力量的加速死亡。」（茅盾：《新的現實和新的任務》）這也就是茅盾的創作中社會主義現實主義因素佔據了支配地位的具體表現。

《林家舖子》

一 《林家舖子》產生的物質的和思想的基礎

　　《林家舖子》是茅盾先生於一九三二年六月十八日寫完的一篇不太短的短篇小說。它直接反映了「一・二八」事變前後上海附近市鎮的商業所受時局的影響和因時局變化而來的多方面的迫害（也就間接使讀者認識了當時全國商業的不景氣）。而那些受影響和迫害的商店，茅盾先生是通過一家比較有代表性的，叫做林家舖子的商店來表現的。但促使林家舖子的業務走向蕭條，而且由蕭條走向倒閉的，「一・二八」事變只是一個導火線，根本的原因應該是當時「連年的戰火、饑荒、水災、旱災、外患——一切等等所造成的罷風」（茅盾：《我們這文壇》一文中的話）震撼了林家舖子的物質基礎，結果它就不得不倒坍下去。這一陣「罷風」，不用說，是國民黨反動派一手造成的。由於他們的軟弱無能，不是投靠帝國主義，仰它的鼻息；便是讓它長驅直入，一味採取不抵抗主義——前者讓美帝國主義牽著鼻子走，後者讓日寇造成「九・一八」和接踵而至的「一・二八」事件。又由於當時蔣匪幫內部的極端腐化，不顧國計民生，一方面長期內鬨，另一方面向人民進攻，製造連年戰火，水旱之來，束手無策。結果，生產停頓，整個國家，變成各帝國主義者所爭奪的市場。外國壟斷資本家所感受的經濟恐慌，都想轉嫁到老弱無能的舊中國來。中國的民族工業固然被扼殺得氣息奄奄，就是一般商業也是滿目蕭然，頂多變成了資本主義國家的「售貨員」。但「貨」是難於出「售」的，因當時中國的農村經濟破產，農民購買力低落，洋貨儘管一再大減價，農民餓著肚

皮還是無法問津。在這種情況之下，商店外強中乾，本已難乎爲繼。何況國民黨反動派的大小官吏，又利用種種藉口勒索敲榨，促使許多舖子紛紛倒閉；就是與反動官吏相勾結的店家，也只能苟延殘喘，他們的命運是相同的，只是倒閉的日期或遲或早罷了。茅盾先生爲了反映這一殘酷的現實，便解剖了林家舖子在「連年的戰火、饑荒、水災、旱災、外患──一切等等所造成的『罡風』」的面前如何由掙扎而倒閉而出走的簡單過程。茅盾先生其所以選擇這一類的題材，是和他當時的文藝思想分不開的。

茅盾先生在大革命時代的文藝觀點，在《代序》中業已說過，已經是「愛被侮辱者與被損害者」；左聯成立後，他的創作思想，更具備了鮮明的階級觀點。比如《子夜》便具體地描寫了階級鬥爭，而且初步地寫出了黨的領導。茅盾那時已可以說是一個具有無產階級革命思想的作家。正如馮雪峯同志所說：「在寫《子夜》時的作者，就其創作的態度說，已經是一個無產階級的現實主義者，……而從現實主義的基本方向說，《子夜》卻已經是屬於無產階級現實主義的作品。」（《文藝報》七十期二八面）《林家舖子》是繼《子夜》之後的一個短篇，就背景、主題和一部分結構的安排上說，還可以說是《子夜》的「縮影」或「簡編」。《子夜》的重點之一寫了工人階級的覺悟程度日益提高；而《林家舖子》的重點之一卻寫了一般民眾在現實的教訓前也提高了覺悟。兩篇代表作都是站在無產階級至少是被剝削被壓迫階級的立場上寫的。具有這樣的文藝思想和創作態度的茅盾先生對於當時中國的文壇是極其不滿而且是非常憎惡的。這種「不滿」和「憎惡」實質上就是對資產階級的形式主義和頹廢主義的文藝思想的具體反抗。

他當時明確地喊出了響亮的口號：「我們唾棄那些不能夠反映社會的『身邊瑣事』的描寫；我們唾棄那些『戀愛與革命』的結構、『宣傳大綱加臉譜』的公式，我們唾棄那些嚮壁虛造的『革命英雄』的羅曼司；我們也唾棄那些印板式的『新偶像主義』──對於群眾行動的盲目而無批判的讚頌與崇拜；我們唾棄一切只有『意識』的空殼而沒有生活實感的詩歌、戲曲、小說！」他不止是消極的「唾棄」舊的，同時更積極地希望新的，「將來的眞正壯健美麗的文藝將是『批判』的（敵人、友軍、乃至『革命自身』，都要受到嚴密的分析、嚴格的批判。）『創造』的（從生活本身創造了鬥爭的熱情、豐富的內容和活的強力的形式；轉而又推進著生活。）『歷史』的（時代演進的過程將留下一個眞實鮮明的印痕，沒有誇張，沒有粉飾，正確與錯誤，赫

然並在，前人的歪斜足跡，將留與後人警惕。）『大眾』的（作者不復是大眾的『代言人』，也不是作者『創造』了大眾，而是大眾供給了內容、情緒乃至技術。）……眼前我們卻還只有龐雜混亂、幼稚粗拙！時代的大題材有多多少少還沒帶上我們那些作家的筆尖！時代的大步突飛猛進，我們這文壇落後了，……可是你也無須悲觀，時代的輪子將碾碎了一些脆弱的，狂妄自誇的，懶惰不學好的，將他們的屍骸遠遠地拋出進化的軌道！剩下那有希望的，將攀住了飛快的時代輪子向前！……虛心地跟『時代』學習！生活本身是他們的老師，看客大眾（即讀者群眾——星）是他們的不容情的評判員！」（以上所引均見茅盾一九三二年十一月二十八日所寫《我們這文壇》一文。）

茅盾先生本人在當時就是「那有希望的，攀住了飛快的時代輪子向前」、向生活學習的作家之一。他的進步的文藝思想是當時階級矛盾的產物，他始終是站在被壓迫被剝削的人民一方面的。他所寫的《春蠶》、《秋收》、《殘冬》等短篇，都可以說是「時代的大題材」，糾正了落後於現實的傾向，不但反映了現實，而且指導了現實，基本上符合他所倡導的標準：「批判」的、「創造」的、「歷史」的、「大眾」的。

由於當時民族矛盾的深化，茅盾先生號召作家們「最低限度必須藝術地表現出一般民眾反帝國主義的勇猛，……必須指出只有民眾的加緊反抗鬥爭，然後滬戰中士兵的血不是白流，然後可以打破帝國主義共管中國的迷夢！」（見《我們必須創造的文藝作品》，發表於《北斗》雜誌）《林家舖子》便是他在當時現實的刺激下，在這樣的文藝思想指導之下，真實地、歷史地反映了時代面影的不朽之作。

二　人物性格的把握

《林家舖子》不是以故事性見長而是以思想性取勝的一個短篇小說。這篇小說，重點在人物描寫。因為作為小說家的茅盾先生的長處，首先在刻劃人物，他並不是一個長於「說故事」的人。因為他擅長人物的刻劃，每個人物的性格都通過人物自己的語言、行動和行為、人物和環境的關係以及人物和人物相互間的關係表現出來，使讀者愛他或恨他，同情他或反對他。我們讀他的小說，為人物的愛憎所吸引，為人物的聯繫、衝突、同情、反感，一句話，他們的互相關係所吸引，並不亞於聽有趣的故事。

　　《林家鋪子》的人物，大體上可以分為三個方面：一是「鋪子」本身的人物，二是反動派及其走狗，三是環繞「鋪子」的人物：同業、債主、顧客（本地的居民、郊區農民、上海難民。）及一般群眾。當然，如所周知，人物性格的發展，固然決定情節的發展，但也是在情節充分發展的過程中，在人與人相處的關係中表現出來的。把人物平列起來，逐一分析並不是太好的辦法。現在為了眉目清楚，便於學習起見，試圖從平列的分析中同時兼顧人物的相互關係，來全面而詳盡地把握人物的性格。

（一）鋪子本身的人物

　　一、林先生　在作者的筆下，林先生具有一般商人的作風：他不但學會了當時上海商店一套外強中乾的廣告術，同時他還善於揣摩心理，迎送顧客，知己知彼，計較得失。在描寫他的性格的同時，作者是隱約地作了批判的。但他的伎倆也限於一個守法商人範圍之內，並沒有，也不可能，發展到勾結反動派的官吏，使自己成為官僚資本的附庸。如果在政治清明的時代，他真能做一個守法的商人，但在國民黨反動派統治的時代，他只能是被勒索被迫害的對象。他「想起他的一生簡直毫沒幸福，然而又不知道坑害他到這地步的究竟是誰」。這是當時被壓迫的商人的普遍的思想情況，作者寄予無限深厚的同情，特借那上海客人的嘴代他作了答案：「林老闆，你是一個好人，一點嗜好都沒有，做生意很巴結、認真，放在二十年前，你怕不發財麼？可是現在時勢不同：捐稅重、開銷大、生意又清淡；混得過去，也還是你的本事。」林老闆的確是想混過去的，他明知環境的險惡，還是要想法子掙扎下去。但終因精神上、物質上的迫害紛至沓來，只有接受壽生的策劃：出走。茅盾先生說：「他的出走是沒有積極計劃的，但他不肯去乞憐，任憑人家來宰割，而終於採納了壽生的這一計。這『出走』的行動，就成為對於那夥壞蛋的反抗。」（茅盾：《與吳奔星同志討論「林家鋪子」的一封信》）的確，林先生對「出走」是沒有什麼計劃的，但他既然採納了「出走」的計劃，在他主觀上自然是不滿舊社會的統治，想追求一個比較好的新環境，是可以肯定的。由於林先生出走的同時，使一般人知道在國民黨反動派統治下即使做小生意都是不可能的，客觀上起了「喚醒民眾」的作用。這一點與作者當時的創作思想是相適應的。

　　總之，林先生是一個性格比較懦弱，值得同情的商人，由於朱三阿太、陳老七、張寡婦等都存款到他的鋪子裏，也說明他是一個信用比較好的商人。

像他這樣的商人在當時都不能活下去，逼得一走了之，他的「出走」是富於啓發性和煽動性的。他的「出走」反映了反動統治階級的暴虐無道到了極點，也就是說反映了一定社會的本質，不是個別現象，而是具有代表性的。

二、林小姐　林老闆的獨生女兒，十七歲，雖然在學校讀書，但並不懂事，是被她母親嬌慣了的孩子。她儘考慮自己穿衣的問題，還不能分辨世局的險惡，看清事物的眞相。比如「鋪子」裏賣「一元貨」的時候，看見表面生意好，便高興得飛奔亂跳。不知道那是他爸爸挖肉補瘡，不得已而爲之的事情。但她的本質是好的，對於反動黨部的黑麻子委員，也感到「怪叫人討厭的」，這討厭他的情緒幾乎可說是發於本能的憎惡。但要她說出爲什麼要討厭他，她也許莫明其妙，她是一個性格還沒有定型的女孩子。作者安排她的前途：跟父親出走，主要是逃避卜局長「搶親」。不過，作爲下一代的她，又上過中學，對新鮮事物的敏感，自然比他父親強些。作者雖沒有暗示寄希望於下一代，但她同林先生出走，可能在經過一些鍛鍊之後，對林先生的新的「追求」有所幫助。這似乎是可以推測的，但作者卻沒有提供太多的材料使我們作更多的推測。

三、林大娘　林先生的妻子，是一個典型的被封建禮教陶冶出來的女性，保守、落後、迷信、相信命運、自私自利等性格集於一身，打呃和拜佛爲她表情上的兩大特徵。但她是一個正直而善良的女人，在殘酷的現實面前，也表現了對現實的一定程度的反抗。比如當排斥日貨運動高漲時，林家鋪子被黨部勒索四百元，林大娘也說：「眞——好比強盜」，「那些狠心的強盜」。但她這種喊叫，是在宿命論思想的支配下發出來的，只希望把女兒招個好女婿，死也放心了。她只知求救於「救苦救難觀世音菩薩」，自己並沒辦法去實踐她的願望。直到後來發覺卜局長要娶她的女兒做三姨太太，她這才知道她希望中的美夢不容易完成。趁林先生被捕時，經過一番思想鬥爭後，自作主張把女兒許配由學徒出身的店員壽生，而且當下草草成婚。茅盾先生說：「林大娘比她丈夫剛強，有決斷」。「她憎惡卜局長那樣的壞人，正因爲她不是趨財奉勢的人，所以堅決不肯把女兒送給卜局長當三姨太太，以求免目前的災禍。（當然她也很明白，把女兒給了卜局長，就是葬送了女兒。）可是，當時的形勢，林老闆不得不出走避禍，則此女兒必須有個安排，林大娘的計劃是安排好了丈夫與女兒以後，她一個人留在家裏，跟那些敵人『拚命』，所以必須先使女兒有托，於是就決定了把女兒嫁給壽生。林大娘的這一個行動正表現了舊社

會中婦女的『寧願粗食布衣爲人妻，不願錦衣玉食作人妾』的高貴的傳統心理。」（見前引《一封信》）如果不是現實的過於殘酷，她不會轉變得如此迅速。現實使她初步克服了宿命論思想，而且下了決心留在鋪子裏與債權人週旋，與敵人拚命，這是林大娘在國民黨黑暗統治時代最大的覺醒。雖然是從她個人出發，但說明了一個問題：國民黨反動派的醜惡本質連一個保守落後的老太婆也認清了，其他的人對國民黨反動派的觀感如何，也就不言可知。林大娘的這種覺醒在蔣匪幫統治時期不是個別現象，也是具有典型意義的。

四、壽生　是勞動人民出身，在林家鋪子工作，由學徒開始，做到店員的地位，得到林先生信任，他也很忠誠的爲林先生工作。我們雖不能說他是一個像今天這樣比較嚴格意義的行業工人，但他的出身卻賦予了他一些萌芽狀態的工人階級的品質：作者寫他對林先生的一片忠心，卻沒有透露過他有一點私心，這是一；他對舊社會的貪官與奸商狼狽爲奸的陰謀看得比較透澈，如林先生被捕後，就有裕昌祥掌櫃吳先生來挖底貨。壽生就「有點懂得林先生之所以被捕，先是謠言林先生要想逃，而現在卻是裕昌祥來挖貨，這一連串的線索都明白了」。這是二；壽生處事要比林先生果斷，策劃林先生出走，一方面固然是他看透了舊社會的本質，不能再存任何希望；但也由於他能當機立斷，又有「這裡的事，我和他們理直」的勇氣。這是三。這三點，在當時都不是一個普通店員所能表現出來的，與壽生的階級出身多少有些關係。因爲他一無所有，想法自然與林先生不同。這可以說是壽生之所以能策動林先生出走的思想根據。但是卻不能誤解壽生勸導林先生出走爲工人階級的遠見。茅盾先生說：「壽生是店員，因而他是屬於工人階級的。但把壽生的勸林老闆出走解釋爲工人階級的遠見，那又未免有點牽強附會；這，只能解釋爲壽生對於當時的反動統治集團已經沒有任何幻想；故勸林以出走表示其微弱的『反抗』。至於出走後怎麼樣，壽生那時並無『遠見』。——也就是說，他並無遠長的計劃。在當時，一個小鎮上的店員，他的認識水平只不過如此，這是由於客觀環境及其本人生活的限制。」（見《一封信》）

壽生雖得林先生信任，主觀上卻沒有非分之想，始終尊稱林先生爲師傅，當師母要把師妹林小姐許配給他時，他「睜大了眼睛，不知道怎樣回話，他以爲師母瘋了」。更說明他與林先生一家人始終存著尊卑上下的階級的鴻溝。壽生與林小姐的結婚，只是說明在國民黨反動派統治時期，各階級的人民由於受了迫害與侮辱，覺悟水平普遍提高，階級關係在逐漸轉化中。儘管壽生

和林大娘是不自覺的行動，但這種現象——打破門當戶對的傳統觀念——在當時卻是普遍存在的。這種階級關係的逐步改變是「喚醒民眾」的具體內容之一。

（二）反動派及其走狗

一、黑麻子委員　是國民黨反動派駐在這個小鎮上的代言人。平常也到學校講演，目的在看女學生，物色「對象」；就是宣傳「抵制日貨」的道理，也只是為他勒索商家創造條件。口頭上說得天花亂墜，實際只要有人遞腰包，便可以同意商家把日貨商標撕去照樣出售。平時打著什麼保護窮人的旗號，其實是掛羊頭賣狗肉，等到窮人有事告狀，他便發號施令，「踩著腳」，喝著「警察動手打」。他為了滿足自己的貪慾，勾結稅局局長、商會會長，敲榨商店，林家舖子便是被他敲榨的對象之一。但這個人物到最後才露面，在以前都是通過林小姐和商會長間接地介紹給讀者的。

二、卜局長　被派在小鎮上的稅務局長，是直接剝削人民的，他雖未直接露面，但從商會長口中知道他有了幾房姨太太，還想蹧踏林小姐，可知他是十足的貪官污吏。在林先生被捕一事上，他與黑麻子委員「兩個人鬧翻了」，因為他著眼於林小姐，而黑麻子委員要的卻是錢。這裡因小見大地透露了國民黨匪幫內部的醜惡本質的一方面：反動派的貪官污吏是如何地為了「女人」和「金錢」而起內鬨。

三、商會會長　勾結反動派的貪官污吏，性格陰險、狡猾、搬弄是非，兩面討好，為的是從中獵取報酬。他是反動派的走狗，是守法商人的死敵。

四、警察　在最後一個場面出現了四個警察。作者鞭撻了警察侮辱女性的罪惡，同時也可憐他們「吃這碗飯，沒辦法」。在民眾告狀時，「從警察背後突然跳出一個黑麻子來，怒聲喝打。警察們卻還站著，只用嘴威嚇。」這也說明他們究竟還有些良心，並不是甘心做反動派壓迫人民的工具。作者寫警察抓住了比較本質的東西，一方面痛恨他們狐假虎威，一方面也從他們中間探索出一些人民的潛力。解放戰爭時，有不少國民黨反動派的警察起義，就是這種潛在的品質的表現，這可能是作者當年就已預見到而不忍深責的原因吧。

（三）環繞林家舖子的人物，包括同業、債權者、顧客及一般群眾

一、同業　裕昌祥掌櫃吳先生俗語說：「同行是冤家」。林家舖子的對頭，

當然不只一家，作者只是通過裕昌祥一家來體現罷了。裕昌祥雖然同樣受時局影響，貨物賣不出去，雖然同樣受敲榨，（在抵制日貨時期，裕昌祥也被敲榨五百元。）卻仍然妒嫉林家鋪子，並且勾結貪官，趁林先生被捕時來挖底貨，使得林家鋪子「貨是挖空了！店開不成，債又逼的緊──」，不能不走向倒閉，林先生不能不出走。林先生的被捕與林家鋪子的關門都與裕昌祥有關。但在那種世局之下，裕昌祥的命運也不比林家鋪子好多少。林家鋪子倒閉之前既已倒閉了二十八家，林家鋪子倒閉之後，誰又能保證裕昌祥等商號不倒閉？由於國民黨反動派的敲榨與搜刮的範圍越來越小，自自然然會輪到裕昌祥，而裕昌祥的吳先生似乎並未覺悟。作者雖未明言，而批判之意卻含蓄在字裏行間。

二、債權人　使得林家鋪子受致命傷的主要是反動派的敲榨和勒索，其次便是債權者：本地的恆源錢莊和上海東昇字號的收帳客人。當上海客人來討帳時，林先生打算再向恆源借款，但遭了拒絕，並諷刺林先生「生意比眾不同」，不但不借，連舊欠「六百元」也要他「掃數歸清」。加以上海打仗，那個上海客人逼的緊，說林先生耽誤了他，「把一個拳頭在桌子上一放」，嚇得林先生忙陪不是，請他原諒。恰巧壽生從外地收帳回來，「全部都付給上海客人，照帳算也還差一百多元」。最後「算是總共付了四百五十元，這才把那位頭痛的上海收帳客人送走了」。「然而欠下恆源錢莊的四百多元非要正月十五日以前還清不可；並且又訂定了苛刻的條件：從正月初五開市那天起，恆源就要派人到林先生鋪子裏『守提』，賣得的錢，八成歸恆源扣帳」。林先生沒有辦法，恰巧「一‧二八」戰爭時，上海逃來不少難民，林先生為了適應他們的需要，「擬好了廣告的底稿，專揀現有的日用品開列上去，約莫也有十幾種。他又摹倣上海大商店賣『一元貨』的方法，把臉盆、毛巾、牙刷、牙粉配成一套，賣一塊錢，廣告上就大書『大廉價一元貨』。……一切都很順利，……新正開市第一天就只有林家鋪子生意很好，……只有一點使林先生掃興：恆源莊毫不願面子地派人來提走了當天營業總數的八成。」並且存戶朱三阿太、陳老七、張寡婦「不知聽了誰的慫恿，卻借了『要量米吃』的藉口，都來預支息金，不但支息金，還想拔提一點存款呢！……大新年碰到這種事，總是不吉利。壽生憤然說：『那三個懂得什麼呢！還不是有人從中挑撥！』壽生的意思是說斜對門裕昌祥的挑撥。」但是這三個小債主，只是大債主的陪襯，林家鋪子倒閉時，他們三個人不但沒有分到「生財」，而且張寡婦還受

了警察的侮辱，小孩也被弄死，最後完全瘋了，喊出了「強盜殺人」的呼聲。

　　林家舖子的債權人，也就在不平等的社會制度下得到不平等的待遇，強者為王，弱者遭殃。真正債主得不到償還，強有力的債主，或假冒的債主倒可能趁火打劫，混水摸魚，得到些好處。

　　作者在最後一個場面，表現了被壓迫的小額債主的憤怒。張寡婦受了侮辱，訴說著痛苦：「阿大的爺呀！……強盜兵打殺了你……窮人命苦，有錢人心狠──」朱三阿太發瘋似的反覆著一句話：「窮人是一條命，有錢人也是一條命；少了我的錢，我拚老命！」陳老七卻從舖子擠出來，罵那些搶「生財」的大債主、假債主：「你們這夥強盜看你們有好報！天火燒，地火爆，總有一天現在我陳老七眼睛裏呀！要吃倒帳，大家吃，分攤到一個邊皮兒，也是公平──」他又向朱三阿太和張寡婦說：「三阿太，張家嫂，你們怎麼直在這裡哭！貨色，他們分完了！……這班狗強盜不講理！……」

　　作者通過陳老七表現了他對舊社會「弱肉強食」的現實極端憎恨的心情。

　　三、顧客　林家舖子的顧客，主要是郊區農民，至於本鎮人買東西為量是不多的。外地人也只有「上海難民」那一次，不是經常的。而農民在當時農村經濟破產的形勢下，雖在年關，也只能買米充飢，連傘都買不起。林先生「知道不是自己不會做生意，委實是鄉下人太窮了。他偷眼再望斜對門的裕昌祥，也還是只有人站在那裡看，沒有人上櫃台買。裕昌祥左右鄰的生泰雜貨店、萬牲糕餅店那就簡直連看的人都沒有半個。一群一群走過的鄉下人都挽著籃子，但籃子裏空無一物。間或有花藍布的一包兒，看樣子就知道那是米。甚至一個多月前鄉下人收穫的晚稻也早已被地主們和高利貸的債主們如數逼光，現在鄉下人不得不一升兩升的量著貴米吃。這一切：林先生都明白，他就覺得自己的一份生意至少是間接的被地主們和高利貸者剝奪去了。」

　　因此，林家舖子的倒閉，根本原因除了帝國主義的軍事和經濟侵略外，就是由於在國民黨反動統治下的人民──特別是農民被剝削得過於貧困，飯都沒得吃，還談什麼購買力。作者通過階級剝削關係的分析，說明了商業蕭條的基本原因之一。

　　三、群眾：

　　（1）陸和尚、王三毛一類的人物　陸和尚是游手好閒的人，而王三毛卻是一個包打聽，所謂「消息靈通」的人物。這一類人物，在市鎮上為數不多，但到處都有，他們的存在，在舊社會，也具有典型的意義。他們有時也表現

一些正義感，如陸和尙勸陳老七到黨部去告狀，當然，那只是出於他一時的所謂「義憤」，對黨部的反動本質他是沒有認識，至少是認識不足的。

（2）混水摸魚的人　當林家鋪子倒閉時，大群的人擠滿了舖內舖外。有的可能是債權者，有的卻不免是冒牌的債權者，想混水摸魚，撿點小便宜的人。

（3）看熱鬧的閒人　這是林家鋪子倒閉時的主要群眾，他們有同情心，有正義感。當張寡婦哭訴死去的丈夫時，被卑鄙的警察所調戲，陳老七卻怒沖沖地叫起來，用力將那警察推了一把。那警察……揚起棍子就想要打，閒人們都大喊，罵那警察，而且主張陳老七他們到黨部去告狀。「不錯，昨天他們扣住了林老闆，也是說防他逃走，窮人的錢沒有著落！」又一個主張去的拉長了聲音叫。於是不由自主的，陳老七他們三個和一群閒人都向黨部所在那條路去了。

這一次的請願，揭穿了反動黨部「天天大叫保護窮人」的假面具，三位弱小的債主，雖然沒有達到討債的目的，但使得民眾認識反動派的真面目，卻是一大收穫。

這最後一個場面，作者著重地寫，寫得有聲有色，用意大概就在這裡，因為他的創作企圖為的是要喚醒民眾，「只有民眾的加緊反抗鬥爭，然後滬戰中士兵的血不是白流！」（茅盾語）

這些人物性格的發展，決定著整個情節的發展，而在發展中也更加鮮明地看出所有人物的主要、次要和陪襯等性質。

三　思想意義

當時，「日本帝國主義一面在東北製造事變，加儘其對蘇聯的挑釁；而一面則以上海自由市的提議，在和各帝國主義祕密交涉。……此種國際陰謀的暴露以及藝術地去影響民眾，喚起民眾間更深一層的反帝國主義的民族革命運動，亦必須由作家來努力擔負！」（茅盾：《我們必須創造的文藝作品》）

茅盾先生寫《林家鋪子》的企圖，主要是要「喚醒民眾」，繼續發揚「五四」以來新文學反帝反封建的戰鬥傳統。因為當時中國的形勢，民族矛盾固然是主要的突出的矛盾，而階級矛盾卻是基本的不可調和的矛盾。而在當時具體的歷史條件下，這兩個矛盾幾乎糾纏在一起，有不可分性。要解決這些

矛盾，首要的任務，必須「喚醒民眾」，參加反帝反封建的鬥爭。因此，他通過林家鋪子的掙扎、倒閉和林先生出走的事實，揭露和鞭撻了國民黨反動派，對外妥協投降，對內敲榨、壓迫和侮辱人民的醜惡本質；同時，暗示苦難的人民不可對反動統治再存任何希望，必須覺醒起來，為爭取自己的出路──自由和民主而奮鬥。他所「揭露」的，正是林家鋪子倒閉的根本原因；他所暗示的，也正是林家鋪子倒閉後所產生的社會影響。

自然，在反動勢力基本上還很強大而人民大眾一般地尚未覺醒的當時，作者表現這一主題思想，只能採取側面的暗示的手法，如果採取正面的、露骨的手法，讀者也許過癮一些，但卻不合乎歷史的真實，反而把反動派崩潰的過程和人民覺醒的過程簡單化了，看不出革命的隊伍是從無到有，勝利的果實是從小到大的艱苦而曲折的發展過程。而現在我們讀《林家鋪子》卻看到了當時歷史的真實的畫面。我們看到：國民黨的黨棍子作威作福，欺騙人民、敲榨人民的嘴臉；與國民黨反動派相勾結的商會會長如何兩面討好，從中漁利的醜態；被商會捉弄不能掌握自己的命運的林家鋪子的同業，如裕昌祥等商號的可憐相；被反動派豢養而侮辱良家婦女並忍心做幫兇的警察的奴才相；……但另一方面我們也看到：林大娘宿命論思想在現實面前開始轉變；壽生終於識破林先生被捕的原因，從而策劃他的出走，以及林家鋪子倒閉時群眾替張寡婦抱不平，從而集體往國民黨反動黨部「告狀」的義舉……一切這些對比的情況，使我們看到了人民大眾開始覺醒，開始認識國民黨反動派的罪行；這樣的覺醒確乎是比較微弱的，但結合當時江西中央蘇區的建立以及江浙兩省農村在革命低潮時期農民自發性的零星鬥爭沒有停止的情況看來，反動政權儘管勢力強大，也就不免顯得基礎動搖，逐漸走向滅亡啦！

人民的覺醒，是革命的基本動力，茅盾先生的許多小說，都掌握了而且表現了這一重要環節，《林家鋪子》不但沒有例外，而且表現得更突出一些。

《林家鋪子》雖然只是描寫一個小店，但反映的生活面卻無限寬廣，如以石投水，波紋四達，能夠使人看到重心。我們今天想從文學作品瞭解從「九一八」到「一二八」前後舊社會的情況、反動派的面貌等，《林家鋪子》無疑地是最能反映時代面影的名著之一。由於它的主題思想的正確而積極，決定了作品思想性的深度與廣度：

一、《林家鋪子》重點在暴露黑暗，主要表現在以下幾方面：

（1）暴露國民黨反動派不抵抗主義的投降本質，配合帝國主義的武裝侵略，壓制人民群眾自發的排斥日貨的愛國運動，而一般貪官污吏卻利用「九一八」至「一二八」之間這一廣泛的群眾性的排斥日貨的愛國運動，敲榨與勒索一般商人；送賄的照樣賣東洋貨，不送賄的便被罰款或沒收充公；同時，借保護窮人的口號，任意逮捕守法商人，直到用錢贖人而後已。

（2）暴露國民黨統治下而地主階級瘋狂剝削農民，使得農民生活窮困，失去購買力，從而造成商業蕭條，城鄉互不適應，供非所求的現象。

（3）暴露國民黨反動派內部在一個地區的「黨」「政」兩方面的反動頭子，因個人利害的衝突，存在著矛盾。一個小的市鎮尚且如此，因小見大，通都大邑更不待說。從而國民黨反動派的醜惡本質也就露骨地表現出來了。

（4）暴露國民黨統治時期的商會不是為商家服務，而是為官家當走狗。所謂「商會」不過是貪官污吏藉以敲榨商店的橋樑。同時，利用商人的自私心理，挑撥店家彼此妒嫉，造成內部不團結的現象，好使貪官污吏更便於剝削。

（5）暴露反動派對婦女在人格上極盡玩弄與侮辱之能事的醜惡本質。如卜局長要娶林小姐作三姨太，反動警察侮辱張寡婦等。

（6）暴露舊社會秩序混亂，人民不能安居樂業。如林老闆耽心壽生在收賬途中被搶，林家鋪子倒閉時無人善後。

二、《林家鋪子》的思想性，不僅在消極的暴露黑暗，而且更積極的表現了人民大眾的覺悟水平逐漸提高，對國民黨反動派表現無比的憤怒，試探用自己的力量創造前途。比如：

（1）林大娘當知道卜局長要「搶親」時，也一反向來的宿命論思想，毅然決然把女兒嫁給由學徒出身的店員壽生，而且留在鋪子裏和敵人拚命。

（2）林先生出走，並沒有什麼計劃，是非常渺茫的；但他在國民黨統治區內吃的苦頭太多，願意用「渺茫的前途」來結束他那「眾矢之的」的小鋪子。雖然他是接受別人的建議，但他本人也是下了最大的決心的。如果他不憤恨反動派的貪官污吏而對他們還存在著一絲半縷的幻想的話，他是決不會冒這麼大的危險的。

（3）最後一個場面，是一場新與舊的鬥爭，作者的用意是「要反映新事物的勝利，揭露那正在產生、發展的東西同正在衰亡的、阻礙進步的東西之間的有特徵意義的衝突和鬥爭。」（借用蘇聯《共產黨人》專論：《蘇聯文學的當前任務》

一文中的話，見《文藝報》一九五三年第二號）比如群眾替張寡婦打抱不平，居然鎮壓了警察的淫威；同時，大隊的群眾加入陳老七、朱三阿太、張寡婦等三人請願的行列，也說明群眾的思想感情倒在弱小者一邊，朦朧地認識到只有團結起來，組織起來才有力量。當以黑麻子委員爲首的反動勢力衝散請願隊伍，張寡婦口裏畢竟喊出了「強盜殺人了，玉皇大帝救命呀」！充分說明了反動派是不要人民的，而人民也就認識了反動派「強盜」的本質，寧肯寄希望於虛妄的「玉皇大帝」，不再對國民黨反動派寄託任何幻想。當然，張寡婦求救「玉皇大帝」，還表現出人民大眾宿命論思想，但這是作者對當時人民覺悟水平真實的衡量，超過了這個限度，就是誇大，就不是歷史的真實，顯得矯揉造作了。

通過這最後一個場面，看出新生力量的萌芽，也看出國民黨反動政權如何脫離人民大眾，正如失去了土壤的大樹，樹儘管大，終必枯死、倒下，是毫無疑義的。

一九三三年七月二日《真理報》社論指出：「社會主義的藝術家，一面描寫人類意識變革中的行動之心理，一面還描寫著從這些人們的行動及相互諸關係所產生的社會的諸關係之變化。」從壽生與林小姐的結合看來，從群眾的濟弱扶危的同情心與正義感看來，使我們認識當時「社會的諸關係的變化」。這種「變化」是不利於反動政權的。雖然由於當時客觀環境的限制，作者不能明朗地表現出來，卻也爲讀者提供了足以展開未來的夢想的許多線索。作爲認識社會的手段，什麼是黑暗，什麼是光明，那些人應該憎恨，那些人值得同情，《林家舖子》是完成了它的教育人民的任務的。

也許讀者認爲《林家舖子》所表現的人民大眾的覺醒太微弱了吧，但要知道，茅盾是現實主義的作家，他不能把人物一下子寫得完全變了樣子。正如前面所引他對將來的文藝的特色之一「歷史的」所下的注解：「時代演進的過程將留下一個真實鮮明的印痕，沒有誇張、沒有粉飾，正確與錯誤，赫然並在，前人的歪斜的足跡，將留與後人警惕。」正因爲如此，作者的作品才是真實地歷史地反映了時代的面貌以及那個時代的階級關係。

四　藝術價值

《林家舖子》的藝術價值，是由它的藝術技巧所表現的思想內容上體現

出來的，可以從下列幾方面來看：

甲、結構方面：

一、一條具有高度思想性的線索。線索是貫串著作品的情節的，要瞭解線索的發展，我們得首先認識它的情節是如何發展的。

《林家鋪子》原文分七大段：

一、二段是問題的發生——在「九一八」後排斥日貨期間，林家鋪子的貨物都被反動派認為是東洋貨，林老闆為了照常營業，忍受反動派四百元的敲榨。又為了撈回被敲榨去的巨款，趁舊曆年關大廉價。但主要買主農民卻被地主和高利貸者剝削得破了產，失去購買力，致使鋪子生意清淡，而債權人卻逼迫林老闆，林老闆感到難於應付，隱伏著破產出走的因素。

三、四、五段是問題的發展——「一二八」事件發生後林先生陷入錢莊壓迫、債主坐索、同業中傷和酷吏迫害之中，窘態畢露，苦惱萬分，結果被反動派託詞抓去。這時，出走的條件便已成熟。

六、七段是問題的結尾——林老闆被贖出後，陷於破產，攜女出走。接著債權人強分「生財」，弱小無告的債主被擯斥於鋪子之外，結伴告狀，被反動派毆辱，整個情節作悲劇性的結束。

從結構看，可知國民黨反動派對人民的敲榨、苛捐、迫害、勒索、暴虐等一系列的罪行，是情節發展的主要線索。而牽線的人是商會會長，被牽的是林先生。通過這條線索，使人看出林家鋪子掙扎、倒閉，林老闆出走和出走以後的人民大眾的開始覺醒的全部歷程。因此這可以說是具有高度思想性的一條線索。

二、結構方面的另一特點，是適應作者當時「喚醒民眾」的創作意圖而將「頂點」放在鋪子倒閉後的一幕。本來情節發展到第「六」大段林先生出走便應結束，但作者當時的創作思想不僅在「暴露」，而且要通過「暴露」去「歌頌」人民大眾在國民黨反動派的高壓下自發的覺醒。因此在林先生出走之後，宣布林家鋪子倒閉的同時，再來一個債權人清算林家鋪子以及窮苦無告的債主向反動黨部請願的場面，把反動派利用保護窮人拘捕林先生的西洋鏡拆穿，將反動派不要人民以及民眾憤恨反動派的一面，更突出地表現出來，使讀者對林先生的出走更表示同情與祝福。同情他脫離虎口，祝福他追求新生。這樣的創作思想與寫作方法是符合社會主義現實主義的原則的。

乙、典型環境的塑造方面：

「所謂典型環境，就是將歷史的、社會的（階級的）真實面貌——社會發展的基本的趨勢，階級關係的本質的形態——加以概括，集中地表現在作品中。」（借用秦兆陽：《論公式化概念化》一四六頁的一句話。）這一方面的特點主要是作者把背景與情節作有機的配合。作者為了表現他的主題思想，一方面選擇「一二八」事變作故事發生的時代背景，寫出日帝國主義的經濟侵略與軍事侵略在當時正向中國作鉗形式的進攻；另一方面又穿插著一個照理說應該是生意興隆的「旺月」的舊曆年關，而偏偏在一個小鎮上倒了將近三十家的舖子，其他地區更可想見。如果作者只寫「一二八」事變，不結合舊曆年關來寫，林家舖子也可能寫得倒閉，但情節不致這麼緊張。首先是逼債的不會這麼兇狠，其次是顧客特別是農民們不會成群地來趕集。通過年節，寫出我國的一個普遍的習俗：年關討債與準備年貨。而在當時，林家舖子只受到債主的逼迫，不能享受「旺月」的好處，這就說明農村經濟破產，地主階級向農民的瘋狂進攻到什麼地步了。如果只寫舊曆年關不寫「一二八」事件，則首先不能很好地反映反動派的官吏利用排斥日貨的機會趁火打劫敲詐勒索的醜惡本質；其次不能寫出林先生利用上海難民出賣「一元貨」作最後掙扎的一個環節。作者這樣地把「一二八」事件與農曆年關結合起來作為小說的背景，又把階級關係交錯起來，就具備了典型環境的意義，寫出林家舖子的倒閉和林先生的出走是必然的結局。

丙、人物性格的刻畫方面：

一、原則：點面相結合是茅盾刻劃人物的重要原則之一。比如：作者刻劃反動派的貪官污吏抓住了一個商會會長，大力描寫。不出場的卜局長，最後露面的黑麻子委員，都通過商會會長的話，使讀者明確地認識他們的性格。商會會長是貪官污吏剝削小商店的橋樑。如果分開來寫貪官污吏，篇幅固然拉長，人物刻劃也陷於孤立，並失去重點；同時如不結合事實來寫，也不易表現貪官污吏的本質。作者借商會會長的口寫出「委員」「局長」的嘴臉，也寫出了商會會長的嘴臉。在國民黨反動統治時期，官商幾乎是合一的，至少是勾結的，這一反動集團的本質，作者是把握了的。因此，處理人物時，也就以商會會長作重點，突出他來再波及他所聯繫著的貪官污吏。如此點面結

合，不但結構緊湊，而且彼此補充，互相照映，更突出了反面人物的全貌。其他如刻劃鋪子本身的人物，則以林先生為中心；刻劃同業的妒嫉和中傷則以裕昌祥吳先生為中心；刻劃債主告狀，則以張寡婦為中心。這樣點面結合，就能使讀者明確人物的主從關係，並清楚地辨別人物的眉眼和性格的好壞。至於作者具體地描寫人物性格主要採取通過人物的行動和語言，並使用敘述的文筆分析人物的心理面貌等方法。

二、方法：

ㄅ、經濟的手法，表現在兩方面：

（1）主次分明　第一個場面是從林小姐與林先生先後受氣回家寫起的。林小姐是抗日會不准他穿東洋貨；林先生是因為賣東洋貨，被反動黨部勒索四百元，才准撕掉商標發賣。至於當時愛國的排日運動如何起來，反動官吏如何對待和利用這一運動，他都不費筆墨去描寫，全含蓄在林先生父女受氣回來的行動內。原因是作品主要在寫林家鋪子，「一二八」事變以及因之而高漲的愛國排日運動只是畫面上的背景，是從屬的，目的在把林家鋪子及它的有關人物突現出來。

（2）通過幻象反映現實　小說中的人與事不是孤立的，既要突出主要的，也要「總覽全局」，寫出有關的和次要的。比如黨部黑麻子委員的形象，不便通過商會會長的語言表現出來的部分，作者就利用林小姐內心的幻象來反映。「林小姐瞪著一對淚眼，呆呆地出神，她恍惚看見那個曾經到她學校裏來演說而且餓狗似的釘住她的什麼委員，一個怪叫人討厭的黑麻子，捧住她家的金項圈在半空裏跳，張開了大嘴吧笑。隨後，她又恍惚看見這強盜的黑麻子和她父親吵嘴，父親被他打了。……」

這種幻象不是虛構的，是殘酷的現實在人物頭腦中的再現。

又如作者通過林先生惦記壽生多日未歸，懷疑被強盜搶了，逢人便問：「什麼事？是不是栗市快班遭了強盜搶？」反映國民黨統治時期社會秩序的混亂，有的固然是由於「慣匪」造成；有的卻是人民不甘心被剝削而死，起來反抗。而國民黨反動派卻把人民這種自發性的「反抗」，看成「強盜」行為，而不覺悟他們自己正是「竊國大盜」。

ㄆ、襯托的手法：

（1）故事一開始，林小姐對小花貓反常的態度，烘托出她內心的煩惱，而林小姐的煩惱心情又是排斥日貨運動高漲的反映，襯托出反動派有口可藉

和林先生被敲榨的必然性。

（2）通過林大娘打呃，襯托出國民黨反動派敲榨人民，使人民喘不過氣來，一股不平之氣無從發洩。

（3）通過鄉下人買傘，烘托出農村的經濟破產。使林先生明確商業蕭條的原因。（如：「阿大！你昏了！想買傘！一船硬柴一古腦兒只賣了三塊多錢，你娘等著量米回去吃，那有錢來買傘。」）

（4）通過寫景襯托出林先生在生意蕭條債主坐索時心情的憂鬱，創造出淒涼的氣氛。（如：「天又索索地下起凍雨來了，一條街上冷清清地簡直沒有人行，自有這條街以來，從沒見過這樣蕭索的臘尾歲盡，……仰起了臉發怔。」）

（5）用攤販們沒有生意，黨老爺飽漢不知餓漢飢地使變把戲的粉飾太平，襯托出年景的淒涼。

（6）年關時二十八家舖子倒閉，連信用素著的綢莊也倒閉了，欠林家舖子三百元貨賬的聚隆與和源也倒閉了，大有山雨欲來風滿樓之勢，襯托出林家舖子倒閉的必然性。

丁、語言運用方面：

語言運用上的特色是適當的運用了人民大眾的口語，能表現人物說話的神情，特別是用憤怒的語言反映了人物的憤怒的心情。比如林先生說：「只好去齋齋那些閒神野鬼……」林大娘說：「眞——好比強盜！」「狠心的強盜！」陳老七說：「你們這夥強盜看你們有好報！天火燒，地火爆……」朱三阿太說：「窮人是一條命，有錢人也是一條命，少了我的錢，我拚老命！」張寡婦說：「強盜殺人了！……」像這些語言，都是活在日常生活中的口語，不但刻劃出人物的肖象，而且反映了人物的心情。

蘇聯梅拉赫教授說：

> 眞正的藝術形象都是體現了生活中的眞實的，這使得各個不同時代和各個民族的偉大文學作品獲得了不朽的意義。其所以不朽，是因爲這些作品表現了當時正在發展中的思想，表現了在反對舊的反動勢力的鬥爭中對新的、進步思想的肯定。不歌頌生活中眞正美麗的、不把阻礙運動前進的一切反動的東西作爲反美學的和醜惡的形象予以暴露，是絕不可能反映出生活中的眞理的。（《人民文學》一九五三年第二號梅拉赫教授《文學典型問題》。）

我想茅盾先生的《林家鋪子》其所以有永久性的藝術價值，也正是因為它裏面的藝術形象體現了生活真實，「表現了當時正在發展中的思想，表現了在反對舊的反動勢力的鬥爭中對新的進步思想的肯定。」比如對壽生替林先生策劃新的前途，對林大娘宿命論思想的初步轉變，對群眾所給予張寡婦等的同情與義憤……作者都是肯定了的。而且作者在暴露反動派醜惡的形象時，不但能引起人們的憎恨，而且還能夠使人民振奮起來，燃燒著撲滅醜惡事物的願望。今天我們的新國家充滿新生的、優良的事物，但也難免有陳舊的、醜惡事物的殘餘！讀了《林家鋪子》，應該能更深入地分辨，熱愛新的、有益的，消除舊的、有害的。這也正是《林家鋪子》的教育意義的所在。

一九五三年二月初稿，七月修正。

附錄　茅盾先生與作者討論「林家鋪子」的一封信

　　《林家鋪子》是茅盾先生代表作之一，中等學校語文課本曾經選作教材，高等學校「現代文選」及「現代文學」等課程也多半選作教材；但因原文較長，加以自發表後還沒有人作過比較系統的評述，青年同學在學習上就難免遇到一些困難。××師範學院語文系三年級同學，於一九五二年下學期在「名著選讀」課上學習後，曾集體討論了好多次，並由我寫成學習小結，寄請茅盾先生核閱，他回信表示同意。一九五三年上學期同院語文專修科一年級同學也在「名著選讀」課上學習了一次，對語文系三年級同學的小結有所訂補。但挖掘得還不夠全面，不夠深刻，還不能算最後的定稿，希望在教學過程中繼續不斷的研究，作出更正確的結論來。現在徵得茅盾先生的同意，把他寫給我的信附印出來，供大家參考。——奔星

奔星同志：

　　三月三日來信收到。關於《林家鋪子》中間幾個人物的問題，我的意見是這樣的：

　　一、壽生是店員，因而他是屬於工人階級的。但把壽生的勸林老闆出走

解釋為工人階級的遠見（如來信所述貴校同學們的意見），那又未免有點牽強附會；這，只能解釋為壽生對於當時的反動統治集團已經沒有任何幻想，故勸林以出走表示其微弱的「反抗」。至於出走後怎麼辦，壽生那時並無「遠見」。——也就是說，他並無遠長的計劃。在當時，一個小鎮上的店員，他的認識水平只不過如此，這是由於客觀環境及其本人生活的限制。

二、來信又說「有些人說林大娘將女兒許配給壽生，是小資產階級與工人階級結合的表現」；我以為這是更加牽強附會的說法。林大娘是一個善良而正直的女人，她憎惡卜局長那樣的壞人，而正因為她不是趨財奉勢的人，所以堅決不肯把女兒送給卜局長當三姨太，以求免目前的災禍。（當然她也很明白，把女兒給了卜，就是葬送了女兒。）可是，當時的形勢是，林老闆不得不出走避禍，則此女兒必須有個安排，林大娘的計劃是安排好了丈夫與女兒以後，她一個人留在家裏，跟那些敵人「拚命」。所以必須先使女兒有托，於是就決定了把女兒嫁給壽生。（在林家那樣小舖子裏，一個店員成為老闆的知心人，那是常見的。）林大娘的這一個行動正表現了舊社會中婦女的「寧願粗食布衣為人妻，不願錦衣玉食作人妾」的高貴的傳統心理。林大娘比她丈夫剛強、有決斷。

三、林老闆是一個比較懦弱的人，他的出走是沒有積極計劃的，但他不肯去乞憐，任憑人家來宰割，而終於採納了壽生的這一計，這「出走」的行動就成為對於那夥壞蛋的反抗。

四、林小姐，雖然有點嬌慣，但本質是好的；她對於黑麻子之類就有一種幾乎可說是發於本能的憎惡。

以上所說，不知您覺得如何？至於您那個油印的「學習小結」（即指本篇——星），大體上我都同意，恕我無暇細談。匆覆，並頌

健康。

茅盾

三月十日（一九五三年）

《兒子去開會去了》

一　結構、情節和它的特點

　　《兒子去開會去了》是茅盾先生於一九三六年六月在上海寫的一個短篇，從側面反映了「一‧二九」「一二‧一六」學生運動以後在全國範圍內掀起的反帝反封建的愛國運動的浪潮。它的情節是過通六個段落來表現的：

　　第一段：(「父親把原稿紙攤平……就走下樓去。」) 寫一個十二三歲的小學生阿向徵得正在樓上寫文章的父親的同意：為了紀念「五卅」十一週年，跟同學們一塊到市商會去開會。

　　當然，父親對於只有十二三歲的兒子要去參加社會活動，並不是直截了當就予以同意的，而是首先記起妻子昨天告訴他的話，說兒子阿向近來常常和同學們出去走，甚至走到來回足有二十里路遠的文廟公園去，這樣小的年紀是要走傷身體的。父親想到這裡，雖然明白「今天是五月三十日」，但覺得他的兒子還沒有到參加什麼「運動」的時候，自然有不讓兒子去開會的意思。可是聰明的兒子識破了父親的心靈的機密，「先發制人」地說服父親：首先告訴父親不是他一個人去，而是有同班的三個同學去，還有「先生」另外走；其次告訴父親，不會迷路的，因為同路的人認識道路。於是父親的顧慮消除了，不但同意兒子去開會，而且決定給他車錢，免得他走傷身體，好使做母親的不致過於耽心。

　　由此看來，父親同意兒子去開會，是經過仔細的考慮的，父親是一個細心的人。兒子解答父親的疑問，也是很周密的，他是一個機靈的孩子。

第二段：（「兒子坐在小籐椅裏……便到廚房裏去了。」）寫當年的學生愛國運動是有組織、有領導的，不過也是有危險的。但兒子以俏皮的言語和堅決的態度澄清了父母對他的顧慮。

我們看阿向這孩子是多麼聰明，他先上樓取得爸爸的同意，然後下樓告訴媽媽，媽媽認為既然父親都同意了，自然也只有同意。同時，阿向這孩子年紀雖小，意志卻是非常堅決的。「快點炒蛋炒飯吧，十二點鐘我要和他們會齊的。」從這句話的語氣看，同去開會的人當然不止三個。他之所以只說三個人同去，是為了減少父母的顧慮，表示今天去開會，只是兩三個人同去走走，沒有什麼了不起，用不著耽心。於是父母的顧慮被沖淡了。

我們必須注意一點：通過阿向和父母的談話，看出當時愛國運動的發動者、組織者和領導者，不是國民黨控制下的學校，當時一般的學校頂多默認學生們參加。「並沒正式叫他們去」，這一句話真實地反映了歷史的面貌。現在四十歲左右而又參加了或者「參觀」了當年愛國運動的人，想來都可以做見證吧。當時愛國運動的發動者、組織者和領導者，因本篇寫於國民黨反動派的專制淫威之下，作者雖沒有明白指出，但卻暗示著是中國共產黨，是毛主席。這一點我們必須認識。

第三段：（「父親又盯住了他兒子的面孔看……又有點快慰。」）寫在母親為兒子炒蛋炒飯的間歇時間內父親的思維活動，說明國民黨反動派越來越腐敗越殘酷。他回想十一年前發生「五卅」慘案時，妻子參加大示威遊行，回到家裏，一把抱住自己只有兩足歲的兒子阿向，說她看見許多十二三歲的小學生也參加了遊行，被反動派的馬隊衝散，跌倒街頭，就希望阿向大了時，世界會變好，不會是老樣子。那知世界越變越壞，每一次示威運動總有小學生挨皮鞭馬蹄的慘劇。特別是「最近」看了「一二‧一六」北京受傷學生的攝影，也有十二三歲的小學生在內，她便對兒子阿向發出了反動派對於小孩子也下毒手的概歎！這是母親不放心兒子去開會的思想根據。而阿向的父親卻想到十一年前跟阿向同樣大小的許多小孩子現在大概也同阿向一樣懷著又好奇又熱烈的心情準備去參加第一次示威，心中有一種難過和快慰相混合的感覺。這是他對兒子去開會雖然也感到不放心而終於同意了他去的思想根據。

第四段：（「兒子匆匆忙忙地在吃蛋炒飯了……母親一直站在後門口看他走出了衖堂門。」）寫兒子以沉著的態度、堅定的口吻進一步掃除父母由於自己年幼所引起的顧慮。在這裡我們看見了當時的下一代為了祖國的主權獨立，領土完整，

忘記了危險，忘記了自己弱小的身體，充滿愛國熱情，勇往直前的富有生氣和滿懷希望的藝術形象。

第五段：（「你不應該先允許他去的……然而他們的笑是自然的、愉快的。」）寫阿向的父母在兒子去開會去了以後彼此間矛盾的發生和統一。

這一段指出了中國革命具有「長期的艱苦的」特性。上一代的人只要是不甘心做順民、做奴隸的，都看得到中國革命的前途，也都希望自己的兒女是勇敢的革命的愛國主義者，希望苦難的日子很快地過去。他們想到當時的現實自難免傷心得流淚，而想到未來，卻又心情愉快。這是阿向的父母對於允不允許兒子去開會一事上彼此間所發生的矛盾其所以能夠獲得統一的思想基礎。

第六段：（「整個下午過去得很快……喊得眞高興呀！」）寫阿向的父母等待兒子歸來的心情：未回來時是憂慮，既回來後是高興。憂慮的不是別的，是怕兒子出問題或因年小而迷途；高興的卻是因爲愛國示威遊行運動的順利完成。當時「喊得眞高興」的「口號」，誰也知道，是中國人民奮鬥的目標，努力的方向。有了目標，有了方向，人民的期望才不會落空，才會一步一步的走向勝利。

這六段前四段寫兒子去開會前報告父母並且說服父母的經過。第五段是本書的重點，寫出兒子去開會去了以後父母之間的矛盾的發生和統一。他們之間的矛盾的統一是在愛子和愛國兩種「愛」的統一上完成的。他們認識到中國革命的特性，認識到兒子是未來國家的主人公之一，儘管不放心於他之年幼無知，但卻希望他趕快成人。更值得注意的，是提出了群眾觀點：母親想跟兒子一同去開會，必要時好要兒子跟她回來；而父親卻笑得很響地說：「他要跟群眾走，怎麼跟母親呢？」把下一代的兒童應走的道路明確地指點出來。當時集會的群眾是革命的隊伍，跟群眾走便會永不掉隊。第六段則表現父母盼望兒子過時未歸的焦慮和既歸以後的高興的心情，說明父母在兒子臨去前的耽憂，完全是因爲兒子太小，放心不下，思想上並無反對兒子參加愛國活動的意思。這是我們閱讀這篇小說應該認識的第一點。

其次，本書情節的發展大體上以時間爲順序——從上午十一時一刻起到下午九時半止。但第三段卻是在時間的推移中的一段插敍。這段插敍在情節發展上是一個主要的環節。有了這一段，情節的發展才不失之單調，才使讀者感到豐富多姿。它一方面暴露國民黨的統治一年反動一年，另一方面也交

代了做父母的對兒子一代參加愛國運動雖不放心而又不堅決反對的複雜的思想感情的歷史根源。

同時，情節的發展雖然只經過了一個下午，作者卻圍繞中國人民對革命具有無限信心寄希望於下一代一點，寫出當時愛國運動的時代背景、組織領導、示威情況乃至反動派一貫出賣祖國的實質。總之，寫出了中國人民為爭取民主、自由的鬥爭傳統。這是我們閱讀這篇小說應該認識的第二點。

第三，這篇小說寫得非常含蓄，主要的寫作技巧是運用側面的暗示的手法。它暗示著：

一、阿向的家庭是一個讚成革命而且有革命傳統的家庭。父親是一個文字工作者，他寫的文章既是有時間性的，就充分暗示出他的文章決不是風花雪月的消閒之作，而是和政治密切相關的。同時，由於他同意兒子參加反帝反封建的愛國運動，他的文章的內容想來與當時的愛國運動有關聯，決不是為反動統治作宣傳的。這樣的推測如果正確，那無形中父親的進步的言論便體現於兒子的實踐當中去了。至於母親是大革命時代的新女性，是反帝反封建的「老前輩」，她親眼看見過血染南京路的「五卅」慘案，而且為此參加了大示威遊行。把阿向的父母的政治面目分析一下，就可以知道阿向的家庭是一個革命的家庭。當然，阿向的父母是小資產階級，在對待兒子去開會一事上，也表現了不同程度的軟弱性和動搖性。但在當時的具體條件下，像這樣能讓兒子去參加愛國運動的父母還是可貴的。由於他們在舊社會也是受壓迫的，所以當他們肯定阿向將來是勇敢的，希望他趕快長大時，彼此都笑了，對看了一眼，彼此都覺得眼眶裏有點潮濕。然而他們的笑是自然的，愉快的。這就表明了革命的小資產階級的思想感情有與工人階級共通之處，表明了在革命鬥爭中階級轉化的可能性。

二、當時的愛國運動是有組織、有領導的，而且是規模宏大、波瀾壯闊的。兒子出發前，說明開會是有組織有領導的，地點是在十里外的市商會，十二點要到齊。同時，通過父母的回憶，說明十一年前的愛國運動規模就已那麼壯大，今天世界還是那樣，由於人民的覺悟提高，規模自然更加宏大。這不是想像，從不久的「一二‧一六」學生愛國運動就可以得到證明。因此，作者雖不正面描寫開會和遊行的場面如何宏偉，而讀者卻可以從側面獲得聲勢浩大的印象。加以在兒子回來前作者又使一個反襯手法：說一個朋友收集得當天大會裏的各種傳單，等兒子回來時，一眼看見它們，也掏出自己帶來

的一份，並且簡單的說出遊行的經過和呼喊口號的情況。這些都不是正面的描寫反帝反封建的愛國運動，而是通過暗示手法從側面來加以反映。這樣的藝術技巧，是比較適合當時國民黨反動派進行殘酷的「文化圍剿」那樣的具體的歷史條件的。

二 主題思想和它的社會意義

　　這篇作品是日本帝國主義加緊侵略我國，國民黨反動派存心出賣祖國，中華民族遭遇到空前危機的時候產生出來的。這一個危機之所以能夠「轉危為安」，是因為當時中國共產黨號召全國人民起來和民族敵人作殊死的鬥爭。在黨的領導下，中國人民看穿了一個事實：一方面是國民黨的荒淫與無恥，一方面是共產黨的莊嚴的工作。一九三五年以後的愛國運動其所以轟轟烈烈波瀾壯闊，中國人民具備了這樣的認識也是主要原因之一。當然更主要的原因是黨的組織和領導作用的日益加強，是黨在人民群眾中的威信的日益高漲。這篇作品，由於上面的具體分析，作者的創作意圖，已通過人物形象，很強烈地感染了我們。作者從側面反映了當時愛國運動的面影：通過一個小孩子也參加了愛國運動，便充分暴露了帝國主義、封建主義和官僚資本主義三位一體的國民黨反動政權越來越反動，腐朽得要出賣祖國，殘酷得要殺害人民；而與之相對立的人民的反帝反封建的愛國運動也就越來越高漲，陣容越來越壯大，方向也越來越明確。這是作者企圖通過這篇作品來教育人民的中心內容，我們必須認識它的社會意義：

　　首先，對於帝國主義在一九二五年手造的「五卅」慘案，北洋軍閥就是容忍的，中國人民當時的反帝愛國運動就遭到反動統治的扼殺。那知十一年後的一九三六年，帝國主義的侵略越來越兇，而繼承了北洋軍閥的賣國衣缽的國民黨反動派也越來越顯得腐敗：一方面簽訂賣國協定，一方面嚴禁愛國運動的滋長。這是我們必須認識的第一點。

　　但是有了中國共產黨的正確領導的中國人民是不甘心追隨反動派去做亡國奴的，壓力愈大，反抗力愈強。做父母的一代固然大多數認識到中國革命長期而艱苦的特性，而做兒子的一代卻更加勇敢堅決。未來是屬於青少年的，他們必須為爭取做未來世紀的主人公而奮鬥。父母希望兒女趕快長大成人，完全由於對革命具有信心的緣故。他們看出了革命發展的方向，勝利已不是

虛無縹緲的幻想，因此特別寄希望於下一代。這是我們必須認識的第二點。

最後必須認識當時的愛國運動是有組織有領導的。組織者及領導者是誰呢？前面已經說過是中國共產黨。這是誰也否認不了的歷史真實，我們從這篇作品中也可以體認出來：

一、兒子去開會，時間在一九三六年的五月三十日，正當偉大的「一二・九」、「一二・一六」學生愛國運動之後。如所周知，一九三六年以後的愛國運動是一九三五年「一二・九」、「一二・一六」學生愛國運動的繼續擴大和深入開展。而「一二・九」、「一二・一六」學生愛國運動，又如所周知，它的組織者和領導者是中國共產黨。這些運動並非青年學生單純的愛國熱情的發洩，實在是繼之而起的八年抗日戰爭的「溫床」，也是促使中國人民從帝國主義和封建主義的迫害下解放出來，並且站了起來的第一聲號角。

二、當時的運動已有統一的口號，而這些口號都是「紅色」的紙條，不但號召統一的行動，而且標誌奮鬥的目標。這對於今天四十左右的人想來是記憶猶新的。

僅僅從這兩點看，便足以證明當時的愛國運動是中國共產黨在人民自覺的基礎上加以組織的和領導的。

從今天的情況來說，當時「喊得高興」的「口號」，和阿向的父親所作的「恐怕要到阿向的兒子做了小學生，這類群眾大會才是沒有危險的」預言，都已變為感受得到的幸福的現實，已不復是主觀的願望，而是客觀的存在了。今天我們讀這篇小說時，回想一下當時的小學生都不惜挨著反動派的皮鞭與馬蹄而鬥爭，我們應該如何珍惜和保護長期而艱苦地用鮮血澆灌而成的勝利的果實呢！

《子夜》

一 《子夜》產生的社會基礎

茅盾先生的《子夜》產生的時代，是中國人民最苦難而又預感苦盡甘來的時代，是黑暗籠罩著而又隱含曙色的時代。

當時國內的情況，一方面是天災人禍的空前嚴重。一九三〇年前後連年水、旱、蟲、疫等天災：一九二九年全國饑民在五千萬以上，一九三一年水災——江、淮、河、漢大泛濫，災區遍十七省，災民在一萬萬以上。同時，反動派內部為了爭權奪利，連年苦戰：一九二九年八月蔣介石與閻錫山、馮玉祥作戰；一九三〇年蔣介石、閻錫山、馮玉祥中原大混戰。結果使得生產力大受損傷，特別是廣大農村陷於經濟破產，而地主階級卻趁火打劫，更殘酷地剝削農民。廣大人民感到水深火熱的痛苦，到處流離，甚至死無葬身之所。

而在另一方面，大革命後，農村革命深入，中國共產黨和毛主席所領導的十年土地革命即第二次國內革命戰爭，解放了不少苦難的人民，同時啟發了各地農民的階級覺悟，起來與地主階級作鬥爭；而且在黨的領導或影響下，上海等大城市的工人運動高漲，也不斷掀起和反動資本家的鬥爭。這就是說，當時國內儘管黑暗，卻已到處燜爍著劃破黑暗的「星星之火」。

至於當時的國際情況，一方面是資本主義國家遭受空前的經濟恐慌和為了解除經濟恐慌而興起的鎮壓工人運動的法西斯政權。原因是一九二九年末，資本主義國家裏爆發了破壞力量空前巨大的世界經濟危機，並在其後的三年中間深化起來。加以工業危機與農業危機錯綜一起，使得各資本主義國

家內部情況萬分惡化——都爲所謂「不景氣」所襲擊。有二千四百萬工人陷於飢俄的境地，有數千萬農民感到難堪的痛苦。因而各種矛盾——帝國主義國家相互之間、強國與弱國之間、帝國主義國家與殖民地和依賴國之間、工人與資本家之間、農民與地主之間……的矛盾，日益加深，到了尖銳化的地步。

國際資產階級爲了逃脫經濟危機，從兩方面尋找出路：一是建立法西斯政權，來鎮壓工人運動、窒息民主空氣，一是挑起重新分割殖民地及勢力範圍的侵略戰爭，來劫掠防禦力量比較薄弱的國家。希特勒之所以能在一九三三年取得政權和日本帝國主義之所以在一九三一年開始侵略我國，都是以這樣的國際形勢作背景的。

而在另一方面，當帝國主義國家「不景氣」的時候，卻是社會主義的蘇聯第一個五年計劃開始和完成的時候（一九二九～三三）。這一個鮮明的對照，雄辯地證明社會主義制度比資本主義制度具有旋乾轉坤的優越性，大大地鼓舞了世界各國的工人運動，特別是鼓舞了當時我國的人民革命事業——刺激每一個愛國的中國人民都要求透過最黑暗的時代窺視光明的世紀。

茅盾，這一政治嗅覺特別敏銳的無產階級革命作家，就從這一國內的和國際的情況相結合的社會基礎上，通過他的主觀的認識，獲得了寫作他那眞實地反映時代面影的不朽之作——《子夜》的題材和主題思想。

二 《子夜》的寫作經過

《子夜》的題材的來源、創作動機的引起和原定的計劃，茅盾先生說是這樣的：

> 一九二八年我……到日本，……約二年，一九三〇年春又回到上海。這個時候正是汪精衛在北平籌備召開擴大會議，南北大戰方酣的時候；同時，也正是上海等各大都市的工人運動高漲的時候。當時我眼病很屬害，醫生囑我八個月甚至一年內不要看書。……我便一意休養。每天沒事，東跑西跑，倒也很容易過去。我在上海的社會關係，本來是很複雜的：朋友中間有實際工作的革命黨，也有自由主義者；同鄉故舊中間，有企業家、有公務員、有商人、有銀行家。那時我既有閒，便和他們來往。……向來對社會現象僅看到

一個輪廓的我，現在看的更清楚一點了。當時我便打算用這些材料寫一本小說。後來眼病好一點，也能看書了，看了當時一些中國社會性質的論文，把我觀察所得的材料和他們的理論一對照，更增加了我寫小說的興趣。

在我病好了的時候，正是中國革命轉向新的階段，中國社會性質論戰進行得激烈的時候。我那時打算用小說的形式寫出以下的三方面：

一、民族工業在帝國主義經濟侵略的壓迫下，在世界經濟恐慌的影響下，在農村破產的環境下，為要自保，便用更加殘酷的手段加緊對工人階級的剝削。

二、因此引起了工人階級的經濟的政治的鬥爭。（每一經濟鬥爭很快轉變為政治的鬥爭，民眾運動在當時的客觀條件是很好的。）

三、當時的南北大戰、農村經濟破產以及農民暴動，又加深了民族工業的恐慌。

這三者是互為因果的。我打算從這裡下手，給以形象的表現。

《子夜》的內容決定以後，他便在一九三○年夏秋之交，開始構思；同年冬天整理材料，寫出詳細大綱，列出人物表，把各個人物的性格、教養以及性格的發展和相互關係都定出來；接著擬出故事的大綱，把它分章分段，使它們彼此聯接，前後呼應，然後開始寫作。全書一共十九章，「始作於一九三一年十月，至一九三二年十二月五日脫稿；其間因病、因事、因上海戰事、因天熱，作而復輟者，綜計亦有八個月之多。」(《子夜》:《後記》)

茅盾在構思《子夜》的時候，就「有了大規模地描寫中國社會現象的企圖。」(《子夜》:《後記》) 所以他說：

初寫時我的野心很大，打算一方面寫農村，另方面寫都市。當時農村經濟的破產掀起了農民暴動的浪潮，因為農村的不安定，農村資金便向都市集中；論理可使都市的工業發展，然而……農村經濟破產大大減低了農民的購買力，因而縮小了商品的市場；同時，流入都市的資金，未投入生產，而是投入投機市場，不但不能促進生產的發展，反而增添了市場的不安定性。《子夜》的第三章便是描寫這一事態的發端。原打算把這些事態發展下去，寫一部農村與都市的「交響曲」。但因為中間停了一下，興趣減低了，勇氣也就小了，

並且寫下的東西越看越不好，照原來的計劃範圍太大，感覺到自己的能力不夠，所以把原來的計劃縮小了一半，只寫都市而不寫農村了。把都市方面：（一）投機市場的情況、（二）民族資本家的情況、（三）工人階級的情況———三方面交錯起來寫。（茅盾先生於一九五二年三月十二日寫的《茅盾選集自序》把這三方面改成這樣的說法：「這一部小說寫的是三個方面：買辦金融資本家、反動的工業資本家、革命運動者及工人群眾。」比較起來，意義更加明確了。———星）

《子夜》既交錯地反映了這麼複雜的三個方面，自然就留下了當時動亂的社會的一幅真實的面影：舊的在死滅，新的在萌芽。所謂新的萌芽，是指黨所領導的人民革命事業穩步走向勝利；所謂舊的死滅，是指買辦金融資本家和反動的工業資本家自取滅亡。茅盾說：

> 這樣一部小說，當然提出了許多問題，但我所要回答的只是一個問題，即是回答了托派：中國並沒有走向資本主義發展的道路，中國在帝國主義的壓迫下，是更加殖民地化了。……中國民族資產階級的前途是非常暗淡的，在這樣的基礎上產生了中國民族資產階級的動搖性。當時，他們的出路是兩條：（一）投降帝國主義，走向買辦化；（二）與封建勢力妥協。他們終於走了這兩條路。（《「子夜」是怎樣寫成的》）

由此看來，《子夜》這部不朽之作，其題材和主題都來自豐富的生活實踐。在我國現代文學的社會主義現實主義的發展上，起了開闢道路的示範作用。

三 《子夜》的情節和它的主題思想

一九三〇年是「多事」的一年。外國資本主義的壓迫，民族資本主義的掙扎，革命勢力的逐漸展開，配合著上海工人的大罷工，交易所市場的大混亂，還有反動軍隊———「中央軍」和「西北軍」的混戰，和步步崩潰的農村經濟，病態發展的都市面貌，社會上各方面的驚人變革，真如亂麻一般。縱使有組織能力的歷史家，也要在這一堆事實前感到無所措手足。而茅盾先生卻懷抱這樣的雄圖：要把它形象地表現於一部三十萬字的長篇小說裏。雖然作者曾一再謙遜地說「力有未逮」，但終於抓住了一個活生生的反動的工業資本家吳蓀甫，把他的活動作為主要的線索，將許多次要的線索貫穿他的一身。這樣，《子夜》不僅可以當吳蓀甫個人的傳記看，也可以當中國反動的民族資本家

的衰亡史看，更可以當一九二七年以後抗日戰爭以前舊中國的「斷代史」看。

它的故事的輪廓是這樣的：

主人公吳蓀甫是一個曾經游學歐美，想用自己的「鐵腕」給舊中國的民族工業奠定基礎的富有魄力的，敢做敢為的民族資本家。他既在家鄉雙橋鎮開設了電廠、米廠、當鋪、錢莊等，又在上海開設一片大絲廠。不料，雙橋鎮在農民暴動時遭到破壞。而絲的銷路，又因受日本絲和人造絲的排擠，也漸漸不景氣起來。同時，勞資的衝突也一天天尖銳化，恰好又是土地革命戰爭激烈的年頭，由農村流入上海的資金，一般是「做投機事業：地皮、金子、公債，至多對企業界做押款」。然而，這些都不曾動搖吳蓀甫的決心。他和他的姊丈——貪利多疑的金融巨頭杜竹齋等幾個人，合股開設了益中信託公司，作為金融流通的機關，打算大規模的經營企業。又用許多心計將朱吟秋的絲廠、陳君宜的綢廠吞併過來。有了這個大計劃，那僅十萬人口的雙橋鎮的被破壞，也就「不算得怎樣一回了不起的打擊了」。況且，他又和孫吉人幾個人一氣吞併了八個製造日用品的工廠。「他們將使他們的燈泡、熱水瓶、陽傘、肥皂、橡膠套鞋，走遍了全中國的窮鄉僻壤。他們將使那些新從日本移植到上海來的同部門的小工廠都受到一個致命傷。」

吳蓀甫的企業擴充了，然而場面越大，困難也就越多，因為究竟是在帝國主義經濟侵略，農村破產，連年內戰等不利的條件之下掙扎著的。那樣的社會，那樣的年頭，要做投機事業才是幸運兒。素來抱發展民族工業的宏願，反對今天投資明天就發「橫財」的投機陰謀的吳蓀甫，為了迅速擴充他的資本，也鑽到公債裏去了。這樣，吳蓀甫的矛盾又加多了，資金都向公債市場集中，益中拉不進存款，連自己的姊夫杜竹齋也退出去了。益中公司的少數資本又要做公債，又要擴充那新收買來的八個廠，擔子太重，周轉不靈；用盡心機奪來的朱吟秋的乾繭和新式絲廠，已經成了一件「濕布衫」。而且由於內戰的影響，新收的八個廠的出品過剩，推銷不出去；又加以絲價狂跌，不能賠本拋售。為了轉嫁自身的危機，便進一步對工人進行壓榨和剝削：增工時、減工資、大批開除工人，結果引起工人的激烈反抗。工人在黨的領導下（即《子夜》中所稱城市革命工作者）開始罷工了，使得吳蓀甫陷於四面楚歌之中。

可是最使吳蓀甫傷腦筋的，還有國際金融資本對民族工業的控制。公債魔王代理美國資本家吞併中國民族工業的帝國主義的「掮客」趙伯韜是吳蓀甫的死敵。趙伯韜說：「中國人辦工業，沒有外國幫助，都是虎頭蛇尾……吳

蓀甫會打算，就可惜有我趙伯韜要和他故意開玩笑，等他爬到半路就扯著他的腿！」吳蓀甫也很知道：所謂用外國人幫助就是斷送民族工業，不打倒趙伯韜，益中就發展不起來。所以趙伯韜幾次想把他拉到自己的卵翼之下去，都沒有成功，於是就來扯他的腿。趙伯韜既在公債上與吳蓀甫他們鬥法，又用經濟封鎖政策壓迫他們的益中公司。他把吳蓀甫從前套在朱吟秋頭上的圈子拿去放大套在益中公司頭上。結果是「不投降老趙，就是益中破產」。吳蓀甫想：為了保全自己二十萬的血本，便投降老趙也行，但是孫吉人反對。孫吉人覺得自己有廠出頂，可以自找原戶頭，藉重這位「掮客」是不甘心的。他們便將那些廠頂給英日的商人，然後全力做公債，每人又湊了一些資本。吳蓀甫還把自己的廠和住宅都押掉，來和趙伯韜孤注一擲，他還力勸杜竹齋和他們攻守同盟。但結果杜竹齋反鑽了空子，倒向趙伯韜那方面去了。這一下子吳蓀甫可全完了，氣得幾乎要自殺，最後才決定到牯嶺「避暑」去。

從這一簡單的情節概述中，知道當時帝國主義「扼住了中國的咽喉」，民族資本實在無從發展，這是鐵一般的事實。但是在一九二八～二九年的中國社會史性質的論戰中，托派卻硬說中國已走上了資本主義的階段。為了答覆這些錯誤理論，茅盾便用一九二八～二九年間絲價大跌因之影響繭價的事實分析了中國社會的性質：它並沒有走上資本主義發展的道路，恰恰相反，在帝國主義的侵略下，是更加殖民地化了。反動的民族工業資本家，儘管想以剝削工人的方式轉嫁自己的危機，但在帝國主義的壓迫下，他們自己仍然只能走上滅亡的道路。

至於《子夜》為什麼要以絲廠老闆作為民族資本家的代表，作為作品的主人公，茅盾自己解釋說：

> 這是受了實際材料的束縛：一來因為我對絲廠的情形比較熟悉，二來絲廠可以聯繫農村與都市，一九二八～二九年絲價大跌，因之影響繭價，都市與農村都受到經濟的危機。(《「子夜」是怎樣寫成的》)

同時，他之所以選擇能夠聯繫都市與農村的絲廠老闆來作主人翁，也是和他原來的創作計劃分不開的。

> 原來的計劃是打算通過農村（那是革命力量正在蓬勃發展的）與城市（那是敵人力量比較集中因而也是比較強大的）兩者情況的對比，反映出那時候的中國革命的整個面貌，加強革命的樂觀主義。

（《茅盾選集》：《自序》）

這一個計劃雖說沒有勝利的完成，但這部代表作品對於現實社會矛盾的反映卻是採取不掩飾和不妥協的態度的。它通過吳蓀甫經營實業失敗的過程，一方面反映在蔣匪幫黑暗統治下，中國當時的民族資產階級，不是被國際資本主義及其代言人買辦金融資本家捏著鼻子走，就是被封建軍閥弄得喘不過氣來，內部勾心鬥角，矛盾重重，找不到發展的前途，只有走向毀滅。這就說明當時的中國社會並沒有走上資本主義發展的道路，而是更加殖民地化了。在這樣的形勢下不只是民族資本家的前途暗淡，即整個中國也有破滅的危機。幸而另一方面受資本家壓迫的工人和受地主剝削的農民，都已在覺醒，並且開始向反動勢力進攻。兩方面合起來看，所謂上層的反動階級的前途必然在子夜的黑暗深淵中葬送，而所謂底層的新興階級——工農勞苦大眾——必然勝利地通過子夜的黑暗的封鎖走向黎明。

我讀過《子夜》後，對這一點意思體會得比較深刻，因為這正是《子夜》的主題思想。

四　《子夜》的偉大成就

《子夜》的成就，總的說來，誠如瞿秋白同志在一九三三年《子夜》出版時所作的論斷：在於「應用真正的社會科學……表現中國的社會關係和階級關係。」（《瞿秋白文集》第二卷四三八頁）這種成績是建基於作者的正確的創作思想和嚴肅認真的創作態度上的。他曾說過：「我所能自信的，只有兩點：（一）未嘗敢粗製濫造；（二）未嘗為創作而創作……換言之，未嘗敢忘記了文學的社會的意義。」（茅盾：《我的回顧》）季摩菲耶夫說：「文學的社會意義是知識和教育的意義的總合。斯大林同志的著名警句『作家是人類靈魂的工程師』，極端清楚地指出了文學的社會意義。」「文學雖然不直接改造現實，但卻改造人們的意識，通過意識而改造現實本身。因此，文學的知識的意義，是通過對人們的意識的改造，通過對人們的教育而實現的。」（《文學概論》第九十一頁）基於這樣的論點來看《子夜》的成就，就比較容易理解《子夜》在我國現代文學的發展上具有歷史性的偉大意義。

一、從思想內容說：《子夜》好比一面鏡子，反映出一九二七年以後抗日戰爭開始前的一個時期的社會面影，反映光明與黑暗相激相盪的情況，而且

暗示黑暗面在縮小，光明面在擴大。在黑暗面上使人看出舊社會在崩潰，在光明面上使人看出新社會在萌芽。我的這一理解，可以借用馮雪峯同志的話來說明：

> 《子夜》比較成功地寫出了當時反動的工業資本家吳蓀甫和買辦金融資本家趙伯韜這兩個人物以及他們周圍的一些人，比較生動地反映出了當時上海社會的這一方面，這是作者對我們文學的一個貢獻，別人不曾提供的貢獻。到今天，要尋找自一九二七年至抗日戰爭以前這一時期的民族資產階級和買辦資產階級的形象，除了《子夜》，依然不能在別的作品中找到。而這些形象，也還活在作品中，這是《子夜》的生命的主要所在，這是《子夜》的成就，因為在文學領域裏有它新的開闢。我們對《子夜》的看法，應把重點放在這一方面。(《文藝報》一九五二年第十七期，馮雪峯：《中國文學從古典現實主義到無產階級現實主義發展的一個輪廓》)

二、從人物形象說：在我國現代文學史上，首先在作品中把工農勞苦大眾看成中國人民的主要組成部分，而且作為作品中的主人公，同情他們，寄希望於他們，要他們改造精神性格方面的缺點，魯迅是第一個人；而首先發現工農勞苦大眾身上的革命力量，並且在作品中把他們當作革命的階級來處理，更重要的是首先寫出黨在階級鬥爭中的領導作用，把工人階級當作領導階級來看，《子夜》卻是第一部書。雖然《子夜》中的主要人物，是吳蓀甫、趙伯韜之流，然而它暗示著未來社會的主人公則是革命鬥爭中的工人和農民。這是《子夜》的特點，也是《子夜》之所以成為現代文學史上傑出的作品的原因之一。

三、從創作方法說：《子夜》基本上屬於社會主義現實主義範疇的作品，而且具有由批判的現實主義到社會主義現實主義的過渡的意義。這就是說對我國現代文學中的社會主義現實主義的成長，《子夜》有推動和示範的作用，在某種程度上還有促其完成的作用。這一個到達是值得大筆特書的。《子夜》中雖然暴露了不少大資產階級、小資產階級、青年婦女……的灰色的生活，但作者的重點還是放在從今天透視明天──特別是放在歌頌工人階級的成長和發展上。因此，它不是純客觀的灰色的描寫，而是在現實主義的基礎之上有革命的浪漫主義的傾向了。具體地標誌著批判的現實主義的逐步發展，走向社會主義現實主義的道路！馮雪峯同志說得好：

……在寫《子夜》時的作者，就其創作的態度說，已經是一個無產階級的現實主義者；但《子夜》還不是一部已經勝利的無產階級現實主義的作品。……可是它已經走上無產階級現實主義的道路。在中國無產階級現實主義的發展上也盡了它開闢道路的歷史作用的，這是就創作方法的成就上說的；而從現實主義的基本方向說，《子夜》卻已經是屬於無產階級現實主義的作品。（《文藝報》一九五二年第十七期）

四、從表現手法說：無論描寫場景，無論刻畫人物，都是使用概括和分析相結合的方法，做到對某些重要的方面或某些主要的人物的深刻的分析與批判，同時又做到對某些次要的方面或某些陪襯的人物的概括的介紹。如此點面結合，不但使讀者透視當時上海這一個角落的面影，同時也通過上海一角體認舊中國的全貌。這是寫長篇小說的作者決定作品的成敗的一種手法，而茅盾先生是運用得最早而又最好的一個。茅盾先生說：「大凡寫……熱鬧場面，既要寫得錯綜，又要條理分明；既要有全場的鳥瞰圖，又要有個別角落及人物的『特寫』。」（茅盾：《讀〈新事新辦〉等三篇小說》）在《子夜》裏有不少熱鬧場面，是既有「全場的鳥瞰圖」，又有「個別角落及人物的『特寫』」的，可以說做到了概括與分析相結合的程度。比如全書十九章，前三章使用概括的手法，以吳老太爺之喪作核心，把所有重要人物介紹出場；又把重大事件如吳蓀甫絲廠中的工潮、雙橋鎮的農民暴動、與王和甫、孫吉人等組織益中公司、滾入公債市場等等，一一加以指點，以後的章節就把這些主要人物和重大事件加以發展，直到吳蓀甫破產為止。一切這些都以吳蓀甫的活動做線索，穿插一些有關事件：如「中央軍」與「西北軍」在中原的戰火、他家鄉因農民暴動來電告急、城市革命工作者領導工人運動、公債失敗者出賣女兒色相……等等，這一切都是為了實現他那「大規模地描寫中國社會現象」的企圖，雖然沒有完全如願，卻因他運用了概括與分析相結合的手法，也就使得《子夜》有了不朽的「史詩」般的藝術價值。

五、從影響方面說：《子夜》是啟發作家擴充知識投入生活的漩渦裏去的第一部長篇小說。由《子夜》中我們看到作者各方面知識的淵博，生活經驗的豐富，更重要的是顯示了他當時對馬列主義學習的勤懇。他當時說過：「做小說的人不但須有廣博的生活經驗，亦必須有一個訓練過的頭腦能夠分析那複雜的社會現象；尤其是我們這轉變中的社會，非得認真研究過社會科學的

人每每不能把牠分析得正確。」(《我的回顧》)《子夜》之所以能夠反映舊社會的全部面貌,主要由於作者當時學習了馬克思列寧主義——他當時所諱稱的「社會科學」。從這一意義上說,《子夜》是我國現代文學走向「文學為工農兵服務」的過程中的里程碑,上面銘刻著作者的自我批評:

> 《子夜》的寫作過程給我一個深刻的教訓:由於我們生長在舊社會中,故憑觀察亦就可以描寫舊社會的人物;但要描寫鬥爭中的工人群眾,則首先你必須在他們中間生活過,否則,不論你的「第二手」材料如何多而且好,你還是不能寫得有血有肉的。

這就是教導和警惕後來的文藝工作者不要脫離生活實踐,一定要投入到戰鬥的生活中去!

《子夜》的偉大成就是肯定的,然而白璧之上也難免微瑕。茅盾先生是非常富有自我批評的精神的。他曾經從根本點著眼來檢查這部作品的缺點,那就是他在強調作家的生活實踐對人物刻劃具有決定性的意義的前提下,他指出「這部小說的描寫買辦金融資本家和反動的工業資本家兩部分比較生動真實,而描寫革命運動者及工人群眾的部分則差得多了」,原因是「前兩者是直接觀察了其人與其事的,後一者則僅憑『第二手』的材料——即身與其事者乃至第三者的口述」。因為他沒有在鬥爭中的工人群眾中生活過,儘管「第二手」的材料多而且好,也很難把革命運動者及工人群眾寫得有血有肉;同時,還產生下列兩點「最大的毛病」:

> 一、這部小說雖然企圖分析並批判那時的城市革命工作,而結果是分析與批判都不深入;
>
> 二、這部小說又未能表現出那時候整個的革命形勢。(《茅盾選集》:《自序》)

第二個毛病還產生了結構比較鬆懈的缺點。他原來的計劃是打算通過農村與城市兩者情況的對比,反映出那時的中國革命的整個面貌……所以在小說的第四章就描寫了農村的革命力量包圍了並且拿下了一個市鎮,作為伏筆。但這樣大的計劃,非當時作者的能力所能勝任,寫到後半,只好放棄,而又不忍割捨那第四章,以至它在全書中成為游離的部分,破壞了全書的有機的結構。(參考《茅盾選集》:《自序》)不但第四章令人有「游離」之感,就是對馮雲卿家庭的突出的描寫,除了起一些對投機市場的烘托作用外,也與全書的主題思想沒有太多的有機的關聯。

由於創作計劃的龐大，除了引起結構上的游離現象外，還使有些情節只提出了一點頭緒，沒有得到充分的發展。當然，從總的佈局來看，《子夜》是一部完整的成熟的藝術品，但由於有些情節沒有得到充分的發展，也使得它像一疋絲織物，在陽光下仔細一照，也還存在著一些沒有結清的線腳。正如作者自己在《後記》中所說的：「書中已經描寫到的幾個小結構，本也打算還要發展得充分些；可是都因為今夏的酷熱損害了我的健康，只好馬馬虎虎割棄了。」在這一大計劃下的「割棄」，便造成了結構上的第二個缺點：情節得不到充分的發展。比如「乾枯了的白玫瑰」在開頭和結尾都提到它，但看不出多少與主題思想有關的深刻的寓意來。究竟雷參謀與吳夫人後來怎樣了，作者沒有給予讀者以足夠的暗示去思索。

又如人物過多，有些人物的性格得不到充分的發展，以致面貌模糊，給讀者的印象不深刻。有一些否定人物，作者也沒有加以正面的有力的批判，特別是實際上與工人運動為敵的工賊屠維岳，作者描寫他與吳蓀甫談話的反抗精神，有時竟容易使當時的青年同情他甚至模仿他。像這樣的人物似乎應該完全加以否定。

比較年青的一代有出路的，祇有一位受了張素素的感化而脫離封建家庭的四小姐；至於阿萱，只寫他會玩鏢。對下一代青年作這樣的估價，意義上似過於消極。實際上在當時農村革命深入的具體情況下，有不少地主階級的子弟背叛本階級走向革命的陣營，難道阿萱不能背叛他的本階級突破子夜的黑暗嗎？難道他甘心繼承他的老子吳老太爺的衣缽嗎？

這些都是從情節的發展上看出來的一些疑問。

馮雪峯同志在茅盾先生的自我批評的基礎上曾經概括地指出了《子夜》的缺點：

　　《子夜》的缺點，照我瞭解，第一，正像作者自己所說，對於他所要描寫的革命工作者和工人群眾是描寫得不夠深刻，不夠生動，也不夠真實的。對於當時（一九三○）的城市革命工作的分析和批判，也是不夠深入和不夠全面的。第二，我和作者的說法稍有不同，作者是說「未能表現出那時候整個的革命形勢」，我認為不如說是反映當時的革命形勢反映得不夠深刻，這和第一個缺點是相關的。第三，在某些人物的描寫上是有概念化和機械的地方的；而「性的刺激」在人物描寫上佔了那麼重要的成分，也是一個不小的缺

點。……根本的原因，……在於對於上海的革命鬥爭和在鬥爭中的
工人群眾和革命者不夠熟悉，分析也是不深刻的，描寫是很有些表
面和根據概念的。這是《子夜》的主要缺點。(《文藝報》總第七十期)

　　當然不用掩飾，《子夜》是存在著一些缺點的；不過，這些缺點在它的偉
大成就的面前，卻是微不足道的。在肯定《子夜》在中國現代文學的發展上
的巨大意義時，這些缺點更是有如日月之蝕了。

後　記

　　本書其所以只就茅盾在第二次國內革命戰爭時期的代表作品加以分析（如五個短篇）和評價（如《子夜》只著重在介紹，關於它的系統性的分析，將另寫專文），原因已在《代序》中談到——那就是這一個時期就茅盾思想的發展說，有關鍵性的意義；就茅盾創作的成就說，有代表性的意義。特別是這一時期的作品，比較地說，更為廣大讀者所愛好，而本書所討論的作品，又多半被採用為大中學校的語言教材或課外讀物，是青年們經常接觸的，對青年們的影響很大，都希望有人作一些分析與評價的工作。當然我們不能把這一個時期從茅盾整個創作道路割裂開來，從而作孤立的研究。為了使讀者理解這一時期茅盾創作的來龍去脈，更好地通過這些作品認識當時現實在革命發展中的面貌，認識茅盾對現代文學的貢獻，特在《代序》中將茅盾比較重要的其他作品也作了一些粗略的考察。這樣就可使讀者通過點面相結合的分析與介紹，作為進一步深入鑽研他的作品的一個基礎或橋樑。不過，由於茅盾作品的分析研究，截至目前為止，還是一個空白。這個空白是必須填補的。因為沿著社會主義現實主義方向發展的我國現代文學，魯迅固然是一個重點，茅盾也是一個重點。如果對茅盾沒有比較全面而有系統的理解，那必然是一個缺陷。我這一次的嘗試，分兩步進行：首先通過《代序》把茅盾的創作道路作了一個輪廓式的考察，特別是茅盾文藝觀點的演變、創作思想的轉變與發展、創作思想中社會主義因素的增長以及代表作品的主要等點等關鍵性的問題，作了一些簡明的闡述。其次就茅盾創作過程中成就最大影響最廣的第二次國內革命戰爭時期的代表作品作了一些分析與評價；企圖在全面分析的基礎上突出一些重點，既闡揚它們的思想內容，同時相適應地明確它們的藝術價值，使讀者體會到茅盾作品的思想性與藝術性的有機的統一。這兩個步驟是互相

發揮的，前者是後者的提綱，後者是前者的血肉，目的在通過對具體作品的具體分析，使讀者了然於茅盾在現代文學的社會主義現實主義的成長與發展過程中的輝煌成就和巨大貢獻。不過，由於我只是在較少依傍的情況下，結合歷年來在新型綜合大學和高等師範學校講授「現代小說選」、「中國現代文學名著選」、「新文學史」以及「現代文選」等專業課程，在學習道路上艱難地摸索前進的。心有餘而力不足，結果，都是做得不夠的。這裡只是向讀者彙報了我在學習道路上一些不太成熟的學習心得。按我的業務能力和理論水平是遠不足以填補這一必須填補的空白的。儘管我「竊不自信」地想起從低到高的基礎作用或者從無到有的橋樑作用，可能還是免不了一些誇張成分的。因此，我迫切地期待先進的文藝理論工作者──特別是茅盾先生本人，有經驗的語文教學工作者和廣大的文藝愛好者，提供意見，幫助我訂補這部書的錯誤和缺點，使它能真正地起「拋磚引玉」的積極作用。

最後，為了讀者閱讀的方便，讓我把本書所討論的幾篇作品的出處寫下來：

一、《春蠶》：開明書店出版的《春蠶》單行本，內中收《春蠶》及《秋收》兩篇。又見《茅盾選集》和《高中語文》第五冊。「文學初步讀物」第一輯《春蠶》單行本最方便。

二、《秋收》：見開明版《春蠶》單行本，又見開明版《茅盾短篇小說集》第二集。

三、《殘冬》：見一九三三年七月《文學》創刊號，又見三聯版荃麟和葛琴編《文學作品選讀》下冊和開明版《茅盾短篇小說集》第二集。

四、《林家舖子》：見《新文學選集》:《茅盾選集》。

五、《兒子去開會去了》：見《茅盾選集》。

六、《子夜》：原係開明書店出版，現為人民文學出版社出版。

按《春蠶》、《秋收》、《殘冬》三篇有不可分割的關係。《茅盾選集》只選了《春蠶》一篇，致使讀者對其中人物性格的發展，特別是對農民階級思想感情的轉變和自發的革命鬥爭的成長，不能獲得完整的印象。因此我在這裡建議茅盾先生和《新文學選集》編委會在《茅盾選集》再版時，希望把不容易見到的《秋收》和《殘冬》兩篇加進去。這不只是我個人的願望，實在是廣大讀者的要求。

一九五三年十二月一日

茅盾小說講話
（1982年8月修訂版）

吳奔星 著

提　　要

本書據四川人民出版社 1982 年 8 月修訂版重印

目次

中國現代文學的巨匠──茅盾（代序）

一、茅盾的創作是我國民主革命的形象化的反映

在我國現代文學的發展過程中，茅盾是起了巨人作用的作家之一。把他的一些代表作品作一個輪廓式的考察，就差不多可以看到中國人民在新民主主義革命過程中反帝反封建反官僚資本主義的鬥爭的面影。比如他的《虹》（成書於《蝕》之後）和《蝕》，反映了「五四」到第一次國內革命戰爭時期小資產階級知識分子的一些思想情況。《虹》反映了「五四」到「五卅」一個時期內小資產階級知識分子爭取個性的解放、對於真理的追求以及在城市革命工作者（如梁剛夫等）策動之下舉行的反帝反封建的「五卅」大示威；同時也寫了國家主義派那班人（如李無忌）的改良主義和準備做國民黨匪徒的那班人（如徐自強）對反帝鬥爭的袖手旁觀的態度。《蝕》反映了大革命時代（即第一次國內革命戰爭時期）小資產階級知識分子幻滅、動搖和追求的思想情況。

至於他的《子夜》、《林家舖子》和「農村三部曲」──《春蠶》、《秋收》、《殘冬》以及《兒子開會去了》，則更明確地反映了第二次國內革命戰爭時期內中國人民和反動統治階級的矛盾，和帝國主義的矛盾，並且真實地具體地寫出了工人與資本家的鬥爭、農民與地主的鬥爭以及青年學生為掀起抗日戰爭與帝國主義和封建勢力所作的鬥爭。特別值得我們注意的是出現於作品中的人物，除了一些反動的官僚、工業資本家、金融買辦資本家和地主階級外，還看到共產黨員、工人、農民、青年學生、革命知識分子、小商人等人物形象，使人們認識到了當時階級關係和階級鬥爭的複雜性。

　　到了抗日戰爭時期，他寫了《第一階段的故事》、《腐蝕》和《清明前後》（劇本）等作品，反映了抗戰八年國民黨政府內部的罪惡面和腐朽面。《第一階段的故事》的主題是宣傳抗日民族統一戰線的。它以上海爲背景，寫從抗戰爆發到上海撤退四個月間的動態，企圖表現淪陷前上海的全貌。他寫了大學教授（如朱懷義）的悲觀主義，逃難地主的消極情緒，富商巨賈（如潘海成）的製造謠言、操縱金融，反動官員的濫用職權、貪污腐化，也寫了民族資本家（如何耀先）的轉變過程，和許多愛國青年的堅定勇敢，走向抗日聖地──延安。《腐蝕》是通過一個被國民黨特務機關陷害了的女青年的一本日記，來「告訴關心青年幸福的社會人士，今天的青年們在生活壓迫與知識飢荒之外，還有如此這般的難言之痛，請大家再多注意」。日記的主人公是一個叫趙惠明的女青年，她不幸陷入國民黨的特務組織──那個「可怖的環境」。她要照人家的計劃行事，用「某種姿態」去接近進步人士，「注意最活躍的人物，注意他們中間的關係，選定一個目標作爲獵取的對象」，或者把自己的肉體當作香餌擺下「美人局」，引誘進步青年拋棄信仰，出賣同志。這日記寫的是一九四〇年九月十五日到一九四一年二月十日這五個月間，她在重慶的遭遇和內心的難言之痛。這五個月是抗戰期間一段最黑暗的時期：對內，國民黨破壞統一戰線，陰謀進攻新四軍，造成震撼中外的皖南事變；對外，「和平」（實質上是國民黨準備對日投降）的謠傳正盛，汪僞特務潛入大後方，大肆活動，而重慶則是光明與黑暗界限分明的場合。通過活動於這個場合的女主角趙惠明，作者大膽暴露了反動派的嘴臉：殘忍、狡獪、無恥。同時也使人看到那些堅貞不屈的革命者──由特殊材料做成的共產黨員挺立在牛鬼蛇神之中，不躲閃、不退讓的英雄形象。從他們身上我們可以聽到新中國脈搏的跳動，體會出不肯讓祖國「腐蝕」下去的眞誠的願望和堅定的意志。《清明前後》是作者第一次嘗試寫作劇本，寫的是抗戰後期接近勝利的時候，即一九四五年清明前後重慶發生的一件於國家很不名譽的事件，那就是所謂「黃金案」。作者以這個轟動山城的事件爲背景，描寫若干人物的行動。他在《後記》中說，他是把當時某一天報紙上的新聞剪下來排成一個記錄，然後依據了這個記錄來動筆的。其中有青年失蹤或被捕的事、有災民湧到重慶的事、有工廠將倒閉的情形、有小公務員因挪用公款買賣黃金投機被罰的情形、有一般「薪水階級」因物價上漲而掙扎受苦的情形、有高利貸盛行的情形、有所謂「聞人」「要人」在各方面活動的情形、有官商互相勾結的情形。作者根

據他在重慶那個大型集中營式的城市中多年的生活體驗，把這許多形形色色的事件寫成這個劇本。劇本的主題是工業的現狀與出路。而作者對於出路，只在末幕用寥寥幾句話點明，認為「政治不民主，工業沒有出路」。他全部的氣力著重於現狀的描寫，即黑暗的暴露。故事並不複雜：有一個更新鐵工廠的總經理林永清，於「八‧一三」戰爭時依照「政府國策」，辛辛苦苦把全部工廠設備與工人搬到重慶，經營了許多年，結果落了虧空，借重利債款至二千萬元之巨。為要苟延工廠的命脈，不惜犧牲了平生潔白的「工業救國」的志願，竟想向某財閥搞一筆新借款來試作黃金投機買賣，結果偷雞不著失了一把米。這裡所表現的是金融資本壓倒工業資本的情形。在帝國主義、封建主義與官僚資本主義的壓迫下，舊中國的工業資本家也是沒有出路的，而金融資本家則一向是經濟界的驕子。此中情形，作者看得很明白，戰前寫的《子夜》就反映了他們的飛揚跋扈的面貌。但《子夜》中所寫的只是平時的狀況，而這個劇本所寫的卻是戰時的狀況，兩者比較起來，後者更酷虐、更凶狠了。

由這一個粗略而遠不全面的考察，也可說明茅盾的創作不但扣緊了而且大體上反映了新民主主義革命發展中的歷史軌跡。因此，我們研究茅盾的作品，不僅僅要注意他如何刻畫人物，而且要注意他所刻畫的人物所處的「典型環境」──即人物性格所產生的社會基礎是什麼，人物所負荷的歷史使命是什麼。同時，讀他的作品，不僅僅要注意他如何真實地反映某個具體的歷史階段，而且要注意他所反映的現實生活的典型性的程度在我國現代文學的歷程中的影響如何，承前啟後的作用如何。

二、茅盾文藝思想的演變

茅盾是文學研究會的發起人之一。一九二一年一月他從鴛鴦蝴蝶派手中取代《小說月報》的編輯權，開始從事文藝批評與文藝理論的探討，為新生的新文學輸送養分。在大革命前他致力於西歐、舊俄和蘇聯文學理論、文學創作的介紹，對於新文學運動從破壞舊的封建文學的階段走向建設新的現實主義文學的階段，作出了相當巨大的貢獻。他當時對文學的態度和主張，代表了文學研究會這個團體對文學的態度和主張。文學研究會是適應「要校正那遊戲的文學觀」之客觀的需要而產生的。他們對於文藝原本沒有「一致」的意見，但是覺得「將文藝當作高興時的遊戲或失意時的消遣的時候，現在

已經過去了」，卻是他們的基本態度。他們當時「在反對遊戲的消遣的文藝觀這一點上，頗有點戰鬥的精神」（茅盾：《關於文學研究會》）。他們要在「打破舊文學觀念的包圍」的鬥爭中進行新文學的建設。這就是「爲什麼本身組織非常散漫的文學研究會卻表現了那樣很有組織似的對舊文學觀念的鬥爭」的緣故。正因爲文學研究會除了那一基本的而且共同的態度以外，就沒有任何主張，沒有什麼綱領，「所以在『五四』以後新文學運動萌芽時期能夠形成一個雖然很散漫但是很廣大的組織，因而在反對遊戲的和消遣的文學觀這方面盡了微薄的貢獻」（同上）。但也正因爲文學研究會反對遊戲的消遣的文藝觀，便被人目爲提倡「爲人生的藝術」。茅盾說：「文學研究會並沒有什麼『集團』的主張。儘管有個別會員曾經提倡『爲人生的藝術』，並曾發表論文，但從未在書面上或口頭上表示那是集團的主張。」雖然如此，茅盾卻也承認「文學研究會多數會員有一點『爲人生的藝術』的傾向，卻是事實」。這所謂「多數會員」該是包括他本人在內的吧。他在一九二一年曾經說過這樣的話：

> 翻開西洋的文學史來看，見他由古典——浪漫——寫實——新浪漫……這樣一連串的變遷，每進一步，便把文學的定義修改了一下，便把文學和人生的關係束緊了一些，並且把文學的使命也重新估定了一個價值。……這一步進一步的變化，無非欲使文學更能表現當代全體人類的生活，更能宣洩當代全體人類的情感，更能聲訴當代全體人類的苦痛與期望，更能代替全體人類向不可知的命運作奮抗與呼籲。（《小說月報》第 12 卷第 2 期：《新文學研究者的責任與努力》）

這樣公開的告白，確是一種「爲人生的藝術」的傾向。不過在階級社會裡，這種爲「全體人類」的「人生」的觀點，在反對遊戲的和消遣的文學觀上雖有其一定的積極意義，但終嫌籠統和空泛。特別是在帝國主義侵略中國越來越凶的時候，爲「全人類」的觀點是不能實現的，也是難於言之成理的。因此他接著有所修正：

> 不過，在現時種界、國界以及語言差別尚未完全消滅以前，這個最終的目的（爲全體人類——引者）不能驟然達到。因此，現時的新文學運動都不免帶著強烈的民族色彩（茅盾在此處並舉愛爾蘭和猶太的新文學有此傾向作例——引者），對全世界的人類要求公道

的同情的。我們中國的新文學運動，不能不是這種性質了。(《新文
學研究者的責任與努力》)

這裡值得我們注意的是他不但把文學和人生的關係拉得很緊，而且企圖
提倡以文學的民族色彩去削減「全體人類」一詞的籠統性。這種主張在現代
文學的發展上有其一定的進步作用。只是他所說的「人生」仍是一種從全體
人類的「人生」到每一個民族的「人生」，還不是某一特定階級的「人生」。
正是因為如此，當時《小說月報》發表的創作大體上也就反映了各個階級和
各個階層的「人生」。

由於他主張為「民族的」人生，便認為文學要有個性和國民性。他說：

創作須有個性，……但要使創作確是民族的文學，則於個性之
外更須有國民性。所謂國民性，並非指一國的風土民情，乃是指這
一國國民共有的美的特性。……中華這麼一個民族，其國民性豈無
一些美點？……國民性的文學，如今正在創造著。(《新文學研究者
的責任與努力》)

但是所謂「個性」是什麼階級的人的個性，所謂「民族」主要包括那些
階級？當時的茅盾並沒有明確地指點出來。這些問題不解決，想要通過文學
去表現優秀的「國民性」，自然方向不明，而所表現出來的「國民性」也未必
都是真正優秀的「美點」。不過，他既已肯定文學要表現「民族的」人生，要
表現「個性」和「國民性」，他就得出了「以文學為純藝術的藝術，我們是不
應承認的」的結論。於是他接著反對世紀末的頹廢文學，大力介紹自然主義
及寫實主義的文學理論和文學作品。

「為什麼人」的「人生」的問題，他這時還只到達「為民族」的「人生」
的程度；至於「如何為法」呢？他說：

人們怎樣生活，社會怎樣情形，文學就把那種種反映出來。譬
如人生是個杯子，文學就是那杯子在鏡子裡的影子，所以可以說「文
學的背景是社會的。」(《文學與人生》，見 1923 年《學術演講錄》
第 1 期)

他這種文學被社會所決定的觀點，實淵源於泰納的文學理論。泰納的社
會學的文學觀，主張文學是社會的表現，比之於觀念論的文學觀當然是進步
的。但是泰納的文學理論，雖披著科學的外衣（用心理學和社會學解釋藝術
的表現），但由於他不認識社會的階級關係，其理論就如同建築在沙灘上，大

部分是立不住、站不牢的。茅盾介紹這種理論，適足說明當時小資產階級出身的作家們想從歐洲資本主義國家內流行的文學理論探索中國現代文學的出路而終於找不到出路的困惑情況。不過他所說「文學的背景是社會的」，與唯心論的文學觀相比較，還是前進了一步。

由於中國社會的急劇發展：一方面是帝國主義操縱下的封建軍閥的野蠻統治與互相割據，另一方面是中國共產黨領導下的工人階級跟他們作不調和的鬥爭，兩者繪成的中國社會的血腥的圖畫（如「二七」慘案等），使向來關心祖國人民的生活和命運，又是努力地向現實主義邁進的茅盾，在肯定文學與人生、文學與社會的關係的基礎上，更進一步地正視現實，並且作了深入的體驗與瞭解，於是，在他的文藝思想中便增長了社會主義的因素。他在介紹西歐文學的同時，也注意到了東歐和舊俄的文學，特別是接觸到了蘇聯的文學。他經常在《小說月報》上介紹蘇聯文藝界的動態。如《勞農俄國治下的文藝生活》（見《小說月報》十二卷一、二期）、《俄國文學出版界在國外之活躍》（第四期）、《文學家對於勞農俄國的論調》等篇。這些資料在當時把中國讀者的視線引到一個新的方面。《小說月報》第十期還出了一個「被損害民族的文學專號」，又加上共產黨人瞿秋白和惲代英等同志的影響（如瞿秋白曾在一九二四年六月十日出版的《小說月報》第十五卷第六號發表《赤俄新文藝時代的第一燕》，惲代英曾在《少年中國》上主張「現在的新文學」應該「激發國民的精神，使他們從事於民族獨立與民主革命的運動」之類），於是文學要為社會服務、為革命服務——為民族獨立與民主革命服務，並同情被損害者與被侮辱者的觀點逐漸確定下來。茅盾在《大轉變時期何時來呢》一文中說：

> 我們相信文學不僅是供給煩悶的人們去解悶，逃避現實的人們去陶醉；文學是有激勵人心的積極性的。尤其在我們這時代，我們希望文學能夠擔當喚醒民眾而給他們力量的重大責任。我們希望國內的文藝的青年，再不要閉了眼睛冥想他們夢中的七寶樓臺，而忘記了自身實在是住在豬圈裡，我們尤其決然反對青年們閉了眼睛忘記自己身上帶著鐐鎖。而又肆意譏笑別的努力想脫除鐐鎖的人們。
>
> （原載 1923 年 12 月 31 日《文學週報》第 103 期）

由於他敢於正視現實，才體認出文學所擔負的重大責任——喚醒民眾而給他們以力量。這種對於文藝的武器作用的認識，是在他的思想水平的不斷

提高上完成的。他這時可以說初步地明確了社會階級的懸殊，初步地認識到工人階級是革命的主力。他所謂的「人生」已不復如以前那樣的籠統，開始認識廣大「民眾」是「被損害與被侮辱」的被壓迫的階級。他在《社會背景與創作》一文中說：

> 我們現在的社會背景……由淺處看來，……兵荒屢見，人人感覺生活不安的苦痛，眞可以說是「亂世」了。……如再進一層觀察，頑固守舊的老人和向新進取的青年，思想上衝突極厲害，應該有易卜生的《少年社會》和屠格涅夫的《父與子》一樣的作品來表現它；……總之，我覺得表現社會生活的文學是眞文學，是於人類有關係的文學，在被迫害的國家裡更應該注意這社會背景。（原載《小說月報》第 12 卷第 7 期，1921 年 7 月 10 日出版）

由於他特別注意那樣的「兵荒屢見，人人感覺生活不安的苦痛」的「亂世」的社會背景，他於是主張「愛被損害者與被侮辱者」（茅盾：《自然主義與中國現代小說》）。這種愛不是抽象的，也不是旁觀的，必須是站在被壓迫者的立場上，通過具體的行動去表現，使被損害者不受損害，被侮辱者不受侮辱。於是他在一九二四年參加了第一次國內革命戰爭，接近了廣大的勞苦大眾。他說：「一九二五──二七年，這期間，我和當時革命運動的領導核心有相當多的接觸，同時我的工作崗位也使我經常能和基層組織與群眾發生關係。」（《茅盾選集‧自序》）這是茅盾思想發展的一大關鍵。由於革命運動的影響和黨組織的教導，茅盾在「五卅」愛國反帝運動前後，發表了長篇論文《論無產階級文藝》（連載於一九二五年五月十日、十七日、和三十一日以及十月二十四日出版的《文學週報》第一七二、一七三、一七五、一九六期上），論述了無產階級藝術產生的條件及其特徵，論述了無產階級藝術的內容與形式，並且批判了「全民眾」、「民眾藝術」等觀點。這是現代文學史上較早的馬克思主義的文藝評論之一，也是茅盾文藝思想發展的標誌之一。

當然，茅盾由面向「全人類」到面向被損害與被侮辱的工農勞苦大眾，是一個根本方向的轉變。這一個轉變是一個摸索的過程，也是一個思想鬥爭和思想改造的過程。茅盾如此，大多數的文學研究會會員們也無不如此。不過，文學研究會會員的思想水平的發展是很不平衡的，他們最初雖多數傾向於「為人生的藝術」，到後來逐漸就有程度不同的分別了。像茅盾等發展到了「為」被壓迫民眾的「人生」，像周作人等卻發展到「為」資產階級的「人

生」。同樣是「爲人生」，而其精神實質是不同的。大革命開始後，文學研究會這個原本比較散漫的團體就開始了分化；而這個分化又與政治上的分化同時進行，因而文學研究會也就若有若無了。因此，茅盾以爲在一九二八年以後仍有人把文學研究會當作「人生派」的文學集團看，是「不免冤枉了文學研究會這集團」的。他說：

> 雖然所謂「爲人生的藝術」本質上不是極壞的東西，但在一般人既把這頂帽子硬放在文學研究會的頭上以後，說起文學研究會是「人生派」時便好像有點訕笑的意味了。這訕笑的意味在當時是這樣的：文學研究會提倡「人生派」藝術，卻並沒做出成績來呀！用一句上海俗語，便是「戲牌頭」而已！一九二八年以後，仍舊把文學研究會當作「人生派」的文學集團的人們卻又把那訕笑轉換了方向了：這就是我們常聽得的一句革命歌訣：「什麼人生派藝術，無非是小布爾喬亞的意識形態！」

> 我以爲這兩個態度都不免冤枉了文學研究會這集團。(《關於文學研究會》，見《現代》第 3 卷，第 1 期，1933 年)

誠然，「這兩個態度」對文學研究會這一整個集團來說是「不免冤枉」的，對茅盾個人來說，更是「不免冤枉」的；但對分化以後的文學研究會的其他成員如周作人等來說，是並不冤枉的。我之所以說對茅盾本人來說是冤枉的，理由就是基於上述茅盾在大革命失敗前文藝觀點的轉變和適應他「愛被損害者和被侮辱者」的觀點而產生的實際的革命活動，以及在大革命失敗後或多或少反映了實際革命活動的創作：《蝕》(《幻滅》、《動搖》、《追求》)而說的。當然，我並不是說具有了愛護被壓迫民眾的觀點，參加了大革命活動而又寫了《蝕》的茅盾，已經完成了他的無產階級思想的體系，到達了高度的馬克思主義者的思想水平。我只是說他在寫作《蝕》時已初步的具備了階級觀點，但是還缺少工人階級的遠見，不能全面地長遠地看革命形勢的發展。大革命失敗後，他只看到國民黨的猖狂和腐敗，只看到革命一時的挫折，卻看不到，至少看不明白，有千千萬萬的革命青年、工農大眾，在中國共產黨的領導下踏著先驅者的血跡繼續猛進，爲創造一個新的時代、新的社會而奮鬥。寫作《蝕》時的茅盾充滿了悲觀失望的情緒，我想這該是原因之一。他自己說過，那時他既暫時中止了革命活動，就不願再裝出一副「慷慨激昂」的樣子，把話「說得勇敢些」；況且他「想到自己只能躲在房裡做文章，已經

是可鄙的懦怯，何必再不自慚的偏要嘴硬呢」？因此他以爲：

> 我只能說老實話：我有點幻滅，我悲觀，我消沉，我都很老實
> 的表現在三篇小說裡。我誠實地自白：《幻滅》和《動搖》中間並沒
> 有我自己的思想，那是客觀的描寫；《追求》中間卻有我最近的——
> 便是作這篇小說的那一段時間——思想和情緒。《追求》的基調是極
> 端的悲觀；書中人物所追求的目的，或大或小，都一樣的不能如
> 願。……我不能使我的小說中人有一條出路，就因爲我既不願意昧
> 著良心說自己以爲不然的話，而又不是大天才能夠發見一條自信得
> 過的出路來指引給大家。……

> 所以《幻滅》等三篇只是時代的描寫；是自己想能夠如何忠實
> 便如何忠實的時代描寫；說它們是革命小說，那我就覺得很慚愧。
> 因爲我不能積極的指引一些什麼——姑且說是出路吧。（《從牯嶺到
> 東京》，見《小說月報》第19卷第10期，1928年10月10口。）

又說：

> 《追求》剛在發表中，……我自己很愛這一篇，並非愛它做得
> 好，乃是愛它表現了我的生活中的一個苦悶的時期。……就因爲那
> 時我發生精神上的苦悶，我的思想在片刻之間會有好幾次往復的衝
> 突，我的情緒忽而高亢灼熱，忽而跌下去，冰一般冷。這是因爲我
> 在那時會見了幾個舊友，知道了一些痛心的事——你不爲威武所屈
> 的人也許會因親愛者的乖張使你失望而發狂。這些事將來也許會有
> 人知道的，這使得我的作品有一層極厚的悲觀色彩，並且使我的作
> 品有纏綿幽怨和激昂奮發的調子同時並在。《追求》就是這麼一件狂
> 亂的混合物。我的波浪似的起伏的情緒在筆調中顯現出來，從第一
> 頁至最末頁。（《從牯嶺到東京》）

寫作《蝕》時的思想情況，二十多年後，茅盾進一步告訴我們：由於他
的悲觀失望的情緒，造成《幻滅》等三部小說的兩大缺點：

第一，對於當時革命形勢的觀察和分析是有錯誤的，對於革命前途的估
計是悲觀的；表現大革命失敗後的小資產階級知識分子的思想動態，也是既
不全面而且又錯誤地過分強調了悲觀、懷疑、頹廢的傾向，且不給以有力的
批判。這一個缺點按理是不應該發生的，因爲他當時就是黨員，而且和黨的
領導有相當多的接觸，同時，他的崗位工作又使他經常地和基層組織與群眾

發生聯繫，對革命形勢該有全面的瞭解，可能作出比較深刻而正確的分析；但終因思想領域中的悲觀失望情緒占據了支配的地位，就造成了作品中的第一個缺點。

第二，是這三部小說沒有出現肯定的正面人物。雖然有一個李克，卻只在《動搖》中曇花一現，同時也不是主要人物。其所以造成這個缺點的原因，並非是由於他在大革命時代——一九二四至二七年間，所接觸的各方面的生活沒有肯定的正面人物，完全是因爲當時他的悲觀失望情緒，使他忽略了所遇到的正面人物的存在及其必然的發展。

這兩個缺點的造成，茅盾自己歸咎於他當時還沒有認識到，一個作家的思想情緒，對於他從生活經驗中選取怎樣的題材和人物，常常是有決定性的作用的。

正因爲存在這樣的缺點，就使他的創作實踐和文藝理論有未能完全吻合之處。茅盾曾經這樣主張過：

> 眞的有效的工作，是要使人們透過現實的醜惡，去認識人類偉大的將來，從而發生信賴，……應該凝視現實，分析現實，揭破現實。（《野薔薇·序》）

《蝕》揭破了當時現實的一部分，卻沒有很好地分析現實，顯示現實的本質。所以不容易使人透過現實的醜惡，認識人類偉大的將來。作者只是片面地看到國民黨政府統治下的幾個大城市的一些小資產階級幻滅、動搖和追求的面貌，而沒有全面地看到從城市深入農村的許多革命的小資產階級的知識分子追求眞理的精神品質。這也就是說他只看到許多浮沉於革命低潮的灰色的人物，而沒有發掘和表現決定國家未來命運的萌芽狀態的新興的人物。關於這一點，蔡儀的《中國新文學史講話》曾作如下分析：

> 當時並不是沒有小資產階級知識分子在正當的道路上追求，何以作者不能表現在正當的道路追求的小資產階級知識分子，這不能不說是由於作者在大革命失敗以後悲觀心情的影響，和作者的客觀的現實主義的創作態度的限制。

關於「客觀的現實主義」一詞，蔡儀同志又曾有過一些說明：

> ……文學研究會的現實主義依然是舊現實主義，這也是由於社會生活本身的規定，由於小資產階級知識分子局限性的規定。他們的反映社會現象，主要還是對於應該否定的予以否定。只是舊現實

主義也並不是單純的，有批判的現實主義，也有客觀的現實主義。
批判的現實主義，就作者主觀來說就是政治認識深刻，所以有批判
精神；就對象來說就是社會基礎深廣，所以典型性強。兩者的結合
是由於主觀的批判精神加強對象的典型性，使舊的沒落的社會本質
表現得更充分突出。而客觀的現實主義頗近於自然主義，就作者主
觀說是政治認識不深刻，批判精神不夠；就對象說是社會生活現象，
典型性弱，兩者的結合是由於主觀精神沒有加強對象的典型性，使
所表現的是零碎的瑣屑的現象，沒有聯繫更深廣的社會生活本質，
以致看不出它的廣大的意義，而不感到怎樣的關心。（《中國新文學
史講話》，上海新文藝出版社 1952 年版）

這個說明，大體上是正確的；但只能說是對文學研究會會員們的一般
的看法，如果根據它而肯定當時的茅盾「政治認識不深刻」，「沒有聯繫更深
廣的社會生活本質」，「頗近於自然主義」，就有些失之偏頗，似乎是用今天的
政治標準，去衡量在二十年代後期的具體的歷史條件下的茅盾的思想水平，
有些脫離實際，有些反歷史主義的傾向。況且在事實上《蝕》的內容正標
誌著茅盾當時對政治已經有相當深刻的認識，同時也聯繫了深廣的社會基
礎。蔡儀同志的話，應用到茅盾身上，頂多只能說認識不「夠」深刻和沒有
很好的聯繫……。因之，他之所以不能表現正面人物，我同意「是由於作者
在大革命失敗以後悲觀心情的影響」的說法，而對於蔡儀同志所說的由於
「作者的客觀的現實主義的創作態度的限制」一點，似乎尚有值得商量之處。
姑不論把產生於我國當時的具體條件下的舊現實主義區分為「批判的」和「客
觀的」兩種是否妥恰，只要把茅盾在《蝕》以後不久寫作的《虹》來看，也
可知把「客觀的現實主義」的帽子扣到茅盾頭上並非持平之論。因為《虹》
與《蝕》是同一個時期的作品，都是大革命失敗以後左聯成立前的作品；如
果僅根據《蝕》而忘記了《虹》，來批評作者那一個時期的創作態度，結論就
未免有片面之弊。況且真正分析起《蝕》的內容來，與所謂「客觀的現實
主義」的概念也並不完全符合。自然，《蝕》的「批判精神」誠然是「不夠」
的，但也只是在批判的現實主義的範疇內的「不夠」，用不著標新立異說它是
什麼近乎自然主義的「客觀的現實主義」。我個人以為在寫《蝕》和《虹》的
時候的茅盾，雖還不能說是馬克思主義者，卻正在從革命民主主義者向馬克
思主義者發展；他的創作方法，已經是革命的現實主義，並適當地潛在著積

極的浪漫主義的因素，也就是說他的作品中社會主義因素在大量地增長。如果不這樣理解，那末，左聯成立後的茅盾就已經是一個社會主義現實主義的作家（馮雪峰等同志均有此看法），其間的繼承關係與發展軌跡，就顯得有些突然了。

三、茅盾文藝思想對文藝創作的影響

茅盾文藝思想的發展，是因爲他在第一次國內革命戰爭時期，參加革命鬥爭的實際活動，初步明確了階級關係。這可以說是茅盾文藝思想發展的第一個關鍵。第二個關鍵則是在第二次革命戰爭時期左翼作家聯盟成立前後，他明確了革命發展的方向，克服了悲觀失望的情緒。這一個轉變是一個思想鬥爭的過程，頗不簡單。客觀上，首先是由於中國共產黨單獨領導了中國人民的革命事業，在反革命的軍事與文化「圍剿」的形勢下，確定了農村革命深入和文化革命深入的鬥爭方向，革命的前途重新閃爍著曙色，使茅盾從消極苦悶的情緒中解放出來，恢復了繼續前進的勇氣。其次是由於左聯的成立，組成了進步的文藝工作者的統一戰線，制定了文化革命深入的具體綱領，密切配合革命形勢的發展，使他視野擴大，從表現小資產階級的知識分子轉變到表現工農勞苦大眾，思想中積極的因素增長，消極的因素削弱，逐步堅定了無產階級的立場、觀點，並掌握了革命現實主義的創作方法。主觀上，由於自我思想鬥爭取得勝利後，思想領域內產生了一種自覺的學習「社會科學」——馬克思列寧主義的要求，提高了思想水平，深化了對客觀現實的認識，於是革命的宇宙觀與先進的創作方法完全統一起來。這兩方面是促使茅盾文藝思想轉變而且向前發展的根本原因，是估價他的創作的主要成就必須注意的中心環節。他那時認爲要使中國有辦法，必須喚醒民眾，必須鼓動階級鬥爭。他已認識到「一個作家的思想情緒對於他從生活經驗中選取怎樣的題材和人物常常是有決定性的」意義的。這時，他爲了改造和健全自己的思想方法，很注重社會科學的學習。他說：

> ……一個做小說的人不但須有廣博的生活經驗，亦必須有一個訓練過的頭腦能夠分析那複雜的社會現象。尤其是我們這轉變中的社會，非得認真研究過社會科學的人每每不能把它分析得正確。而社會對於我們的作家的迫切要求，也就是那社會現象的正確而有爲的反映！（《我的回顧》）

　　社會科學的學習既如此重要，茅盾就時常反省自己「漫無社會科學的修養就居然執筆寫小說，我真是太大膽了」！於是他努力學習社會科學——馬克思列寧主義，去訓練他的頭腦，武裝他的思想。這樣學習的結果，使他在創作時「未嘗敢忘記文學的社會意義」，從而唾棄那些不能夠反映現實的身邊瑣事的描寫，那些戀愛與革命的結構、「宣傳大綱加臉譜」的公式，那些向壁虛造的「革命英雄」的羅曼司，那些只有「意識」的空殼而沒有生活實感的詩歌、戲曲、小說。當時日本帝國主義正進攻中國，他主張作家們「最低限度必須藝術地表現出一般民眾反帝國主義的勇猛，……打破帝國主義共管中國的迷夢」。

　　由於他明確了文學的使命如此重大，就主張作家必須深入生活，文學必須反映「生產」。但是當時上海等城市的文學，卻與他的主張存在很大的距離。他說：

　　　　……「五卅」那時候，據說上海工人總數三十萬左右，現在（一九三二）據社會局的詳細調查，也還是三十萬掛點兒零。上海是「發展」了，但發展的不是工業的生產的上海，而是百貨商店的、跳舞場電影院咖啡館的娛樂的消費的上海！上海是發展了，但是畸形的發展：生產縮小，消費膨脹！這畸形的現象也反映在那些以上海人生為對象的都市文學。消費和享樂是我們的都市文學的主要色調。大多數的人物是有閒階級的消費者：闊少爺、大學生、以至流浪的知識分子；大多數人物活動的場所是咖啡店、電影院、公園。跳舞場的爵士音樂代替了工場中機械的喧鬧，霞飛路上的彳亍代替了碼頭上的忙碌。

　　　　……我們有很多坐在咖啡杯旁的消費者的描寫，但是站在機器旁邊流汗的勞動者的姿態卻描寫得太少；我們有很多的失業知識分子坐在亭子間裡發牢騷的描寫，但是我們太少了勞動者在生產關係中被剝削到只剩一張皮的描寫。

　　由於反對當時的不健康的「都市文學」，他主張描寫「被剝削到只剩一張皮的」勞動者，並且描寫勞動者的生產，這應該說是茅盾在當時到達無產階級思想水平的具體表現，也是他的文藝思想到達社會主義現實主義的水平的具體表現。因為他鼓舞作家描寫的，正是社會現象的最本質的方面。那時的「生產」，儘管是萎縮了的「生產」，他還是主張要描寫。他說：

　　　　雖然畸形發展的上海是生產縮小，消費膨脹，但是我們的都市
　　文學如果想作全面的表現，那麼，這縮小的「生產」也不應該遺落。
　　從這縮小的生產方面，不是可以更有力地表現了都市的畸形發展，
　　表現了畸形發展都市內的勞動者加倍的被剝削，而且表現了民族工
　　業的加速度沒落麼？

　　但是要寫出表現舊社會「勞動者加倍的被剝削」和「民族工業的加速度
沒落」的作品，不是關起門來坐在亭子間內可以寫得出來的。他主張作家必
須擴大自己的生活圈子，走到勞動群眾中去，走到工廠中去。他說：

　　　　然而都市文學新園地的開拓必先有作家的生活開拓，我們目前
　　的都市文學實在也是作家一部分生活的反映。到作家的生活能夠和
　　生產組織密切的時候，我們這畸形的都市文學才能夠一新面目。

　　（《都市文學》）

　　茅盾說這話的時候，正在《子夜》發表之後。《子夜》是茅盾在「作家的
生活能夠和生產組織密切的時候」寫出來的，的確是通過了「縮小的生產」
的描寫，「表現了畸形發展都市內的勞動者加倍的被剝削，而且表現了民族工
業的加速度沒落」。因此，他當時倡導文學要寫生產，寫生產中被剝削的工人
的理論，是在生活實踐和創作實踐相結合的基礎上適應客觀需要提出來的，
不是憑空喊出來的。

　　更重要的，他不但描寫城市的工人，而且也描寫日益走向破產的農村的
農民。《子夜》就是「打算通過農村（那是革命力量正在蓬勃發展的）與城市
（那是敵人力量比較集中也是比較強大的）兩者的情況的對比，反映出那時
候的中國革命的整個面貌。」（《茅盾選集·自序》）雖然《子夜》這個長篇沒
有勝利地完成這個「打算」，但如果結合同時期寫的歷史小說《大澤鄉》和短
篇小說《林家舖子》（「有點像縮緊了的中篇」的短篇小說）、以及《春蠶》、《秋
收》、《殘冬》（也有點像由一個中篇分出來的三個連續性的短篇）、《兒子開會
去了》等篇加以綜合的研究，我以為茅盾是完成了他在寫《子夜》時的「打
算」的。這一個「打算」的完成，便使得讀者可以從他這幾篇小說中看出「那
時候的中國革命的整個面貌」——一方面是反革命的軍事「圍剿」和文化「圍
剿」，另一方面是農村革命深入和文化革命深入。這是本書其所以要選講茅盾
在第二次革命戰爭時期所寫的這幾篇小說的第一個理由。

　　通過這幾篇作品，我們不但可以看出「那時候的中國革命的整個面貌」，

而且可以了然當時的文藝思潮，就是我國現代文學的社會主義現實主義正在成長中。在這裡我們必須認識，判斷是否社會主義現實主義的作品的標準，不僅僅是看它所反映的是否社會主義社會的生活，主要是看作者是否以無產階級的立場、觀點和創作方法來表現革命發展過程中的眞實面貌。正如斯大林所指出的：一個忠實於生活的作家，自然會循著社會發展的客觀規律，成爲一個共產主義者。他忠實地描寫生活，客觀生活自然會引導他向社會主義社會發展。由於茅盾是一個忠實於生活的作家，在這時期所產生的作品，社會主義現實主義的因素已經增長到了占支配的地位。

首先，就創作方法說，在寫《子夜》時的作者，已經是一個無產階級的現實主義者，已不是純客觀的灰色的描寫，而是在現實主義的基礎上有了革命的浪漫主義的理想。因此，用馮雪峰同志的話說「《子夜》卻已經是屬於無產階級現實主義的作品。」也就是社會主義現實主義的作品。

其次，就題材的處理說，也反映了現實在革命發展過程中的眞實面貌，而且藝術的眞實性也已初步地和從思想上改造與教育勞動人民的任務相結合。如《春蠶》和《秋收》中的老通寶驚奇於「多多頭他們耀武揚威」，臨死時更覺悟到自己保守頑固的思想與當時的革命形勢有了矛盾，想不到多多頭他們的「造反」行爲倒是對的。又如《殘冬》中的四大娘夫婦在群眾的說服教育下也初步克服了農民的狹隘保守的思想，跟大家一起行動起來，參加了「吃大戶」的鬥爭行列。

最後，就創作思想看，他克服了大革命失敗以後的消極悲觀失望的思想情緒，「從所接觸的各方面的生活中」，很關心正面人物的「存在及其必然的發展」。因此，在《子夜》等作品中就出現了不少值得肯定的萌芽狀態的正面人物，如克佐甫、蘇倫、瑪金、蔡眞、陳月娥（見《子夜》）、林先生、壽生（見《林家舖子》）、阿多、陸福慶、李老虎……（見《春蠶》、《秋收》和《殘冬》）和阿向（見《兒子開會去了》）等。這些人物，不是被剝削的工人、農民，就是被迫害的共產黨員、學生和小商人，都是些痛恨反動政權而懷抱著一定理想的人物。

特別值得我們注意的是不但出現了正面人物，而且他還初步地寫出了中國共產黨對城市革命工作的領導作用（如在《子夜》中的罷工風潮），對農民運動和學生運動的領導和影響。

這三點，都符合社會主義現實主義（馮雪峰同志稱之爲：無產階級現實

主義）的基本特徵，是茅盾在創作道路上的偉大成就，也是他對現代文學的巨大貢獻。這樣的成就和貢獻，對我國現代文學中社會主義現實主義的成長和發展起了推動並促其走向完成的作用，是現代文學走向爲工農兵服務的過程中一塊不朽的里程碑。這是我們其所以選講茅盾在第二次國內革命戰爭時期所寫的這幾篇小說的第二個理由。

關於文藝工作者應該學習馬克思主義，並投入生產鬥爭與階級鬥爭的實踐，茅盾在三十年代就已勾畫出一些粗略的輪廓。如前引「一個做小說的人非得認眞研究社會科學不可」和「都市文學新園地的開拓必先有作家的生活的開拓……到作家的生活能夠和生產組織密切的時候……文學才能夠一新面目」的理論，就是一個例證。特別值得注意的是他不但提出來，而且還以這些理論去指導他的創作實踐。他說：

> 《子夜》的寫作過程給我一個深刻的教訓：由於我們生長在舊社會中，故憑觀察亦就可以描寫舊社會的人物。但要描寫鬥爭中的工人群眾，則首先你必須在他們中間生活過，否則，不論你的「第二手」材料如何多而且好，你還是不能寫得有血有肉的。（《茅盾選集‧自序》）

這是他用理論指導實踐而又自感理論與實際不能完全一致時的自我批評，表明他當時雖然提出了那樣的理論，但在實踐中還存在著一定的距離。因此，我們學習茅盾的作品，一方面要學習他學習政治、學習生活的精神，一方面也要學習他追求理論與實際相一致的創作態度。而這種精神和態度都可以從《子夜》等作品中體認出來。這是我們其所以選講茅盾在第二次國內革命戰爭時期所寫的這幾篇作品的第三個理由。

當然，除此之外，還有許多別的理由。但是這幾點是最主要的，足以說明他在我國現代文學史上的地位和貢獻，足以說明第二次國內革命戰爭時期是茅盾創作道路上創作力最旺、代表性最強的時期。我們要研究茅盾的思想或創作，這時期的作品就值得我們首先探索。

四、豐富的創作成果和光輝的文藝理論永垂不朽

抗日戰爭爆發前後，文藝界的統一戰線逐漸形成。雖然也有過論爭，但除極少數人以外，都認爲文藝是應該服務於抗戰的。因此，大家提倡文學下鄉、文章入伍，爲新文學與革命的人民大眾相結合創造了條件。許多文藝工

作者都走上了戰鬥的崗位，表現了鍛煉自己和提高自己的願望，茅盾也並不例外。抗戰後，他主編《文藝陣地》，團結進步作家，把新文學向為工農兵服務的方向推進。但在皖南事變後，蔣管區的抗戰文學遭受了多方面的迫害。反動統治的魔手伸到政治、經濟、文化各方面，寫作的限制極嚴，凡是指責缺點、暴露黑暗，就被認為是動搖人心妨礙抗戰。但是茅盾激於義憤與愛國熱情，仍於皖南事變後在敵人的脅迫下寫了《腐蝕》。「他的筆尖，伸到了反動統治最凶惡的、也是最腐敗的作為政治支柱的特務組織裡面，把它盡量地、徹底地、有力地揭露出來；而且通過反動統治的這一角，反映著反動政治的全貌：它的反共活動、投降準備、和漢奸合作、對一般革命青年的殘酷的迫害。這裡表現著作者的現實主義的精神：深刻地透入本質，也緊密地聯繫全面。」（借用蔡儀的話）到了抗戰後期，他又寫了劇本《清明前後》，把他的筆尖再一次地插入反動統治最腐敗的作為經濟支柱的官僚資本裡面去，暴露反動的金融資本如何扼殺工業資本，阻礙生產力的發展，拖住歷史車輪的前進。如果結合其他的作品，如《霜葉紅似二月花》、《第一階段的故事》等一起分析，我們可以得到這樣的結論：「七七」前後至抗戰勝利是茅盾文藝思想逐步深化的時期。那就是說他通過一九二五——二七年追求真理的時期，到左聯成立前，有一個短時期的悲觀失望的階段；後來由於農村革命深入、文化革命深入的影響和黨的領導，使他看到了革命的光輝遠景，明確了應該走的道路，宣布自我教育和自我改造的思想鬥爭，取得了勝利。從而，在大革命時代初步取得的階級觀點得以鞏固下來。加以他於一九三〇年以後勤懇地學習社會科學——馬克思列寧主義和蘇聯文藝界先進的創作與批評的基本方法或原則——社會主義現實主義，於是對真理拳拳服膺，濃厚的愛國主義的色彩在他的作品中鮮明地出現，佔了支配的地位。一到抗戰發生，愛國主義的熱情激動他更進一步地靠攏工農大眾，政治立場堅定地與反人民的國民黨政府對立起來，國民黨政府對他恨入骨髓。當《清明前後》在各地上演時，反動派還通過反動的宣傳機器——偽中央廣播電臺向全國播音，說該劇有毒素，要觀眾明辨是非，仔細反省。抗日戰爭勝利後，茅盾應蘇聯邀請，於一九四六年底前往參觀與講學，國民黨政府曾一再阻撓。他回國後著有《遊蘇日記》、《蘇聯見聞錄》、《雜談蘇聯》等書，都是政論性雜文和報告文學一類的文字，真實地反映了蘇聯社會主義社會的飛速發展和日益繁榮，大大鼓舞了我國的讀者，對於第三次國內革命戰爭乃至今天祖國的大規模經濟建設，

都不失為鼓舞人心的讀物之一。他的思想發展到這時，已是愛國主義與國際主義相結合，到達了一個新的高度。

在一九五三年第二次文代大會上，「大家明確認識了社會主義現實主義的方向，是『五四』以來新文學運動的基本方向。」（邵荃麟同志總結發言）這個方向是由於在政治上「工人階級領導的人民革命的要求和創作上現實主義的要求相結合」而確定的。由這個方向所決定的現代文學的基本主題就不能不是真實地反映中國人民徹底地不妥協地反帝、反封建、反官僚資本主義的要求、願望和實際鬥爭。如果說魯迅是朝這一方向首先邁出第一步的先驅者，那末，茅盾便是朝這一方向勇往直前的急先鋒。五十年代以後他雖然沒有什麼創作，但他的光輝的文藝論文還不時出現，對於沿著社會主義現實主義方向前進的文藝創作和文藝批評都具有指導的意義和推動的作用。解放後茅盾雖然擔任文化部門的領導工作，而他對體驗生活，回到本行，仍然念念不忘。他曾提出下面的諾言：

> 數十年來，漂浮在生活的表層，沒有深入群眾，這是耿耿於心，時時疚痗的事。年來常見文藝界同人竟訂每年寫作計劃，我訂什麼呢？我想：我首先應當下決心訂一個生活計劃：漂浮在上層的生活必須趕快爭取結束，從頭向群眾學習，徹底改造自己，回到我的老本行。自然，也不敢說這樣做了以後一定能寫出差強人意的東西來。但既然這是正確的道路，就應當這樣走。（《茅盾選集・自序》）

遺憾的是他的諾言未能實現，病魔奪去了他的生命。但是，他的文學創作與文藝理論，卻如日月的光華，照耀著文藝界的後輩健康成長！

《子夜》——左翼文學的豐碑

　　《子夜》，既是茅盾的代表作，也是左翼文學的里程碑。如果說，魯迅的《吶喊》等作品曾經顯示過二十年代初期文學革命的實績，奠定了新文學的基礎；茅盾的《子夜》與「農村三部曲」等長短篇小說則顯示過三十年代初期無產階級革命文學的實績，鞏固了左翼文學的陣地。茅盾的有限生命雖已溘然長逝，他的無限的文學業績則將永世長存。艷陽正在普照，「子夜」一去不返。偉人的祖國將永遠紀念這位不朽的文學巨匠。《子夜》將在中國現代文學史上閃爍著永不熄滅的光輝。

一、時代背景

　　《子夜》這部長篇小說，不是閉門造車之作。它從寫作到出版，都與當時的國內外形勢有著密切的關聯。

　　從國際形勢看，自一九二九年起，資本主義世界爆發了空前的經濟危機，經濟的「不景氣」籠罩著歐美和日本。各帝國主義國家及其壟斷資產階級，為了轉嫁經濟危機，千方百計尋找出路。他們的辦法有兩條：一是建立法西斯政權，窒息民主空氣，鎮壓工人運動，強制緩和資本家和工人群眾的矛盾，造成和平安定的假象。另一是從新挑起分割殖民地及勢力範圍的侵略戰爭。西方的希特勒與墨索里尼其所以在一九三三年前後建立法西斯政權，東方的日本帝國主義其所以在一九三一年九月侵略我國東北，都是以爆發了破壞力量空前巨大的經濟危機，力圖擺脫或轉嫁經濟危機作為背景的。遭受經濟危機嚴重衝擊的日本帝國主義，陰謀把美英帝國主義在中國的勢力趕出去，使中國成為它的獨占的殖民地，藉以迅速擺脫自身的經濟危機。它於是

冒天下之大不韙，突然發動「九・一八」事變，使得中國的民族工業慘遭摧殘，吳蓀甫式的民族資本家相繼破產。

國際形勢的另一面是，當資本主義世界「不景氣」的時候，社會主義的蘇聯卻因爲完成了第一個五年計劃（1929～1933）而顯得欣欣向榮。魯迅爲此曾寫了《我們不再受騙了》一文，駁斥資本主義各國的讕言。繁榮與蕭條的鮮明對照，向世界進步人類表明：社會主義制度比資本主義制度有較大的優越性。這對長期遭受壓迫與侵略並決定了「走俄國人的路」的中國人民，具有強大的吸引力，使他們從「子夜」那樣黑暗的年代窺見了光明的世紀，從而，工農革命運動，受到了莫大的鼓舞。

再從國內形勢看，首先是天災人禍空前嚴重。一九二九年水澇成災，全國飢民在五千萬人以上；一九三一年水災，災區十七省，災民達一億以上。與此同時，國民黨新軍閥矛盾重重，各據一方，爭權奪利，戰爭連年不息。一九二九年蔣介石與桂系軍閥作戰；同年八月蔣介石與閻錫山、馮玉祥作戰；一九三○年蔣介石、閻錫山、馮玉祥中原大混戰，弄得「血沃中原」，「寒凝大地」，農村經濟破產，農民走投無路。地主階級趁火打劫，敲骨吸髓地殘酷剝削農民。農民們荒年固須逃難，豐年也吃不飽肚子。農民失去購買力，直接影響民族工業的繁榮與發展。在上海等大城市，工廠相繼倒閉，工人失業嚴重，不能不鋌而走險。要求革命的農民大眾，在「農村革命深入」的形勢鼓舞下，紛紛揭竿而起，與地主惡霸進行殊死的鬥爭，和工人運動相呼應。加之，軍閥混戰，摧殘了民族工商業，弄得產品滯銷，原材料困難。民族資本家內部大魚吃小魚，大廠吞小廠，並且延長工時，剋扣工餉，開除工人，迫使上海等城市的工人階級進一步掀起了對資本家的鬥爭：由經濟鬥爭轉爲政治鬥爭。

從國內外形勢看，當時國民黨政府統治下的中國，完全是半封建半殖民地社會。而托洛斯基分子竟在一九二八——一九二九年，挑起一場關於中國社會性質問題的論戰：中國究竟是什麼性質的社會？它將走向何處去？當時的托派分子，爲國民黨反動派塗脂抹粉，歪曲中國社會的性質，認爲在國統區資本主義經濟已高度發展，爲建立資本主義共和國打下了經濟基礎，無須爲改變半封建半殖民地社會性質而進行反帝反封建的民主革命。他們的詭辯與讕言，不但鬆懈了中國人民反對封建勢力的鬥志，更爲帝國主義的侵略打了掩護。矛頭所向，實際是直指中國共產黨領導的新民主主義革命。因而，

當時所謂中國社會性質問題的論戰，並非什麼學術問題，而是關係到民主革命是否繼續前進的政治問題。在大是大非面前，我們的革命作家難安緘默。正是這樣的國內外形勢，促使茅盾正視現實，醞釀《子夜》，準備回擊托派，教育人民。

二、創作經過

一九三○年三月二日左聯成立於上海。四月，茅盾從日本回國，積極參與左翼文學運動。但因眼病嚴重，醫生囑咐他八個月甚至一年內不要看書。他於是一心休養。每天無事，就尋親訪友，竟然引起了創作一部長篇小說的動機。他說：

> 我在上海的社會關係，本來是很複雜的：朋友中間有實際工作的革命黨，也有自由主義者；同鄉故舊中間，有企業家，有公務員，有商人，有銀行家。……向來對社會現象僅看到一個輪廓的我，現在看的更清楚一點了。當時我便打算用這些材料寫一本小說。後來眼病好一點，也能看書了，看了當時一些中國社會性質的論文，把我觀察所得的材料和他們的理論一對照，更增加了我寫小說的興趣。（《〈子夜〉是怎樣寫成的》）

興趣既然引起，他就著手準備。當他病好之後，「正是中國革命轉向新的階段（指農村革命的深入和文化革命的深入──引者），中國社會性質論戰進行得激烈的時候。」（《〈子夜〉是怎樣寫成的》）他根據所收集的材料，對照托派分子的理論，打算用小說的形式寫出以下三方面的內容：

（一）民族工業在帝國主義經濟的侵略與壓迫下，在世界經濟恐慌的影響下，在農村破產的形勢下，爲要自保，便用更加殘酷的手段加緊對工人階級的剝削。

（二）因此引起了工人階級的經濟的政治的鬥爭。每一經濟的鬥爭很快轉變爲政治的鬥爭，民眾運動在當時的客觀條件是很好的。

（三）當時的南北大戰、農村經濟破產以及農民暴動，又加深了民族工業的恐慌。

這三者是互爲因果的。他「打算從這裡下手，給以形象的表現。」他就在一九三○年多天整理材料，列出詳細大綱和人物表，並把各個人物的教養、性格及其發展以及相互關係等等都作了規定，接著，草擬故事情節大綱，分

章分段而又彼此銜接，前後呼應。然後從一九三一年十月起開始寫作。

茅盾在《子夜》構思之初，就「有了大規模地描寫中國社會現象的企圖。」（《子夜・後記》）所以他說：

> 當時我的野心很大，打算一方面寫農村，另方面寫都市。數年來農村經濟的破產掀起了農民暴動的浪潮，因為農村的不安定，農村資金便向都市集中。論理可使都市的工業發展，然而……農村經濟的破產大大減低了農民的購買力，因而縮小了商品的市場；同時流入都市中的資金，並未投入生產，而是投入投機市場，不但不能促進生產的發展，反而增添了市場的不安定性。《子夜》的第三章便是描寫這一事態的發端。我原來的計劃是打算把這些事態發展下去，寫一部農村與都市的「交響曲」。……
>
> ……因為中間停了一下，興趣減低了，勇氣也就小了，並且寫下的東西越看越不好，照原來的計劃範圍太大，感覺到自己的能力不夠。所以把原來的計劃縮小了一半，只寫都市而不寫農村了。把都市方面（一）投機市場的情況，（二）民族資本家的情況，（三）工人階級的情況，三方面交錯起來寫。（《〈子夜〉是怎樣寫成的》）

這三個方面，到一九五二年三月十二日茅盾寫《茅盾選集・自序》時，換了一個說法：

> 這一部小說寫的是三個方面：買辦金融資本家、反動的工業資本家、革命運動者及工人群眾。

比較一下，仍然是三個方面，不同的是把「民族資本家」說成了「反動的工業資本家」，這對理解吳蓀甫這個人物可能產生分歧，且待下文再說。這裡只是指出這三個方面是極其複雜的，怎樣加以「形象的表現」，實非易事。但由於茅盾對於這三個方面進行了長期的觀察與體驗，有了深刻的認識，把握了它們的相互關係。加以他從日本歸國之後，學習了「社會科學」（馬克思主義——引者），世界觀起了根本變化，克服了大革命失敗後消極悲觀情緒，對敵我力量的對比和中國革命的動向，都已胸有成竹。因而，他才開始從大處著眼，細處落筆，「大規模地描寫中國社會現象」。《子夜》共十九章，「始作於一九三一年十月，至一九三二年十二月五日脫稿；其間因病、因事、因上海戰爭、因天熱，作而復輟者，綜計亦有八個月之多。」（茅盾：《子夜・後記》）

　　《子夜》脫稿後，立即由上海開明書店出版，於一九三三年一月問世。這是左翼文學的勝利，轟動了中外文壇。

三、思想內容

　　《子夜》所描寫的是一九三○年五月至七月上海地區的民族資本家的情況、投機市場的情況和工人階級的情況。還聯繫性地反映了農民運動的情況、帝國主義操縱軍閥混戰的情況。題材的廣闊性，在現代文學史上是空前的，而作者所選擇的主人公卻不過是一家絲廠的老闆。這是與作者堅持寫自己熟悉的生活、堅持寫真實的創作原則分不開的。他說：

> 這是受了實際材料的束縛：一來因為我對絲廠的情形比較熟悉，二來絲廠可以聯繫農村與都市。一九二八——二九年絲價大跌，因之影響到繭價，都市與農村均遭受到經濟的危機。(《〈子夜〉是怎樣寫成的》)

所謂「受了實際材料的束縛」，並不是壞事情，對於《子夜》來說，正因為這樣，才保證了思想內容的真實性，與此同時，他之所以選擇能夠聯繫都市與農村的絲廠老闆作主人翁，也是和他堅持原來的創作計劃與寫作意圖分不開的。他說：

> 原來的計劃是打算通過農村（那是革命力量正在蓬勃發展的）與城市（那是敵人力量比較集中因而也是比較強大的）兩者情況的對比，反映出那時候的中國革命的整個面貌，加強革命的樂觀主義。(《茅盾選集·自序》)

雖說《子夜》對作者的意圖「反映出那時候的中國革命的整個面貌」還有不足之處，但作品對於當時社會的許多矛盾，卻採取了毫不掩飾的態度，加以如實反映。作品通過絲廠老闆經營實業的失敗過程，反映了國統區的民族資產階級不是被帝國主義派遣、操縱的買辦金融資本家牽著鼻子走，就是被封建軍閥的相互混戰，弄得走投無路。雖經一番掙扎，終於找不到出路，只有宣告破產，一走了之。作品對這一方面的描寫是著重的，也是生動的。作品的大部分情節都是圍繞民族資本家吳蓀甫展開的。高爾基說：情節是「人物之間的聯繫、矛盾、同情、反感和一般的相互關係，——各種不同性格、典型的成長和構成的歷史」。這一說法頗符合《子夜》的實際。吳蓀甫為了實現他的龐大計劃而進行的一系列活動，從自負不凡到終於破產，是作品情節發

展的一條主線。圍繞這條主線作品描寫了以吳蓀甫爲代表的民族資本家和以趙伯韜爲代表的買辦資本家之間的矛盾與鬥爭，描寫了民族資產階級內部的矛盾和鬥爭（「大魚吃小魚」），描寫了地主階級與民族資產階級和買辦資產階級之間的勾結、矛盾和鬥爭；還描寫了依附民族資產階級與買辦資產階級的知識分子、婦女以及其他人等的種種活動及其他們之間的矛盾和衝突。與此同時，還描寫了由帝國主義支持與操縱的各派軍閥之間的混戰及其對民族工業的影響。

而在另一方面，作品也描寫了在地主階級壓迫下的農民群眾和在資產階級剝削下的工人群眾，寫了他們的掙扎、覺醒與鬥爭。雖然這方面的描寫比較單薄，但仍然能使讀者把兩個方面的反映合而觀之，意識到反動統治階級的前途必然葬送在「子夜」的黑暗的深淵中，而工農勞苦大眾的命運必然能通過自己的鬥爭和努力，從「子夜」走向黎明。

《子夜》爲三十年代初期尖銳的階級鬥爭和複雜的社會關係提供了一幅宏偉的長篇歷史畫卷。其中時而風雲變幻，草木皆兵；時而日暖風和，觥籌交錯；有五顏六色的場景，也有形單影隻的抒情；有夫婦的同床異夢，也有朋友的兩面三刀；有殘酷的血腥搏鬥，也有無恥的貪婪肉欲；……五光十色，令人應接不暇。但萬變不離其宗，所有一切的筆墨，都扣緊一個主題：回答三十年代的中國是什麼性質的社會，各個不同的階級階層應採取什麼樣的行動。凡《子夜》所描繪的錯綜複雜的矛盾，無不表明帝國主義及其豢養的買辦資產階級決不允許中國的民族工業有所發展。大革命失敗後，中國民族資產階級追隨大地主、大資產階級，但等待他們的是什麼呢？茅盾說：

> 中國民族資產階級的前途是非常暗淡的，……他們的出路是兩條：（一）投降帝國主義，走向買辦化；（二）與封建勢力妥協。他們終於走了這兩條路。（《〈子夜〉是怎樣寫成的》）

《子夜》的思想內容正是描寫了以吳蓀甫爲代表的中國民族資產階級的暗淡的前途。而《子夜》的主題思想也正是茅盾告訴讀者的：「這樣一部小說，當然提出了許多問題，但我所要回答的只是一個問題，即是回答了托派：中國並沒有走向資本主義發展的道路，中國在帝國主義的壓迫下，是更加殖民地化了。」

四、人物群像

《子夜》的人物，各式各樣，構成現代文學史上豐富多采的人物畫廊，反映了三十年代初期舊中國的面影。

《子夜》的主人公是上海裕華絲廠的老闆吳蓀甫。他的第一次露面是一九三〇年五月十六日下午在上海外灘碼頭上迎接他的父親吳老太爺。他乘坐的汽車剛一到，就向讀者亮相：「車廂裡先探出一個頭來，紫醬色的一張方臉，濃眉毛，圓眼睛，臉上有許多小皰。」「他大概有四十歲了，身材魁梧，舉止威嚴，一望而知是頤指氣使慣了的『大亨』。」（《子夜》第一章第一節）他剛把吳老太爺接回家中，吳老太爺就嚥氣了。作品通過范博文回答林佩珊的問話說：

> 「難道老太爺已經去世了麼？」
>
> 「我是一點也不以爲奇。老太爺在鄉下已經是『古老的僵屍』，但鄉下實際就等於幽暗的『墳墓』，僵屍在墳墓裡是不會『風化』的。現在既到了現代人都市的上海，自然立刻就要『風化』。去罷！你這古老的社會僵屍！去罷！我已經看見五千年老僵屍的舊中國也已經在新時代的暴風雨中間很快的很快的在那裡風化了！」（《子夜》第 30 頁。以下只注頁碼）

這話多少代表了作者的觀點。中國的封建社會如古老的僵屍正在「風化」，正在解體。中國社會向何處去呢？決定中國社會去向的，是資產階級還是無產階級？這是作品所提出並擬回答的問題。以吳蓀甫爲核心的各色人等，正是從吳老太爺的去世、做喪事和送葬等活動開始，從各自的利害出發，你來我往，勾心鬥角，形象鮮明地回答中國社會的性質問題。

《子夜》眾多的人物，都是通過吳老太爺的喪事介紹出來，並圍繞主人公吳蓀甫及其事業的興衰成敗這條主線，寫出一個在帝國主義操縱、支持的買辦金融資本家的壓力下走向破產的民族資本家。因此，《子夜》的人物雖多，但是骨架式的重要人物，除吳蓀甫外，也只是作爲吳蓀甫的妻子林佩瑤、助手屠維岳以及吳蓀甫的對手趙伯韜。其他許多人物都是從這幾個主要人物「生發」出來的。

吳蓀甫作爲一個資本家，從他要發展民族工業看，有進步的一面，是一個愛國的民族資本家；從他鎮壓工農群眾運動看，又是一個反動的工業資本家。因此在茅盾的筆下，有時稱他是民族資本家，有時稱他爲反動的工業資

本家。但有所側重的說法，茅盾最後還是稱他為民族資本家。他遊學過歐美，學會了一套資本主義企業的經營管理方法。他有魄力、有手腕、有資金、有雄心壯志，想用自己的「鐵腕」為舊中國的民族工業奠定基礎。他既在上海開設了一家規模巨大的裕華絲廠，又在家鄉雙橋鎮開設了電廠、米廠、油坊、布店、當舖、錢莊等，是上海工業界的「巨子」，是十里洋場「大亨」。他好大喜功，野心勃勃，隨時都想擴張自己的事業。當他碰到其它同業遭遇困難的時候，他的唯利是圖的本性很自然地使他不惜乘人之危，以「大魚吃小魚」的方法吞併他們。他先後以貸款、救濟的名義吞併過朱吟秋的絲廠和陳君宜的綢廠。他和孫吉人、王和甫、杜竹齋等組織益中信託公司，施展鐵腕，以五六萬元收買了價值三十多萬元的八個生產日用品的小廠，準備加以擴充，「使他們的燈泡、熱水瓶，陽傘、肥皂、橡膠套鞋，走遍全中國的窮鄉僻壤！」藉以操縱國民經濟的命脈。他幻想有朝一日「高大的煙囪如林，在吐著黑煙；輪船在乘風破浪，汽車在馳過原野。」他就是中國「二十世紀機械工業時代的英雄騎士和『王子』！」如果他的「幻想」真能實現，可能中國的民族工業有所發展。

但是，在帝國主義的經濟侵略、連年內戰、農村破產等不利形勢的左右下，吳蓀甫的企業越擴張，困難就越多。為了產品暢銷全國，他痛恨南北軍閥混戰，希望「國家像個國家，政府像個政府」。可是客觀形勢的發展，並不符合他的主觀願望。雙橋鎮的工商業在農民暴動時遭到破壞；絲的銷路，也因受日本人造絲的排擠，漸漸「不景氣」起來。

舊上海是所謂「冒險家的樂園」。在那樣的社會，那樣的年頭，只有冒險做投機事業才是幸運兒。吳蓀甫向來抱有發展民族工業的宏圖壯志，是一個實幹家，反對投機取巧。但是為了擴充資本，發展企業，他還是參與了公債市場的投機活動。他既參與趙伯韜賄賂西北軍故意打敗仗的陰謀，又開展勾結汪派政客唐雲山販賣軍火延長內戰的活動。

但是，吳蓀甫在公債市場的投機活動首先遭到了趙伯韜的干擾、破壞和打擊。為了挽回敗局，他同工農群眾之間產生了尖銳的矛盾，暴露了他作為民族資本家的反動的一面。他一方面串通反動武裝，對雙橋鎮的農民進行殘酷鎮壓；另一方面雇用反動軍警，鎮壓工潮。他誣蔑並痛罵革命農民為「土匪」，他要去「看看那紅軍是怎樣的三頭六臂」。但是，他畢竟外強中乾，一聽到工、農革命運動，在他的「紫醬色臉皮上」就泛出「一種鐵青色的苦悶

和失望。」

在吳蓀甫內外交困的關鍵時刻,趙伯韜又想用吳蓀甫吞併朱吟秋的辦法來吞併他,陰謀要他借貸美國資本。於是他陷入「三條火線」(農民暴動、工人罷工,以及趙伯韜卡他的脖子)的威脅中。吳蓀甫不願向趙伯韜投降,抵押了自己的絲廠和住宅,並把益中公司所屬八個小廠出頂給日商和英商,到公債市場孤注一擲,結果慘敗在趙伯韜手裡。他的紫醬色的方臉,突然蒼白;魁梧的身材,頓時癱軟。氣得幾乎自殺。他終於宣告破產,帶著老婆到牯嶺去避暑。

吳蓀甫畢竟是一個民族資本家。在封建軍閥混戰的形勢下,他不是買辦資本家趙伯韜的對手。他雖拒絕投降美商,但也投降了英商與日商。他的失敗與破產正好表明中國的民族工業並沒有走上獨立的資本主義發展的道路上去,而是更加殖民地化了。

至於吳蓀甫的死敵趙伯韜,四十多歲,二角臉,眼睛深陷,炯炯有光,被人稱為金融巨頭,公債魔王,覆雨翻雲,神通廣大。他有美國金融資本家撐腰,又和國民黨的軍政界有勾結。為了在公債市場興風作浪,他能夠通過尚仲禮用三十萬兩銀子買通西北軍故意後退三十里;他能使做過縣太爺的何慎庵「十年宦囊,盡付東流」;他能使地主馮雲卿半世的積累一旦化為烏有,還要賠上女兒馮眉卿給他當掌上的玩物。特別厲害的是他要使美國的金融資本控制中國的民族工業,要把像吳蓀甫這樣的民族資本家變成美國金融資本支配下的管家。他自鳴得意地說:「中國人辦工業沒有外國人幫助,都是虎頭蛇尾。……吳蓀甫會打算,就可惜還有我趙伯韜要故意同他開玩笑,等他爬到半路,就扯住他的腿。」他在吳老太爺去世之後,就設置圈套,組織什麼秘密公債公司,說能賄賂西北軍打敗仗,使公債上漲,要吳蓀甫上鈎,結果吳蓀甫折本八萬元。吳蓀甫要吞併朱吟秋的絲廠,趙伯韜從中破壞、阻撓;吳蓀甫等組織益中信託公司,趙伯韜妄圖推薦國民黨政客尚仲禮當經理,以便控制它。當吳蓀甫事業失利,需要資金周轉的時候,他要吳蓀甫接受美國借款三百萬元,先交五十萬元。這實際是把吳蓀甫曾經套在朱吟秋頭上的圈子放大了套在吳蓀甫頭上,對吳蓀甫進行經濟控制。吳蓀甫拒絕上鈎,寧願把益中公司所屬八個小廠連自己的絲廠和住宅抵押給英、日商人。

趙伯韜在生活上玩弄女性,正如他在投機市場興風作浪一樣。他扒進各式各樣的公債,也扒進各式各樣的女人:交際花徐曼麗、年輕寡婦劉玉英、

地主小姐馮眉卿。當經濟學教授李玉亭代表吳蓀甫到旅館找他談判的時候，他正在一手摟著劉玉英，一手抱著馮眉卿，公然聲稱他就「喜歡這個調門兒。」這些女人如徐曼麗、劉玉英原是吳蓀甫用以偵察趙伯韜在公債市場上的動態的工具，卻反被趙伯韜「扒進」其懷抱，使吳蓀甫因聽了她們傳遞的假情報而上當受騙，在公債市場上一敗塗地，終至破產。

趙伯韜是一個買辦資產階級的典型，作者正面寫他的荒淫無恥，側面寫他的狡猾多端。作者正是通過這樣的人物，表明中國的民族工業因受帝國主義的控制而不能自由發展，從而回答了托派分子，中國社會並未向資本主義的方向發展，而是越來越殖民地化了。

如果說趙伯韜是吳蓀甫的對手或敵手，那麼屠維岳則是吳蓀甫的幫手或打手。沒有趙伯韜，表現不出吳蓀甫作為民族資本家的軟弱性；沒有屠維岳，表現不出吳蓀甫作為民族資本家的反動性。屠維岳臨機應變，像一條小小的變色龍。他的父親是吳老太爺生前的好友，憑吳老太爺給兒子吳蓀甫的一封信，最初他被安插在上海裕華絲廠當賬房、庶務之類的小職員。工作多年並未引起吳蓀甫的注意，更談不到重視與重用。但在裕華絲廠等工廠工人罷工的關鍵時刻，他竟主動求見，吳蓀甫才記起他是已故老太爺推薦的一個「人才」。由於屠維岳熟悉工廠的內幕，瞭解吳蓀甫的性格，通過一次談話，吳蓀甫就另眼相看，加以重視。但因他洩漏廠方要削減工資的秘密，並告訴工人吳蓀甫「拋出了期絲」的消息，招致工人們要採取罷工行動的後果，吳蓀甫才對他暴跳如雷，聲稱要開除他。但屠維岳卻鎮定如常，面不改色，顯得滿不在乎。吳蓀甫對他的鎮定、膽量、機警，暗中感到詫異，並非常賞識。他覺得這種人只要調度得當、指揮得宜，很可以為他辦點事；但是他又懷疑其「思想」是否穩妥，從而繼續嚴厲訓斥他，說他「煽動工潮」。屠維岳無所畏懼，只是冷笑。當吳蓀甫追問他的時候，他才告訴吳蓀甫：煽動工潮的不是他。工人要求活下去，才是最厲害的煽動力量。吳蓀甫懷疑他有神經病，決定開除他，要他把廠裡的徽章、銅牌子留下來。他毫不遲疑地拿出銅牌，微笑著，準備告辭。可是吳蓀甫又叫住他，要他一同上廠，再看看工人們多麼顧全大局，多麼平靜。屠維岳只是微笑，吳蓀甫問他笑什麼，他說：「我笑——大雷雨之前必有一個時間的平靜，平靜得一點風也沒有！」吳蓀甫對他這麼過分的倔強，有點不滿，但也欣賞他的堅定與沉著。於是，要收服這個年輕人作為「臂助」的意思便在心裡佔了上風，仍然把銅牌子交還給他，並決

定從當月起，把他的工資從每月二十元提高到五十元整，同時下達命令：「自莫乾丞以下所有廠中稽查管車等人，均應聽從屠維岳調度，不得玩忽！」一個小小的賬房庶務突然提升為工廠總管，還派汽車送他到廠裡去，把「工潮不久就可以結束」的殷切希望，寄託在他的身上。

屠維岳得到重用之後，表面上裝出一副偽善的面孔，和顏悅色，甜言蜜語，希圖模糊工人對他的認識。暗地裡卻密佈羅網，對進步工人跟蹤追擊，雇用流氓打手，進行威脅利誘；並利用反動軍警，強迫工人復工，藉以平息工潮。還利用黃色工會的派系糾紛，分化工人運動，瓦解工人力量。作品就是這樣通過對屠維岳這個工賊的典型的、生動的寫照，顯示了三十年代階級鬥爭和工人運動的尖銳性、複雜性與艱巨性。

當吳蓀甫一心撲在「事業」上的時候，他幾乎忘記了愛情，忘記了公館裡還關鎖著一位年輕貌美的夫人。但是他的夫人卻並沒有忘記他，倒是時時記起他。他不但不能經常愛她，而且有時妨礙了她。她就是吳少奶奶林佩瑤。茅盾對她作了一些細膩的、深入的、出色的描寫，來顯示吳蓀甫不僅在公債市場失敗了，在情場也失敗了。吳蓀甫是一個複雜的人物．通過趙伯韜，讀者認識他是一個受帝國主義壓迫的民族資本家；通過屠維岳，讀者認識他是一個鎮壓工人運動的反動的工業資本家；通過林佩瑤，讀者認識他是一個連愛人也不要的眾叛親離的資本家。

林佩瑤是我國第一次思想解放運動「五四」以後出現的女青年，念過教會學校，愛好外國文學，養成了耽於幻想，不切實際的性格。她在「五四」高潮過去之後，讀了莎士比亞的《海風引舟曲》（The Tempest）和司各德的《撒克遜劫後英雄略》（Ivanhoe）……滿腦子裡裝的盡是俊偉英武的騎士和王子的形象，以及海島，古堡，大森林，斜月一樓，那樣的「詩意」的境地，……她們（指她和同學們）憧憬著多麼美妙的未來呀。特別是她──那時的「密司林佩瑤」，稟受了父親的名士氣質，曾經架起了多少的空中樓閣，曾經有過多少淡月清風之夜，半睜了美妙的雙目，玩味著她自己想像中的好夢。（《子夜》第八九──九○頁）可是，「好夢」不長，父母相繼急病死亡。林佩瑤開始從「夢境」走向「現實」。轟動中外的「五卅」運動，牽引了她的注意力，而且在她的生活道路上出現了具有中古騎士風的「彗星」似的青年。但是，那是一個窮小子，自慚形穢，雖然愛慕「密司林佩瑤」，卻沒有勇氣去追求她。不久，大革命的風暴從廣州開始，他突然失蹤；接著，林佩瑤嫁給了吳蓀

甫，成了吳少奶奶，告別了「密司林佩瑤時代」。但是，那位杳如黃鶴的騎士
式的青年，卻在為吳老太爺辦喪事的日子裡，一個悶熱的黃昏，出現於吳
府。籠子裡的鸚鵡竟然忽的叫了一聲「有客！」一位戎裝青年挺拔地站在吳
少奶奶跟前，那就是「五卅」運動時與林佩瑤熱戀過的青年——雷鳴，經過
大革命的洗禮，他當了國民黨部隊的軍官，人家稱他雷參謀。因為明天一早
要上前線，特來向吳少奶奶告別。他從衣袋裡掏出一本破舊的《少年維特之
煩惱》和夾在書頁裡的一朵枯萎的白玫瑰，並且說：「吳夫人！這個，你當做
是贈品也可以，當做是我請你保管的，也可以。」吳少奶奶突然短促地喊了
一聲，臉上泛起了紅暈。原來那朵乾枯的白玫瑰是「五卅」運動時林佩瑤送
給雷鳴的，而那本破舊的《少年維特之煩惱》卻曾目擊過雷鳴和林佩瑤之間
的短暫的熱戀。雷鳴因為參加北伐戰爭，出生入死，幾年之間，扔掉了多少
身外之物，而這兩件紀念品卻始終保留著。這次重回上海，打聽到過去的愛
人已經成了少奶奶，特來告別，並把書與花交給林佩瑤保管。雷參謀的聲音
有點兒發抖，少奶奶的臉龐轉成蒼白。雖然舊書不能復新，殘花不能重艷。
但是彼時彼地竟難捨難分。當倆人情不自禁地擁抱起來的時候，鸚鵡突然怪
叫：「哥哥喲！」吳少奶奶推開雷參謀，飛步上樓，倒在床頭，痛哭失聲。從
此，吳少奶奶一見吳蓀甫，臉色總不正常。吳蓀甫因一心掛在公務上，雖然
三次見到枯萎了的白玫瑰，也不以為異。林佩瑤卻因愛情另有所寄，儘管處
於豪華的環境中，物質享受應有盡有，但總覺得「缺少了什麼似的」。只有日
日拿著《少年維特之煩惱》和白玫瑰花，和吳蓀甫過著同床異夢的生活。她
在生活上必須依附吳蓀甫，而在精神上卻嚮往雷參謀。在現實世界裡吳蓀甫
雖有若無；在理想世界裡，雷參謀似無實有。理想與現實的矛盾，使得她生
活在極其痛苦的空虛之中。林佩瑤的難言之隱，偏偏經常被她的妹妹林佩珊
的愛情生活所挑逗。

　　林佩珊與詩人范博文和法國留學生杜新籜都有好感。但吳蓀甫不贊成妹
妹同范博文相好。有一次吳少奶奶正在想念雷參謀，妹妹撞了進來，徵求姐
姐的意見。林佩瑤問她自己到底愛誰。佩珊說：「我覺得每一個人都可愛，又
都不可愛。」林佩瑤告訴她：「總得挑定一個人……做你的終身的伴侶。」妹
妹說：「老是和一個人在一起多麼單調！你看，你和姐夫！」吳少奶奶出驚地
一跳，臉色也變了。兩件紀念品從她身旁墜落到沙發前的地毯上，一本破舊
的《少年維特之煩惱》和一朵枯萎的白玫瑰花。林佩瑤勉強抑制住心頭翻滾

的煩悶，仰臉看她的妹妹，告訴她，姐夫已經給她找到了比范博文更好的人，就是杜學詩。但是妹妹說：

> 「我想來，要是和小杜結婚，我一定心裡還要想念別人——」
>
> （181 頁）

林佩瑤禁不住心頭亂跳，而她的妹妹卻吃吃的笑著，還轉過身去對她說：

> 「結婚的是這一個，心裡想的又是別一個，——啊，啊，這多
>
> 麼討厭的事呀！阿姐、阿姐！」（181 頁）

吳少奶奶的臉熱得像是火燒，眼淚掛在睫毛邊，悲痛地想：難道倆姐妹連命運也要相同麼？她害怕雷參謀再回上海，想躲到什麼地方去。

作者刻畫林佩珊，並非多餘的閒言贅語，而是爲了烘托吳少奶奶林佩瑤；而作者刻畫吳少奶奶，又正是爲了表現吳蓀甫，使讀者認識到這個民族資本家的下場：內外交困，眾叛親離。

《子夜》還描寫了幾個與吳蓀甫命運相似的民族工業資本家，描寫了一些資產階級知識分子，和資產階級女性。他們都有各自的特色。

長期以來，某些研究者曾責難茅盾對女性的描寫，存在著「自然主義」的傾向。這樣的指責實際是沒有道理的。茅盾所描寫的本來就是資產階級男女青年的生活方式，他是有意爲之的。況且，所謂「自然主義」原是一種文藝思潮或創作方法，把男女關係的色情描寫稱爲「自然主義」，也未免太簡單化了。對此，我曾向茅盾提起過，他一笑置之。

《子夜》還描寫了幾個城市革命工作者，並企圖對左傾冒險主義有所批判。但是，由於作者對這方面缺乏直接的生活感受，只憑第二手材料，寫得不夠生動，留給讀者的印象比較模糊。但從全書的安排看，還是合理的。

五、偉大成就

《子夜》是三十年代舊中國的一面鏡子：它照見帝國主義在中國的代理人買辦資產階級對中國民族工業的控制與扼殺；照見民族資產階級的兩面性，他們在帝國主義的控制下拼命掙扎的同時，又殘酷剝削與壓迫工農勞苦大眾；照見被壓迫、被剝削的工農勞動人民，正在中國共產黨的領導下，對帝國主義、封建主義和官僚資本主義採取有組織的反抗行動。這就是當時的歷史真實，《子夜》藝術地把它反映出來，表明中國社會的性質正在封建主義的土壤上，日益殖民地化。從而說明，中國人民要掀起一場反帝反封建的民

主革命，是歷史的必然，誰也改變不了，誰也阻擋不住。這不僅是對托派所說的中國已走上資本主義發展的道路的讕言的有力駁斥，也是對中國共產黨領導的反帝反封建的民主革命所表示的堅強信念。這應該是《子夜》在思想內容上不可忽視的鼓舞人心的偉大成就之一。

《子夜》在現實生活的提煉和人物衝突的選擇上，對「五四」以來的新文學是有所突破的。《子夜》對資產階級《大亨》生活的描寫非常出色。既是歷史真實，也是藝術真實。吳蓀甫住的是花園洋房，趙伯韜包的是豪華旅社，兩人的生活內容不同，但生活方式卻都是資產階級的腐朽靡爛的生活。馮雪峰同志在五十年代初期曾經指出：「到今天，要尋找自一九二七年至抗日戰爭以前這一時期的民族資產階級和買辦資產階級的形象，除了《子夜》，依然不能在別的作品中找到。……這是《子夜》的成就，因為在文學領域裡有它新的開闢。」（馮雪峰：《中國文學從古典現實主義到無產階級現實主義發展的一個輪廓》，見《文藝報》一九五二年第十七期。）所謂「新的開闢」即是新的突破。這一突破的認識意義是很深廣的。舊中國已經一去不復返了，今天的讀者，要瞭解那個時代，《子夜》是可以當作形象化的歷史教科書來看的。這應該是《子夜》在思想內容上的另一不可忽視之重大成就。

《子夜》在人物的安排與刻畫上，採取了向心式與離心式相結合的方法。吳蓀甫作為主人公，從吳老太爺的喪事開始，他便是一個中心人物，眾多人物圍著他團團轉。隨著情節的發展，各種人物與吳蓀甫的關係，逐漸從向心到離心，終於導致吳蓀甫眾叛親離，光桿一個。這樣從熱鬧開始，以蕭條結束，應該說是《子夜》在藝術表現上的突出成就。

《子夜》是一部長篇小說，需要描寫大小不同的許多場面。作者採取點面結合的方法，既有概括的指點，也有舖陳的描繪。它使讀者既看到舊上海這一角落的面影，又能通過上海一角落體認舊中國的全貌。茅盾曾經說過：「大凡寫……熱鬧場面，既要寫得錯綜，又要條理分明；既要有全場的鳥瞰圖，又要有個別角落及人物的『特寫』。」（茅盾：《讀〈新事新辦〉等三篇小說》）茅盾對《子夜》的許多場面的處理，正是如此。例如《子夜》的前三章，以吳老太爺之喪作為核心，讓所有重要人物相繼亮相；又把重大事件如吳蓀甫絲廠的工潮、雙橋鎮農民的暴動、組織益中公司、陷入公債市場等等，一一加以指點，以後的章節就把這些重要人物和重大事件進一步加以發展，直到吳蓀甫破產而後止。一部三十多萬字的長篇小說，人物多達八十，卻寫得

線索分明，有條不紊，讀者不能不欽佩作者的駕馭能力。這是作者在藝術表現上的另一突出成就。

《子夜》的語言不僅是個性化的，也是時代化的。不僅吳蓀甫、趙伯韜、屠維岳等人物的語言各如其人，在很大程度上他們的語言也正是三十年代的語言。這不僅是說公債市場或交易所的行話或術語是三十年代的，有不少生活習慣上的用語以及說話的方式也是三十年代的。如趙伯韜與吳蓀甫的語言，時代的色彩是十分鮮明的。因此，我們可以這樣說，《子夜》一書奠定了茅盾作為語言大師的歷史地位。

當然，《子夜》的不足之處也是存在的。茅盾自己曾經說：「這部小說的描寫買辦金融資本家和反動的工業資本家兩部分比較生動真實，而描寫革命運動者及工人群眾的部分則差得多了」。原因是「前兩者是直接觀察了其人與其事的，後一者則僅憑『第二手』的材料——即身與其事者乃至第三者的口述。」「雖然企圖分析並批判那時的城市革命工作，而結果是分析與批判都不深入。」「又未能表現出那時候整個的革命形勢。」（《茅盾選集·自序》）這是內容方面的不足之處。至於在形式上主要是結構比較鬆懈。作者原來的計劃是打算通過農村與城市兩者情況的對比，反映出那時中國革命的整個面貌，所以在小說的第四章就描寫了農村的革命力量包圍了並且拿下了一個市鎮，作為伏筆。但因計劃過大，非當時作者的條件所能適應，只好半途而廢。由於作者不忍割捨第四章，就破壞了全書的有機的結構，令人有「游離」而不夠緊湊之感。還有一些情節，沒有得到充分的發展也造成了結構的鬆散。比如「乾枯了的白玫瑰花」，作品在開端和結尾都提到它。但當吳蓀甫事業失敗之後，卻沒有對吳少奶奶與雷參謀的未來的關係作任何的暗示，只好不了了之。

六、歷史地位

《子夜》是三十年代左翼文學的豐碑。當它在一九三三年一月出版之後，魯迅就從左翼文學與反動文學的較量上來表示了他個人的喜悅。他說：「我們在兩三年前，就看見刊物上說某詩人到西湖吟詩去了，某文豪在做五十萬字的小說了，但直到現在，除了並未預告的一部《子夜》而外，別的大作都沒有出現。」（魯迅：《偽自由書·文人無文》）魯迅還在給人的書信中說：「國內文壇除我們仍受壓迫及反對者趁勢活動外，亦無甚新局。但我們這面，亦

頗有新作家出現,茅盾作一小說曰《子夜》……計三十餘萬字,是他們所不能及的。」(《魯迅書信集》上卷《致曹靖華》)魯迅對於《子夜》的出版,不是從個人友誼出發去表示欣慰,而是從敵我鬥爭的角度去表示喜悅。的確,《子夜》顯示了三十年代革命文學的實績,鞏固了左翼文學的陣地。正如瞿秋白同志所指出:「一九三三年在將來的文學史上,沒有疑問的要記錄《子夜》的出版,……這是中國第一部寫實主義的成功的長篇小說。」(《〈子夜〉和國貨年》見《瞿秋白文集》第一卷第四三八頁)如果說魯迅的《吶喊》與《彷徨》是「五四」以來短篇小說的歷史豐碑,茅盾的《子夜》就是三十年代左翼文學的歷史豐碑。

瞿秋白所說的「寫實主義」就是現實主義。三十年代初期正是社會主義現實主義從蘇聯介紹過來,不少左翼作家試圖用新的創作方法進行寫作。在當時說,《子夜》的出版,對社會主義現實主義具有示範的作用。《子夜》雖然暴露了不少資產階級、小資產階級的灰色生活,但主旨還是從今天透視明天,從半殖民地半封建的舊社會渴望人民當家作主的新社會。作者繼承了「五四」新文學的豐富經驗,在現實主義的基礎上滲透著革命的理想,向社會主義現實主義的道路上奔馳。正如馮雪峰同志所說:「在寫《子夜》時的作者,就其創作的態度說,已經是一個無產階級的現實主義者;但《子夜》還不是一部已經勝利的無產階級現實主義的作品。……可是它已經走上無產階級現實主義的道路,在中國無產階級現實主義的發展上也盡了它開闢道路的歷史作用的,這是就創作方法的成就上說的;而從現實主義的基本方向說,《子夜》卻已經是屬於無產階級現實主義的作品。」(《文藝報》一九五二年第十七期)所謂「無產階級現實主義」就是社會主義現實主義。這就是說,從創作方法的發展看,《子夜》也是一座歷史的豐碑。

再從作家與生活的關係看,我們黨對作家提出深入生活的要求,是一九四二年毛澤東同志發表《在延安文藝座談會上的講話》以後的事,而茅盾同志卻在十年前的一九三〇年左聯成立之後不久即深入到上海的實業界、金融界去了。儘管他是「自發的」,但卻因此而寫出了《子夜》這部反映資產階級生活的長篇小說,這在五四以來的新文學運動中還是第一次處理這樣的題材,也就證明了深入生活對於偉大作品的產生的必要性與重要性。可貴的是,茅盾當時深入上海各行各業的生活,也正是他自覺學習馬克思主義並用以分析社會現象的時候。他曾說過這樣的話:「做小說的人不但須有廣博的生

活經驗，亦必須有一個訓練過的頭腦能夠分析那複雜的社會現象；尤其是我們這轉變中的社會，非得認眞研究過社會科學的人每每不能把它分析得正確。」（茅盾：《我的回顧》）他之所以能把吳蓀甫趙伯韜等人物刻畫得維妙維肖，不但是因爲他深入了有關方面的生活，而且是因爲學習了馬列主義，有了一個訓練過的頭腦去分析三十年代複雜的社會現象。至於他對城市革命工作者和工農群眾的刻畫，其所以不如吳蓀甫等人物血肉豐滿，主要是因爲缺少那方面的生活體驗，只能以馬列主義對他們作抽象的論斷，就難免有「概念化」的毛病。儘管如此，從總體看，《子夜》是在現代文學史上，作家用馬列主義分析半封建半殖民地社會生活進行寫作所取得的光輝成果。如果說，魯迅是現代文學史上開始描寫農村的第一位作家，茅盾則是現代文學史上描寫城市的第一位作家。而且他們的描寫都是從自己對農村與城市的切身感受與豐富的知識積累出發，與胡編亂造是根本絕緣的。

一九八一年九月十二日修訂

《林家舖子》

一、產生的物質和思想基礎

　　《林家舖子》是茅盾於一九三二年六月十八日寫完的一篇不太短的短篇小說。這是他「描寫鄉村生活的第一次嘗試」(《茅盾選集‧自序》)。它直接反映了「一‧二八」事變前後上海附近市鎮的商業所受時局的影響和因時局變化而來的多方面的迫害（也就間接使讀者認識了當時全國商業的不景氣）。而那些受影響和迫害的商店，是通過一家有代表性的林家舖子來表現的。但促使林家舖子的業務走向蕭條，又由蕭條走向倒閉的，「一‧二八」事變只是一個導火線，根本的原因應該是「連年的戰火、飢荒、水災、旱災、外患——一切等等所造成的罡風」(茅盾：《我們這文壇》一九三二年)震撼了林家舖子的物質基礎，使它不得不倒坍下去。這一陣「罡風」，不用說，是國民黨政府一手造成的。由於他們的軟弱無能，不是投靠帝國主義，仰它的鼻息；便是讓它長驅直入，一味採取不抵抗主義——前者讓美帝國主義牽著鼻子走，後者讓日本帝國主義造成「九‧一八」和接踵而至的「一‧二八」事件。又由於當時國民黨內部的極端腐化，不顧國計民生，一方面長期內訌，另一方面向人民進攻，連年製造戰火，水旱之來，束手無策。結果，生產停頓，整個國家，變成各帝國主義者所爭奪的市場。外國壟斷資本家所感受的經濟恐慌，都想轉嫁到老弱無能的舊中國來。中國的民族工業固然被扼殺得氣息奄奄，就是一般商業也是景象蕭然，變成了資本主義國家的「售貨員」。但「貨」是難於出「售」的，因當時中國的農村經濟破產，農民購買力低落，洋貨儘管一再大減價，農民餓著肚皮還是無法問津。在這種情況之下，商店外強中

乾，本已難乎為繼。何況國民黨的大小官吏，又利用種種藉口勒索敲詐，促使許多舖子紛紛倒閉；就是與反動官吏相勾結的店家，也只能苟延殘喘。他們的命運是相同的，只是倒閉的日期或遲或早罷了。茅盾為了反映這一殘酷的現實，便解剖了林家舖子在「連年的戰火、飢荒、水災、旱災、外患──一切等等所造成的罡風」的面前，如何由掙扎而倒閉而出走的簡單過程。茅盾其所以選擇這一類的題材，是和他當時的文藝思想分不開的。

茅盾在大革命時代已經是「愛被侮辱者與被損害者」；左聯成立後，他的創作思想，更具備了鮮明的階級觀點。比如《子夜》便具體地描寫了階級鬥爭，而且初步地寫出了黨的領導。茅盾那時已是一個具有無產階級革命思想的作家。正如馮雪峰同志所說：「在寫《子夜》時的作者，就其創作的態度說，已經是一個無產階級的現實主義者，⋯⋯而從現實主義的基本方向說，《子夜》卻已經是屬於無產階級現實主義的作品。」（《文藝報》七十期二八頁）《林家舖子》是繼《子夜》之後的一個短篇，就背景、主題和一部分結構的安排上說，還可以說是《子夜》的「縮影」或「簡編」。《子夜》的重點之一寫了工人階級的覺悟程度日益提高；而《林家舖子》的重點之一卻寫了一般民眾在現實的教訓面前也提高了覺悟。兩篇代表作都是站在無產階級至少是被剝削被壓迫階級的立場上寫的。具有這樣的文藝思想和創作態度的茅盾，對於當時中國的文壇是極其不滿而且是非常憎惡的。這種「不滿」和「憎惡」實質上就是對資產階級的形式主義和頹廢主義的文藝思想的具體反抗。

他當時明確地喊出了響亮的口號：「我們唾棄那些不能夠反映社會的『身邊瑣事』的描寫；我們唾棄那些『戀愛與革命』的結構、『宣傳大綱加臉譜』的公式；我們唾棄那些向壁虛造的『革命英雄』的羅曼司；我們也唾棄那些印板式的『新偶像主義』──對於群眾行動的盲目而無批判的讚頌與崇拜；我們唾棄一切只有『意識』的空殼而沒有生活實感的詩歌、戲曲、小說！」他不止是消極的「唾棄」舊的，同時更積極地希望新的，「將來的真正壯健美麗的文藝將是『批判』的（敵人、友軍、乃至『革命自身』，都要受到嚴密的分析、嚴格的批判。）『創造』的（從生活本身創造了鬥爭的熱情、豐富的內容和活的強力的形式；轉而又推進著生活。）『歷史』的（時代演進的過程將留下一個真實鮮明的印痕，沒有誇張，沒有粉飾，正確與錯誤，赫然並在，前人的歪斜足跡，將留與後人警惕。）『大眾』的（作者不復是大眾的『代言

人』，也不是作者『創造』了大眾，而是大眾供給了內容、情緒乃至技術。）……
眼前我們卻還只有龐雜混亂、幼稚粗拙！時代的大題材有多多少少還沒帶上
我們那些作家的筆尖！時代的大步突飛猛進，我們這文壇落後了，……可是
你也無須悲觀，時代的輪子將碾碎了一些脆弱的，狂妄自誇的，懶惰不學好
的，將他們的屍骸遠遠地拋出進化的軌道！剩下那有希望的，將攀住了飛快
的時代輪子向前！……虛心地跟『時代』學習！生活本身是他們的老師，看
客大眾（即讀者群眾——引者）是他們的不容情的評判員！」（以上所引均見
茅盾一九三二年十一月二十八日所寫《我們這文壇》一文。）

　　茅盾本人在當時就是「那有希望的，攀住了飛快的時代輪子向前」、向生
活學習的作家之一。他的進步的文藝思想是當時階級矛盾的產物，他始終是
站在被壓迫被剝削的人民一方面的。他所寫的《春蠶》、《秋收》、《殘冬》等
短篇，都可以說是「時代的大題材」，糾正了落後於現實的傾向，不但反映了
現實，而且指導了現實，基本上符合他所倡導的標準：「批判」的、「創造」
的、「歷史」的、「大眾」的。

　　由於當時民族矛盾的深化，茅盾號召作家們「最低限度必須藝術地表現
出一般民眾反帝國主義的勇猛，……必須指出只有民眾的加緊反抗鬥爭，然
後滬戰中士兵的血不是白流，然後可以打破帝國主義共管中國的迷夢！」（見
《我們必須創造的文藝作品》，發表於《北斗》雜誌）《林家舖子》便是他在
當時現實的刺激下，在這樣的文藝思想指導之下，真實地、歷史地反映了時
代面影的代表作。

二、人物性格的把握

　　《林家舖子》不是以故事性見長而是以思想性取勝的一個短篇小說。這
篇小說，重點在人物描寫。因為作為小說家的茅盾的長處，首先在刻畫人物，
他並不是一個長於「說故事」的人。因為他擅長人物的刻畫，每個人物的性
格都通過人物自己的語言、行動和行為、人物和環境的關係以及人物和人物
相互間的關係表現出來，使讀者愛他或恨他，同情他或反對他。我們讀他的
小說，為人物的愛憎所吸引，為人物的聯繫、衝突、同情、反感，一句話，
他們的互相關係所吸引，並不亞於聽有趣的故事。

　　《林家舖子》的人物，大體上可以分為三個方面：一是「舖子」本身的
人物，二是反動派及其走狗，三是環繞「舖子」的人物：同業、債主、顧客

（本地的居民、郊區農民、上海難民。）及一般群眾。當然，如所周知，人物性格的發展，固然決定情節的發展，但也是在情節充分發展的過程中，在人與人相處的關係中表現出來的。把人物平列起來，逐一分析並不是太好的辦法。爲了眉目清楚起見，試圖從平列的分析中同時兼顧人物的相互關係，來全面而詳盡地把握人物的性格。

（一）舖子本身的人物：

1. 林先生

在作者的筆下，林先生具有一般商人的作風：他不但學會了當時上海商店一套外強中乾的廣告術，同時他還善於揣摩心理，迎送顧客，知己知彼，計較得失。在描寫他的性格的同時，作者是隱約地作了批判的。但他的伎倆也限於一個守法商人範圍之內，並沒有，也不可能，發展到勾結反動派的官吏，使自己成爲官僚資本的附庸。如果在政治清明的時代，他真能做一個守法的商人，但在國民黨政府統治的時代，他只能是被勒索被迫害的對象。他「想起他的一生簡直毫沒幸福，然而又不知道坑害他到這地步的究竟是誰」。這是當時被壓迫的商人的普遍的思想情況，作者寄予無限深厚的同情，特借那上海客人的嘴代他作了答案：「林老闆，你是一個好人，一點嗜好都沒有，做生意很巴結、認真，放在二十年前，你怕不發財麼？可是現在時勢不同：捐稅重、開銷大、生意又清淡，混得過去，也還是你的本事。」林老闆的確是想混過去的，他明知環境的險惡，還是要想法子掙扎下去。但終因精神上、物質上的迫害紛至沓來，只有接受壽生的計策：出走。茅盾說：「他的出走是沒有積極計劃的，但他不肯去乞憐，任憑人家來宰割，而終於採納了壽生的這一計。這『出走』的行動，就成爲對於那伙壞蛋的反抗。」（茅盾：《與吳奔星同志討論〈林家舖子〉的一封信》）的確，林先生對「出走」是沒有什麼計劃的，但他既然採納了「出走」的計劃，在他主觀上自然是不滿舊社會的統治，想追求一個比較好的新環境，是可以肯定的。由於林先生出走的同時，使一般人知道在國民黨政府統治下即使做小生意都是不可能的，客觀上起了「喚醒民眾」的作用。這一點與作者當時的創作思想是相適應的。

總之，林先生是一個性格比較懦弱，值得同情的商人，由於朱三阿太、陳老七、張寡婦等都有存款在他的舖子裡，也說明他是一個信用較好的商人。像他這樣的商人在當時都不能活下去，逼得一走了之，是富於啓發性和煽動

性的。他的「出走」反映了反動統治階級的暴虐無道到了極點，也就是說反映了一定社會的本質，不是個別現象，而是具有代表性的。

2. 林小姐

林老闆的獨生女兒，十七歲，雖然在學校讀書，但並不懂事，是被她母親嬌慣了的孩子。她盡考慮自己穿衣的問題，還不能分辨世局的險惡，看清事物的真相。比如「舖子」裡賣「一元貨」的時候，看見表面生意好，便高興得飛奔亂跳。不知道那是他爸爸挖肉補瘡，不得已而為之的事情。但她的本質是好的，對於反動黨部的黑麻子委員，也感到「怪叫人討厭的」，這討厭他的情緒幾乎可說是發於本能的憎惡。但要她說出為什麼要討厭他，她也許莫明其妙，她是一個性格還沒有定型的女孩子。作者安排她的前途：跟父親出走，主要是逃避卜局長「搶親」。不過，作為下一代的她，又上過中學，對新鮮事物的敏感，自然比他父親強些。作者雖沒有暗示寄希望於下一代，但她同林先生出走，可能在經過一些鍛煉之後，對林先生的新的「追求」有所幫助。這似乎是可以推測的，但作者卻沒有提供太多的材料使我們作更多的推測。

3. 林大娘

林先生的妻子，是一個典型的山村建禮教陶冶出來的女性，保守、落後、迷信、相信命運、自私自利等性格集於一身。打呃和拜佛為她表情上的兩大特徵。但她是一個正直而善良的女人，在殘酷的現實面前，也表現了對現實的一定程度的反抗。比如當排斥日貨運動高漲時，林家舖子被黨部勒索四百元，林大娘也說：「真——好比強盜」，「那些狠心的強盜」。但她這種喊叫，是在宿命論思想的支配下發出來的，只希望把女兒招個好女婿，死也放心了。她只知求救於「救苦救難觀世音菩薩」，自己並沒辦法去實踐她的願望。直到後來發覺卜局長要娶她的女兒做三姨太太，她這才知道她希望中的美夢不容易完成。趁林先生被捕時，經過一番思想鬥爭後，自作主張把女兒許配給學徒出身的店員壽生，而且當下草草成婚。茅盾說：「林大娘比她丈夫剛強，有決斷」。「她憎惡卜局長那樣的壞人，正因為她不是趨財奉勢的人，所以堅決不肯把女兒送給卜局長當三姨太太，以求免目前的災禍。（當然她也很明白，把女兒給了卜局長，就是葬送了女兒。）可是，當時的形勢，林老闆不得不出走避禍，則此女兒必須有個安排，林大娘的計劃是安排好了丈夫與女兒以後，她一個人留在家裡，跟那些敵人『拼命』。所以必須先使女兒

有託，於是就決定了把女兒嫁給壽生。……林大娘的這一個行動正表現了舊社會中婦女的『寧願粗食布衣爲人妻，不願錦衣玉食作人妾』的高貴的傳統心理。」（見前引《一封信》）如果不是現實的過於殘酷，她不會轉變得如此迅速。現實使她初步克服了宿命論思想，而且下了決心留在舖子裡與債權人周旋，與敵人拚命，這是林大娘在國民黨黑暗統治時代最大的覺醒。雖然是從她個人出發，但說明了一個問題：國民黨反動派的醜惡本質連一個保守落後的老太婆也認清了，其他的人對國民黨反動派的觀感如何，也就不言可知。林大娘的這種覺醒在國民黨統治時期不是個別現象，也是具有典型意義的。

4. 壽生

是勞動人民出身，在林家舖子工作，由學徒開始，做到店員的地位，得到林先生信任。他很努力、很忠誠地爲林家舖子工作，我們雖然不能夠說他已經是一個像今天這樣比較嚴格意義上的行業工人，但他的出身卻賦予了他一些工人階級的品質：作者寫他對林先生的一片忠心，卻沒有透露過他有些什麼私心，這是一；他對舊社會的貪官與奸商狼狽爲奸的陰謀看得比較透徹，如林先生被捕後，就有裕昌祥掌櫃吳先生來挖底貨，壽生就「有點懂得林先生之所以被捕，先是謠言林先生要想逃，而現在卻是裕昌祥來挖貨，這一連串的線索都明白了」，這是二；壽生處事要比林先生果斷，策劃林先生出走，一方面固然是他看透了舊社會的本質，不能再存任何希望，但也由於他能當機立斷，又有「這裡的事，我和他們理直」的勇氣，這是三。這三點，在當時都不是一個普通店員所能表現出來的，與壽生的出身多少有些關係。因爲他一無所有，想法自然與林先生不同。這可以說是壽生之所以能策動林先生出走的思想根源。但是卻不能誤解壽生勸導林先生出走表現了工人階級的遠見。茅盾說：「壽生是店員，因而他是屬於工人階級的。但把壽生的勸林老闆出走解釋爲工人階級的遠見，那又未免有點牽強附會；這，只能解釋爲壽生對於當時的反動統治集團已經沒有任何幻想，故勸林出走以表示其微弱的『反抗』。至於出走後怎麼樣，壽生那時並無『遠見』。——也就是說，他並無長遠的計劃。在當時，一個小鎭上的店員，他的認識水平只不過如此，這是由於客觀環境及其本人生活的限制。」（見《一封信》）

壽生雖得林先生信任，主觀上卻沒有非分之想，始終尊稱林先生爲師傅，當師母要把師妹林小姐許配給他時，他「睜大了眼睛，不知道怎樣回話，他

以為師母瘋了」。更說明他與林先生一家人始終存著尊卑上下的階級的鴻溝。壽生與林小姐的結婚，只是說明在國民黨政府統治時期，各階層的人民由於受了迫害與侮辱，覺悟水平普遍提高，階級關係在逐漸轉化中。儘管壽生和林大娘是不自覺的行動，但這種現象——打破門當戶對的傳統觀念——在當時卻是普遍存在的。

（二）反動派及其走狗：

1. 黑麻子委員

是國民黨反動派駐在這個小鎮上的代言人。平常也到學校講演，目的在看女學生，物色「對象」；就是宣傳「抵制日貨」的道理，也只是為他勒索商家創造條件。口頭上說得天花亂墜，實際只要有人遞腰包，便可以同意商家把日貨商標撕去照樣出售。平時打著什麼保護窮人的旗號，其實是掛羊頭賣狗肉；等到窮人有事告狀，他便發號施令，「跺著腳」，喝著「警察動手打」。他為了滿足自己的貪欲，勾結稅務局長、商會會長，敲詐商店，林家舖子便是被他敲詐的對象之一。但這個人物到最後才露面，在以前都是通過林小姐和商會會長間接地介紹給讀者的。

2. 卜局長

這個被派在小鎮上的稅務局長，是直接剝削人民的。他雖未公開露面，但從商會會長口中知道他有了幾房姨太太，還想糟蹋林小姐，可知他是十足的貪官污吏。在林先生被捕一事上，他與黑麻子委員「兩個人鬧翻了」，因為他著眼於林小姐，而黑麻子委員要的卻是錢。這裡因小見大地透露了國民黨政府內部的醜惡本質的一方面：反動派的貪官污吏是如何地為了「女人」和「金錢」而起內訌。

3. 商會會長

勾結反動派的貪官污吏，性格陰險、狡猾、搬弄是非，兩面討好，為的是從中獵取報酬。他是反動派的走狗，是守法商人的死敵。

4. 警察

在最後一個場面出現了四個警察。作者鞭撻了警察侮辱女性的罪惡，同時也可憐他們「吃這碗飯，沒辦法」。在民眾告狀時，「從警察背後突然跳出一個黑麻子來，怒聲喝打。警察們卻還站著，只用嘴威嚇。」這也說明他們究竟還有些不甘心做反動派壓迫人民的工具。作者寫警察抓住了比較本質的

東西，一方面痛恨他們狐假虎威，一方面也從他們中間探索出一些人民的潛力。解放戰爭時，有不少國民黨政府的警察起義，就是這種潛在的品質的表現，這可能是作者當年就已預見到而不忍深責的原因吧。

（三）環繞林家舖子的人物，包括同業、債權者、顧客及一般群眾

1. 同業——裕昌祥掌櫃吳先生

俗話說「同行是冤家」。林家舖子的對頭，當然不只一家，作者只是通過裕昌祥一家來體現罷了。裕昌祥雖然同樣受時局影響，貨物賣不出去，雖然同樣受敲詐（在抵制日貨時期，裕昌祥也被敲詐五百元。），卻仍然妒忌林家舖子，並且勾結貪官，趁林先生被捕時來挖底貨，使得林家舖子「貨是挖空了！店開不成，債又逼的緊——」，不能不走向倒閉，林先生不能不出走。林先生的被捕與林家舖子的關門都與裕昌祥有關。但在那種世局之下，裕昌祥的命運也不比林家舖子好多少。林家舖子倒閉之前既已倒閉了二十八家，林家舖子倒閉之後，誰又能保證裕昌祥等商號不倒閉？由於國民黨政府的敲詐與搜刮的範圍越來越小，自自然然會輪到裕昌祥，而裕昌祥的吳先生似乎並未覺悟。作者雖未明言，而批判之意卻含蓄在字裡行間。

2. 債權人

使得林家舖子受致命傷的主要是反動派的敲詐和勒索，其次便是債權者：本地的恒源錢莊和上海東昇字號的收帳客人。當上海客人來討賬時，林先生打算再向恒源借款，但遭了拒絕，並諷刺林先生「生意比眾不同」，不但不借，連舊欠「六百元」也要他「掃數歸清」。加以上海打仗，那個上海客人逼的緊，說林先生耽誤了他，「把一個拳頭在桌子上一放」，嚇得林先生忙賠不是，請他原諒。恰巧壽生從外地收賬回來，「全部都付給上海客人，照賬算也還差一百多元」。最後「算是總共付了四百五十元，這才把那位頭痛的上海收賬客人送走了」。「然而欠下恒源錢莊的四百多元非要正月十五日以前還清不可；並且又訂定了苛刻的條件：從正月初五開市那天起，恒源就要派人到林先生舖子裡『守提』，賣得的錢，八成歸恒源扣賬」。林先生沒有辦法，恰巧「一・二八」戰爭時，上海逃來不少難民，林先生為了適應他們的需要，「擬好了廣告的底稿，專揀現有的日用品開列上去，約莫也有十幾種。他又模仿上海大商店賣『一元貨』的方法，把臉盆、毛巾、牙刷、牙粉配成一套，賣一塊錢，廣告上就大書『大廉價一元貨』。……一切都很順利，……新正開市

第一天就只有林家舖子生意很好……只有一點使林先生掃興：恒源錢莊毫不顧面子地派人來提走了當天營業總數的八成。」並且存戶朱三阿太、陳老七、張寡婦「不知聽了誰的慫恿，卻借了『要量米吃』的藉口，都來預支息金，不但支息金，還想拔提一點存款呢！……大新年碰到這種事，總是不吉利。壽生憤然說：『那三個懂得什麼呢！還不是有人從中挑撥！』壽生的意思是說斜對門裕昌祥的挑撥。」但是這三個小債主，只是大債主的陪襯，林家舖子倒閉時，他們三個人不但沒有分到「生財」，而且張寡婦還受了警察的侮辱，小孩也被弄死，最後完全瘋了，喊出了「強盜殺人」的呼聲。

林家舖子的債權人，也就在不平等的社會制度下得到不平等的待遇：強者為王，弱者遭殃。真正債主得不到償還，強有力的債主，或假冒的債主，倒可能趁火打劫，混水摸魚，得到些好處。

作者在最後一個場面，表現了被壓迫的小額債主的憤怒。張寡婦受了侮辱，訴說著痛苦：「阿太的爹呀！……強盜兵打殺了你……窮人命苦，有錢人心狠──」朱三阿太發瘋似的反覆著一句話：「窮人是一條命，有錢人也是一條命；少了我的錢，我拼老命！」陳老七卻從舖子擠出來，罵那些搶「生財」的大債主、假債主：「你們這夥強盜看你們有好報！天火燒，地火爆，總有一天現在我陳老七眼睛裡呀！要吃倒賬，大家吃，分攤到一個邊皮兒，也是公平──」他又向朱三阿太和張寡婦說：「三阿太，張家嫂，你們怎麼直在這裡哭！貨色，他們分完了！……這班狗強盜不講理！……」

作者通過陳老七表現了他對舊社會「弱肉強食」的現實極端憎恨的心情。

3. 顧客

林家舖子的顧客，主要是郊區農民，至於本鎮人買東西為量是不多的。外地人也只有「上海難民」那一次，不是經常的。而農民在當時農村經濟破產的形勢下，雖在年關，也只能買米充飢，連傘都買不起。林先生「知道不是自己不會做生意，委實是鄉下人太窮了。他偷眼再望斜對門的裕昌祥，也還是只有人站在那裡看，沒有人上櫃臺買。裕昌祥左右鄰的生泰雜貨店、萬牲糕餅店那就簡直連看的人都沒有半個。一群一群走過的鄉下人都挽著籃子，但籃子裡空無一物。間或有花藍布的一包兒，看樣子就知道那是米。甚至一個多月前鄉下人收穫的晚稻也早已被地主們和高利貸的債主們如數逼光，現在鄉下人不得不一升兩升的量著貴米吃。這一切：林先生都明白，他

就覺得自己的一份生意至少是間接的被地主們和高利貸者剝奪去了。」

因此，林家舖子的倒閉，根本原因除了帝國主義的軍事和經濟侵略外，就是由於在國民黨反動統治下的人民──特別是農民被剝削得過於貧困，飯都沒得吃，還談什麼購買力。作者通過階級剝削關係的分析，說明了商業蕭條的基本原因之一。

4. 群眾

陸和尚、王三毛一類的人物。陸和尚是游手好閒的人，而王三毛卻是一個包打聽，所謂「消息靈通」人物。這一類人物，在市鎮上為數不多，但到處都有，他們的存在，在舊社會，也具有典型的意義。他們有時也表現一些正義感，如陸和尚勸陳老七到黨部去告狀，當然，那只是出於他一時的所謂「義憤」，對黨部的反動本質他是沒有認識的，至少是認識不足的。

混水摸魚的人：當林家舖子倒閉時，大群的人擠滿了舖內舖外。有的可能是債權者，有的卻不免是冒牌的債權者，想混水摸魚，撿點小便宜的人。

看熱鬧的閒人：這是林家舖子倒閉時的主要群眾，他們有同情心，有正義感，當張寡婦哭訴死去的丈夫時，被卑鄙的警察所調戲，陳老七卻怒沖沖地叫起來，用力將那警察推了一把。那警察……揚起棍子就想要打，閒人們都大喊，罵那警察，而且主張陳老七他們到黨部去告狀。「不錯，昨天他們扣住了林老闆，也是說防他逃走，窮人的錢沒有著落！」又一個主張去的拉長了聲音叫。於是不由自主的，陳老七他們三個和一群閒人都向黨部所在那條路去了。

這一次的請願，揭穿了反動黨部「天天大叫保護窮人」的假面具，三位弱小的債主，雖然沒有達到討債的目的，但使得民眾認識反動派的真面目，卻是一大收穫。

這最後一個場面，作者著重地寫，寫得有聲有色，用意大概就在這裡，因為他的創作企圖為的是要喚醒民眾，「只有民眾的加緊反抗鬥爭，然後滬戰中士兵的血不是白流！」（茅盾語）

這些人物性格的發展，決定著整個情節的發展，而在發展中也更加鮮明地看出所有人物的主要、次要和陪襯等性質。

三、思想意義

當時，「日本帝國主義一面在東北製造事變，加緊其對蘇聯的挑釁；而

一面則以上海自由市的提議，在和各帝國主義秘密交涉。……此種國際陰謀的暴露以及藝術地去影響民眾，喚起民眾間更深一層的反帝國主義的民族革命運動，亦必須由作家來努力擔負！」（茅盾：《我們必須創造的文藝作品》）

茅盾寫《林家舖子》的企圖，主要是要「喚醒民眾」，繼續發揚「五四」以來新文學反帝反封建的鬥爭傳統。因為當時中國的形勢，民族矛盾固然是主要的突出的矛盾，而階級矛盾卻是基本的不可調和的矛盾。而在當時具體的歷史條件下，這兩個矛盾幾乎糾纏在一起。要解決這些矛盾，首要的任務，必須「喚醒民眾」，參加反帝反封建的鬥爭。因此，他通過林家舖子的掙扎、倒閉和林先生出走的事實，揭露和鞭撻了國民黨政府對外妥協投降，對內敲詐、壓迫和侮辱人民的醜惡本質；同時，暗示苦難的人民不可對反動統治再存任何希望，必須覺醒起來，為爭取自己的出路——自由和民主而奮鬥。他所「揭露」的，正是林家舖子倒閉的根本原因；他所暗示的，也正是林家舖子倒閉後所產生的社會影響。

自然，在反動勢力基本上還很強大而人民大眾一般地尚未覺醒的當時，作者表現這一主題思想，只能採取側面的暗示的手法，如果採取正面的，揭露的手法，讀者也許過癮一些，但卻不合乎歷史的真實，反而把反動派崩潰的過程和人民覺醒的過程簡單化了，看不出革命的隊伍是從無到有，勝利的果實是從小到大的艱苦而曲折的發展歷程。而現在我們讀《林家舖子》卻看到了當時歷史的真實的畫面。我們看到：國民黨的黨棍子作威作福、欺騙人民、敲詐人民的嘴臉；與國民黨政府相勾結的商會會長如何兩面討好，從中漁利的醜態；被商會捉弄不能掌握自己的命運的林家舖子的同業，如裕昌祥等商號的可憐相；被反動派豢養而侮辱良家婦女並忍心做幫凶的警察的奴才相；……但另一方面我們也看到：林大娘宿命論思想在現實面前開始轉變；壽生終於識破林先生被捕的原因，從而策劃他的出走，以及林家舖子倒閉時群眾替張寡婦抱不平，從而集體往國民黨反動黨部「告狀」的義舉……一切這些對比的情況，使我們看到了人民大眾開始覺醒，開始認識國民黨政府的罪行；這樣的覺醒確乎是比較微弱的，但結合當時江西中央蘇區的建立以及江浙兩省農村在革命低潮時期農民自發性的零星鬥爭沒有停止的情況看來，反動政權儘管勢力強大，也就不免顯得基礎動搖，逐漸走向滅亡！

人民的覺醒，是革命的基本動力，茅盾的許多小說，都掌握了而且表現

了這一重要環節，《林家舖子》不但沒有例外，而且表現得更突出一些。

　　《林家舖子》雖然只是描寫一個小店，但反映的生活面卻無限寬廣，如以石投水，波紋四達，能夠使人看到重心。我們今天想從文學作品中瞭解從「九・一八」到「一・二八」前後舊社會的情況、反動派的面貌等，《林家舖子》無疑地是最能反映時代面影的名著之一。由於它的主題思想的正確而積極，決定了作品思想性的深度與廣度：

　　（一）《林家舖子》重點在暴露黑暗，主要表現在以下幾方面：

　　1. 暴露國民黨政府不抵抗主義的投降本質，配合帝國主義的武裝侵略，壓制人民群眾自發的排斥日貨的愛國運動，而一般貪官污吏卻利用「九・一八」至「一・二八」之間這一廣泛的群眾性的排斥日貨的愛國運動，敲詐與勒索一般商人；送賄的照樣賣東洋貨，不送賄的便被罰款或沒收充公；同時，借保護窮人的口號，任意逮捕守法商人，直到用錢贖人而後已。

　　2. 暴露國民黨統治下地主階級瘋狂剝削農民，使得農民生活窮困，失去購買力，從而造成商業蕭條，城鄉互不適應，供非所求的現象。

　　3. 暴露國民黨政府內部在一個地區的「黨」、「政」兩方面的反動頭子，因個人利害的衝突，存在著矛盾。一個小的市鎮尚且如此，因小見大，通都大邑更不待說。從而國民黨政府的醜惡本質也就露骨地表現出來了。

　　4. 暴露國民黨統治時期的商會不是為商家服務，而是為官家當走狗。所謂「商會」不過是貪官污吏藉以敲詐商店的橋樑。同時，利用商人的自私心理，挑撥店家彼此妒忌，造成內部不團結的現象，好使貪官污吏更便於剝削。

　　5. 暴露反動派對婦女在人格上極盡玩弄與侮辱之能事的醜惡本質。如卜局長要娶林小姐作三姨太，反動警察侮辱張寡婦等。

　　6. 暴露舊社會秩序混亂，人民不能安居樂業。如林老闆擔心壽生在收賬途中被搶，林家舖子倒閉時無人善後。

　　（二）《林家舖子》的思想性，不僅在消極的暴露黑暗，而且更積極的表現了人民大眾的覺悟水平逐漸提高，對國民黨政府表現無比的憤怒，試探用自己的力量創造前途。比如：

　　1. 林大娘當知道卜局長要「搶親」時，也一反向來的宿命論思想，毅然決然把女兒嫁給由學徒出身的店員壽生，而且留在舖子裡和敵人拚命。

　　2. 林先生出走，並沒有什麼計劃，是非常渺茫的；但他在國民黨統治區

內吃的苦頭太多，願意用「渺茫的前途」來結束他那「眾矢之的」的小舖子。雖然他是接受別人的建議，但他本人也是下了最大的決心的。如果他不憤恨反動派的貪官污吏而對他們還存在著一絲半縷的幻想的話，他是決不會冒這麼大的風險的。

3. 最後一個場面，是一場新與舊的鬥爭，作者的用意是要反映新事物的勝利，揭示那正在產生、發展的東西，同正在衰亡的、阻礙進步的東西之間的有特徵意義的衝突和鬥爭。比如群眾替張寡婦打抱不平，居然壓倒了警察的淫威；同時，大隊的群眾加入陳老七、朱三阿太、張寡婦等三人請願的行列，也說明群眾的思想感情倒在弱小者一邊，朦朧地認識到只有團結起來，組織起來才有力量。當以黑麻子委員為首的反動勢力沖散請願隊伍，張寡婦口裡畢竟喊出了「強盜殺人了，玉皇大帝救命呀」！充分說明了反動派是不要人民的，而人民也就認識了反動派的「強盜」本質，寧肯寄希望於虛妄的「玉皇大帝」，不再對國民黨政府寄託任何幻想。當然，張寡婦求救「玉皇大帝」，還表現出人民大眾的宿命論思想，但這是作者對當時人民覺悟水平真實的估量，超過了這個限度，就是誇大，就不是歷史的真實，顯得矯揉造作了。

通過這最後一個場面，看出新生力量的萌芽，也看出國民黨反動政權如何脫離人民大眾，正如失去了土壤的大樹，樹儘管大，終必枯死、倒下，是毫無疑義的。

從壽生與林小姐的結合看來，從群眾的濟弱扶危的同情心與正義感看來，使我們認識到了當時的社會關係正在變化。這種「變化」是不利於反動政權的。雖然由於當時客觀環境的限制，作者不能明朗地表現出來，卻也為讀者提供了足以展開未來的夢想的許多線索。作為認識社會的手段，什麼是黑暗，什麼是光明，哪些人應該憎恨，哪些人值得同情，《林家舖子》是完成了它的教育人民的任務的。

也許讀者認為《林家舖子》所表現的人民大眾的覺醒太微弱了吧，但要知道，茅盾是現實主義的作家，他不能把人物的覺悟一下子都寫得很高。正如前面所引他對將來的文藝的特色之一「歷史的」所下的注解：「時代演進的過程將留下一個真實鮮明的印痕，沒有誇張、沒有粉飾，正確與錯誤，赫然並在，前人的歪斜的足跡，將留與後人警惕。」正因為如此，作者的作品才是真實地歷史地反映了時代的面貌以及那個時代的階級關係。

四、藝術手法

《林家舖子》的藝術性，是由它的藝術技巧所表現的思想內容上體現出來的。

首先從小說的結構看，一條具有高度思想性的線索，貫串著作品的情節。我們要瞭解線索的發展，得先認識它的情節是如何發展的。《林家舖子》原文分七大段：

一、二段是問題的發生——在「九・一八」後排斥日貨期間，林家舖子的貨物都被反動派認為是東洋貨，林老闆為了照常營業，忍受反動派四百元的敲詐。又為了撈回被敲詐去的巨款，趁舊曆年關大廉價出售。但主要買主農民卻被地主和高利貸者剝削得破了產，失去購買力，以致生意清淡，而債權人卻逼迫林老闆，林老闆感到窮於應付，隱伏著破產出走的危機。

三、四、五段是問題的發展——「一・二八」事件發生後林先生陷入錢莊壓迫、債主坐索、同業中傷和酷吏迫害之中，窘態畢露，苦惱萬分，結果被反動派託詞抓去。這時，出走的條件便已成熟。

六、七段是問題的結尾——林老闆被贖出後，陷於破產，攜女出走。接著債權人強分「生財」，弱小無告的債主被擯斥於舖子之外，結伴告狀，被反動派毆辱，整個情節以悲劇告終。

從結構看，可知國民黨政府對人民的敲詐、苛捐、迫害、勒索、暴虐等一系列的罪行，是情節發展的主要線索。而牽線的人是商會會長，被牽的是林先生。通過這條線索，使人看出林家舖子掙扎、倒閉，林老闆出走和出走以後的人民大眾的開始覺醒的全部歷程。因此這是一條具有高度思想性的線索。

結構方面的另一特點，是適應作者當時「喚醒民眾」的創作意圖而將「頂點」放在舖子倒閉後的一幕。本來情節發展到第六大段林先生出走便應結束，但作者當時的創作思想不僅在「暴露」，而且要通過「暴露」去「歌頌」人民大眾在國民黨政府的高壓下自發的覺醒。因此在林先生出走之後，宣布林家舖子倒閉的同時，再來一個債權人清算林家舖子以及窮苦無告的債主向反動黨部請願的場面，把反動派利用保護窮人拘捕林先生的西洋鏡拆穿，將反動派不要人民以及民眾憤恨反動派的一面，更突出地表現出來，使讀者對林先生的出走更表示同情與祝福。同情他脫離虎口，祝福他追求新生。這樣的創作思想與寫作方法是符合當時正在提倡中的社會主義現實主義

的方法的。

其次從典型環境的塑造看。「所謂典型環境，就是將歷史的、社會的（階級的）眞實面貌——社會發展的基本的趨勢，階級關係的本質的形態——加以概括，集中地表現在作品中。」（借用秦兆陽：《論公式化概念化》一四六頁的一句話。）這一方面的特點主要是作者把背景與情節作有機的配合。作者爲了表現他的主題思想，一方面選擇「一・二八」事變作故事發生的時代背景，寫出日本帝國主義的經濟侵略與軍事侵略在當時正向中國作鉗形式的進攻；另一方面又穿插著一個照理說應該是生意興隆的「旺月」的舊曆年關，而偏偏在一個小鎮上倒了將近三十家舖子，其他地區更可想見。如果作者只寫「一・二八」事變，不結合舊曆年關來寫，林家舖子也可能寫得倒閉，但情節不致這麼緊張。首先是逼債的不會這麼凶狠，其次是顧客特別是農民們不會成群地來趕集。通過年節，寫出我國的一個普遍的習俗：年關討債與準備年貨。而在當時，林家舖子正受到債主的逼迫，不能享受「旺月」的好處。這就說明由於農村經濟破產，廣大農民已經貧困到喪失購買力的地步了。如果只寫舊曆年關不寫「一・二八」事件，則首先不能很好地反映反動派的官吏，利用排斥日貨的機會趁火打劫敲詐勒索的醜惡本質；其次不能寫出林先生利用上海難民出賣「一元貨」作最後掙扎的一個情節。作者這樣地把「一・二八」事件與農曆年關結合起來作爲小說的背景，又把階級關係交錯起來，就具備了典型環境的意義，寫出林家舖子的倒閉和林先生的出走是不可避免的必然結局。

再次從人物性格的刻畫看。點面相結合是茅盾刻畫人物的重要原則之一。比如：作者刻畫反動派的貪官污吏抓住了一個商會會長，大力描寫。不出場的卜局長，最後露面的黑麻子委員，都通過商會會長的口，使讀者明確認識他們的性格。商會會長是貪官污吏剝削小商店的橋樑。如果分開來寫貪官污吏，篇幅固然拉長，人物刻畫也陷於孤立，並失去重點；同時，如不結合事實來寫，也不易表現貪官污吏的本質。作者借商會會長的口寫出「委員」「局長」的嘴臉，也寫出了商會會長的嘴臉。在國民黨反動統治時期，官商幾乎是合一的，至少是勾結的。這一反動集團的本質，作者是把握了的。因此，處理人物時，也就以商會會長作重點，突出他來再波及他所聯繫著的貪官污吏。如此點面結合，不但結構緊湊，而且彼此補充，互相照映，更突出了反面人物的全貌。其他如刻畫舖子本身的人物，則以林先生爲中心；刻畫

同業的妒忌和中傷，則以裕昌祥吳先生爲中心；刻畫債主告狀，則以張寡婦爲中心。這樣點面結合，就能使讀者明確人物的主從關係，並清楚地辨別人物的眉眼和性格的好壞。至於作者具體地描寫人物性格，主要是通過人物的行動和語言，並使用敘述的文筆分析人物的心理特徵等方法。

第一、經濟的手法：

1. 主次分明：第一個場面是從林小姐與林先生先後受氣回家寫起的。林小姐是抗日會不准她穿東洋貨；林先生是因爲賣東洋貨，被反動黨部勒索四百元，才准撕掉商標發賣。至於當時愛國的排日運動如何起來，反動官吏如何對待和利用這一運動，他都不費筆墨去描寫，全含蓄在林先生父女受氣回來的行動內。原因是作品主要在寫林家舖子，「一・二八」事變以及因之而高漲的愛國排日運動只是畫面上的背景，是從屬的，目的在把林家舖子及它的有關人物突現出來。

2. 通過想像反映現實：小說中的人與事不是孤立的，既要突出主要的，也要「總覽全局」，寫出有關的和次要的。比如黨部黑麻子委員的形象，不便通過商會會長的語言表現出來的部分，作者就利用林小姐內心的想像來反映。「林小姐瞪著一對淚眼，呆呆地出神，她恍忽看見那個曾經到她學校裡來演說而且餓狗似的盯住她的什麼委員，一個怪叫人討厭的黑麻子，捧住她家的金項圈在半空裡跳，張開了大嘴巴笑。隨後，她又恍忽看見這強盜似的黑麻子和她父親吵嘴，父親被他打了。……」

這種想像不是虛構的，是殘酷的現實在人物頭腦中的再現。

又如作者通過林先生惦記壽生多日未歸，懷疑被強盜搶了，逢人便問：「什麼事？是不是栗市快班遭了強盜搶？」反映國民黨統治時期社會秩序的混亂，有的固然是由於「慣匪」造成；有的卻是人民不甘心被剝削而死，起來反抗。而國民黨政府卻把人民這種自發性的「反抗」，看成「強盜」行爲，而不覺察他們自己正是「竊國大盜」。

第二、襯托的手法：

1. 故事一開始，林小姐對小花貓反常的態度，烘托出她內心的煩惱，而林小姐的煩惱心情又是排斥日貨運動高漲的反映，襯托出反動派有口可借和林先生被敲詐的必然性。

2. 通過林大娘打呃，襯托出國民黨政府敲詐人民，使人民喘不過氣來，

一股不平之氣無從發泄。

3. 通過鄉下人買傘，烘托出農村的經濟破產，使林先生明確商業蕭條的原因。如：「阿大！你昏了！想買傘！一船硬柴一古腦兒只賣了三塊多錢，你娘等著量米回去吃，那有錢來買傘。」

4. 通過寫景襯托出林先生在生意蕭條債主坐索時心情的憂鬱，創造出淒涼的氣氛。如：「天又索索地下起凍雨來了，一條街上冷清清地簡直沒有人行，自有這條街以來，從沒見過這樣蕭索的臘尾歲盡，……仰起了臉發怔。」

5. 用攤販們沒有生意，黨老爺飽漢不知餓漢飢，使變把戲的粉飾太平，襯托出年景的淒涼。

6. 年關時二十八家舖子倒閉，連信用素著的綢莊也倒閉了，欠林家舖子三百元貨賬的聚隆與和源也倒閉了，大有山雨欲來風滿樓之勢，襯托出林家舖子倒閉的必然性。

最後從語言運用看，作者適當運用了人民大眾的口語，表現人物說話的神情，特別是用憤怒的語言反映了人物的憤怒的心情。比如林先生說：「只好去齋齋那些閒神野鬼……」林大娘說：「眞——好比強盜！」「狠心的強盜！」陳老七說，「你們這夥強盜看你們有好報！天火燒，地火爆……」朱三阿太說：「窮人是一條命，有錢人也是一條命，少了我的錢，我拚老命！」張寡婦說：「強盜殺人了！……」像這些語言，都是活在日常生活中的口語，不但刻劃出人物的肖像，而且反映了人物的心情。蘇聯梅拉赫教授說：

> 眞正的藝術形象都是體現了生活中的眞實的，這使得各個不同時代和各個民族的偉大文學作品獲得了不朽的意義。其所以不朽，是因爲這些作品表現了當時正在發展中的思想，表現了在反對舊的反動勢力的鬥爭中對新的、進步思想的肯定。不歌頌生活中眞正美麗的、不把阻礙運動前進的一切反動的東西作爲反美學的和醜惡的形象予以暴露，是絕不可能反映出生活中的眞理的。（《人民文學》1953 年第 2 號，梅拉赫教授《文學典型問題》。）

茅盾的《林家舖子》其所以有永久性的藝術價值，也正是因爲它裡面的藝術形象體現了生活眞實，「表現了當時正在發展中的思想，表現了在反對舊的反動勢力的鬥爭中對新的進步思想的肯定。」比如對壽生替林先生策劃新的前途，對林大娘宿命論思想的初步轉變，對群眾所給予張寡婦等的同情與義憤……作者都是肯定了的。而且作者在暴露反動派醜惡的形象時，不但能

引起人們的憎恨，而且還能夠使人民振奮起來，燃燒著撲滅醜惡事物的願望。今天我們的新國家充滿新生的、美好的事物，但也難免有陳舊的、醜惡事物的殘餘！讀了《林家舖子》，應該能更深入地分辨，熱愛新的、有益的，消除舊的、有害的。這也正是《林家舖子》的教育意義的所在。

一九五三年二月初稿，七月修正。

附錄：茅盾與作者討論《林家舖子》的一封信

　　《林家舖子》是茅盾代表作之一，大中學校曾選作教材；但因原文較長，不易掌握，青年同學難免遇到一些困難。××師範學院中文系三年級同學，於一九五二年下學期在「名著選讀」課上學習後，曾集體討論多次，由我寫成學習小結，寄請茅盾先生核閱，他回信表示同意。一九五三年上學期同院語文專修科一年級同學也在「名著選讀」課上學習一次，對語文系三年級同學的小結有所訂補。現在徵得茅盾的同意，把他寫給我的信附印出來，供大家參考。

　　　　　　　　　　　　　　　　　　　　　　　　　—— 奔星

奔星同志：

　　三月三日來信收到。關於《林家舖子》中間幾個人物的問題，我的意見是這樣的：

　　一、壽生是店員，因而他是屬於工人階級的。但把壽生的勸林老闆出走解釋為工人階級的遠見（如來信所述貴校同學們的意見），那又未免有點牽強附會；這，只能解釋為壽生對於當時的反動統治集團已經沒有任何幻想，故勸林以出走表示其微弱的「反抗」。至於出走後怎麼辦，壽生那時並無「遠見」。——也就是說，他並無遠長的計劃。在當時，一個小鎮上的店員，他的認識水平只不過如此，這是由於客觀環境及其本人生活的限制。

　　二、來信又說「有些人說林大娘將女兒許配給壽生，是小資產階級與工人階級結合的表現」；我以為這是更加牽強附會的說法。林大娘是一個善良而正直的女人，她憎惡卜局長那樣的壞人，而正因為她不是趨財奉勢的人，所以堅決不肯把女兒送給卜局長當三姨太，以求免目前的災禍。（當然她也很明白，把女兒給了卜，就是葬送了女兒。）可是，當時的形勢是，林老闆不得不出走避禍，則此女兒必須有個安排，林大娘的計劃是安排好了丈夫與女兒以後，她一個人留在家裡，跟那些敵人「拚命」。所以必須先使女兒有託，於是就決定了把女兒嫁給壽生。（在林家那樣小舖子裡，一個店員成為老闆的知心人，那是常見的。）林大娘的這一個行動正表現了舊社會中婦女的「寧願粗食布衣為人妻，不願錦衣玉食作人妾」的高貴的傳統心理。林大娘比她丈夫剛強、有決斷。

　　三、林老闆是一個比較懦弱的人，他的出走是沒有積極計劃的，但他不肯去乞憐，任憑人家來宰割，而終於採納了壽生的這一計，這「出走」的行動就成為對於那夥壞蛋的反抗。

　　四、林小姐，雖然有點嬌慣，但本質是好的；她對於黑麻子之類就有一種幾乎可說是發於本能的憎惡。

　　以上所說，不知您覺得如何？至於您那個油印的「學習小結」（即指本篇——引者），大體上我都同意，恕我無暇細談。匁覆，並頌

健康。

茅盾　三月十日（一九五三年）

《春蠶》

一、《春蠶》等作品標誌著茅盾創作的新方向

在第二次國內革命戰爭時期內，特別是從一九三〇年春天左聯成立以後，茅盾的作品在主題和題材方面有一個帶根本性質的轉變，那就是他的「視野」的擴大，看到了一個新興的方面：不僅寫都市，而且寫農村；不僅表現小資產階級知識分子，而且更多的表現工農大眾和其他被壓迫的人們。同時，適應主題和題材的轉變，創作方法也開始在批判現實主義的基礎上向社會主義現實主義跨出有歷史意義的一大步。這一個新的方向，以一九三〇年十月所寫的鼓動農民革命情緒的歷史小說《大澤鄉》作開端，以本書所討論的幾篇小說而擴大。如《子夜》寫了工人對資本家的鬥爭，也寫了農民對地主的鬥爭；《林家舖子》寫了被壓迫與被剝削的民眾對反動統治階級的自發的鬥爭，至於《春蠶》、《秋收》、《殘冬》等三個姊妹篇更是有意識地表現了廣大農民群眾在殘酷的現實面前無法活下去，終於走向自發的武裝鬥爭的具體過程。

茅盾的這一個轉變不是偶然的，是血腥的時代所造成的。它對我國現代文學的成長與發展具有推動並促其繁榮的重大意義。

第一次國內革命戰爭失敗後，革命進入低潮，茅盾雖然有過一個時期的消極情緒，但在他內心燃燒著的階級仇恨，並沒有熄滅，他對舊中國的陰暗面，特別對國民黨政府的反動措施，更加痛恨了。自一九三〇年以後，資本主義國家的經濟危機波及中國，洋貨瘋狂輸入，民族工業陷於癱瘓，農村經濟趨向破產，而反動派的橫徵暴歛，特別是地主階級對農民的殘酷剝削，變

本加屬，使得城市平民和農民生活陷於絕境。況且日本帝國主義經濟侵略之不足，更繼之以武裝侵略，階級矛盾與民族矛盾糾纏一起，新仇舊恨相繼而來。茅盾作爲一個忠實於現實生活的作家，在題材和主題的抉擇上便有了新的方向。這一個新的方向標誌著他思想上的重大的發展。爲了更好的反映現實，他「一貫的態度」是「未嘗敢忘記了文學的社會的意義」。於是他的思想中社會主義成分不斷增長。他當時說過：「現在已經不是把小說當作消遣品的時代了，因而一個做小說的人不但須有廣博的生活經驗，亦必須有一個訓練過的頭腦，分析那複雜的社會現象；尤其是我們這轉變中的社會，非得認眞研究過社會科學的人每每不能把它分析得正確，而社會對於我們的作家的迫切要求，也就是那社會現象的正確而有爲的反映！」（《茅盾自選集》：《我的回顧》，一九三二年十二月作）這就是說，當時的茅盾，已堅定了革命立場，而且以馬列主義「訓練」他的頭腦，並以社會主義現實主義的創作方法反映那複雜的社會現象。

他在抗戰前寫的《創作的準備》一書就說過這樣的話：

> 在一個忠實於生活的作家，所謂「搜集材料」與「熟悉他所不熟悉的生活」，應該是一句話的兩種說法。在我們目前，單說一句「寫你自己熟悉的生活」，只得了片面的眞理。在一般作家的百分比還是小市民層知識分子占絕對大多數的我們現在，要是嚴格執行起「寫你自己熟悉的生活」而排斥「搜集材料」的提議，徒然使作品的内容單調狹小而已。在我們目前，正要高呼：探頭到你自己的生活圈子之外！正要高呼：搜集材料！問題在於搜集材料的方法。我們要排斥貪圖省力的走馬看花似的左拉式的方法，但是我們不能連「搜集材料」這意見也排斥。我們鄙棄左拉式的從書籍中去搜找，但是我們不能忽視書籍對於我們「搜集材料」時的幫助。問題在於何等樣的書籍。如果是指導我們瞭解中國社會經濟結構的書籍，如果是幫助我們明了中國社會全般面目——光明的勢力與黑暗的勢力如何在相決盪的書籍，我們是絕對需要的。我們必須先取得此等書籍中的正確的知識來武裝我們的頭腦，使我們知道在社會的哪一角有我們所需要的「材料」，以及如可去觀察、去「搜集」。

茅盾的意思在今天說來，就是一個作家必須重視政治學習——馬克思列寧主義的學習，改造自己的思想，武裝自己的頭腦，才能知道如何「探頭到

你自己的生活圈子之外」向「社會的哪一角」去「搜集材料」。《子夜》、《林家舖子》、《春蠶》、《秋收》、《殘冬》……等作品，就是茅盾當時以馬列主義武裝了自己的頭腦，深入細緻的解剖了當時的社會現象，抓住了「時代的大題材」的本質，而後獲得的輝煌的收穫！

他的作品，留下了時代的面影。所謂「社會現象的正確而有爲的反映」，可以說是他轉變後對創作的基本意圖。所謂「正確」，是要寫出歷史的眞實；所謂「有爲」，是要指出社會發展的動向。比如他寫《子夜》，「原來的計劃是打算通過農村（那是革命力量正在蓬勃發展的）與城市（那是敵人力量比較集中因而也是比較強大的）兩者的情況的對比，反映出那時候的中國革命的整個面貌，加強革命的樂觀主義。」（《茅盾選集自序》）雖然由於這個計劃中途放棄了，致使《子夜》「不能表現出整個的革命形勢」，「是重大的缺陷」。但這個缺陷，我覺得如果結合《林家舖子》、《春蠶》、《秋收》、和《殘冬》等短篇來看，是彌補了的。因爲《子夜》和《林家舖子》是通過工商業的凋敝來聯繫農村的經濟破產，而《春蠶》等三個短篇卻是通過農村的經濟破產來聯繫工商業的蕭條，這兩者一結合，就反映了舊中國的全貌，而且暗示了在發展中的「革命形勢」。因此，如果這樣肯定：「打算通過農村與城市兩者的情況的對比，反映出那時候的中國革命的整個面貌，加強革命的樂觀主義」，就是茅盾從一九三一年到一九三六年之間的創作思想的核心，幾乎貫穿在他這一時期內的全部創作，這是能夠在他的作品中獲得有說服性的佐證的。這個思想的核心可以說是他這一時期作品產生的思想基礎。

雖然，在這個時期內，他除了表現工農大眾外，也寫了「小市民的灰色生活」，「離開今天青年的要求」較遠；但因爲他的作品中充滿了「暴露或批判的意義」，今天讀起來，仍有積極的作用：「告訴今天的讀者，從前曾經有過這樣灰色的人生，因而今天的燦爛蓬勃的新生活是彌足珍貴」（《茅盾選集‧自序》）的。

總之，茅盾是左聯成立後抗戰發生前首先把工農階級作爲革命的主力來表現的作家之一。他的作品一方面固如車爾尼雪夫斯基所說「具有對生活現象的批判的意義」，而另一面也暗示了新的生活的方向——革命發展的方向。

二、《春蠶》——農民階級對內外反動派反抗意識的萌芽

《春蠶》這篇小說以日本帝國主義對我國的侵略（主要是「一‧二八」

事件）作背景，通過江南蠶絲產區蠶農老通寶一家養蠶賣繭的故事，寫出第二次國內革命戰爭時期江南農村的蠶農在帝國主義和封建主義雙重壓迫下，在生產過程中所產生的美麗的幻想和希望都在殘酷的現實面前完全破滅──意味著不推翻反動政權，不打倒內外反動派，從而消滅剝削，農民們單靠勤勞生產，勢將越來越窮困，永遠不能翻身。這就是《春蠶》的主題思想。分析起來，它的內涵，主要是：

（一）作者暴露了國民黨政府對農民的殘酷剝削：

去年秋收固然還好，可是地主、債主、正稅、雜捐、一層一層地剝削來，早就完了。（《茅盾短篇小說集》上冊，1980 年 4 月，人民文學出版社，第 267 頁。以下只注頁碼。）

從今年開春起，他們都只吃個半飽；他們身上穿的，也只是些破舊的衣服。實在他們的情形比叫化子好不了多少。（263 頁）

（二）作者也寫出了蠶農雖被剝削，但由於對階級敵人認識不足，不知道窮困的根源，昧於政治與生產的關係，仍然餓著肚子辛勤地勞動，把希望寄託在「春蠶」上，對未來作種種美麗的幻想。

蠶事的「動員令」也在各方面發動了，藏在柴房裡一年之久的養蠶用具都拿出來洗刷修補。那條穿村而過的小溪旁邊，蠕動著村裡的女人和孩子，工作著，嚷著，笑著。（263 頁）

……他們的精神都很不差。他們有很大的忍耐力，又有很大的幻想。雖然他們都負了天天在增大的債，可是他們那簡單的頭腦老是這麼想：只要蠶花熟，就好了！他們想像到一個月以後，那些綠油油的桑葉就會變成雪白的繭子，於是又變成叮叮噹噹響的洋錢，他們雖然肚子裡餓得咕咕地叫，卻也忍不住要笑。（263～264 頁）

「上山」後三天，熄火了。四大娘再也忍不住，也偷偷地挑開簾角看了一眼，她的心立刻卜卜地跳了。那是一片雪白，幾乎連「綴頭」都瞧不見；那是四大娘有生以來從沒有見過的「好蠶花」呀！老通寶全家立刻充滿了歡笑。現在他們一顆心定下來了！「寶寶」們有良心，四洋一擔的葉不是白吃的；他們全家一個月的忍餓失眠總算不冤枉，天老爺有眼睛！（276 頁）

……這些人都比一個月前瘦了許多，眼眶陷進了，嗓子也發沙，然而都很快活興奮。她們嘈嘈地談論那一個月內的「奮鬥」時，她

們的眼前便時時現出一堆堆雪白的洋錢。她們那快樂的心裡便時時
閃過了這樣的盤算：夾衣和夏衣都在當舖裡，這可先得贖出來；過
端陽節也許可以吃一條黃魚。（276 頁）

　　但是由於帝國主義的經濟侵略促使反動派加倍地對農民進行殘酷的剝
削，蠶農們的希望儘管美麗，最後是只有破滅的：

　　……老通寶向來仇恨小輪船這一類洋鬼子的東西！他從沒見過
洋鬼子，可是從他父親嘴裡知道老陳老爺見過洋鬼子……並且老陳
老爺也是很恨洋鬼子，常常說「銅鈿都被洋鬼子騙去了」。……洋鬼
子怎樣就騙了錢去，老通寶不很明白。但他很相信老陳老爺的話一
定不錯。並且他自己也明明看到自從鎮上有了洋紗、洋布、洋油
——這一類洋貨，而且河裡更有了小火輪船以後，他自己田裡生出
來的東西就一天一天不值錢，而鎮上的東西卻一天一天貴起來。他
父親留下來的一份家產就這麼變小，變做沒有，而且現在負了債。
老通寶恨洋鬼子不是沒有理由的！他這堅定的主張，在村坊上很有
名。五年前，有人告訴他：朝代又改了，新朝代是要「打倒」洋鬼
子的。老通寶不相信。為的他上鎮去看見那新到的喊著「打倒洋鬼
子」的年輕人們都穿了洋鬼子衣服。他想來這夥年輕人一定私通洋
鬼子，卻故意來騙鄉下人。後來果然就不喊「打倒洋鬼子」了，而
鎮上的東西更加一天一天貴起來，派到鄉下人身上的捐稅也更加多
起來。老通寶深信這都是串通了洋鬼子幹的。（261 頁）

　　況且在經濟侵略之外還有反動派一手製造的反人民的連年內戰和日寇得
寸進尺的軍事侵略，給予民族工業以致命的打擊，使得繭廠多不開門，蠶農
們的蠶花雖好，卻無銷路：

　　……老通寶也聽得鎮上小陳老爺的兒子——陳大少爺說過，今
年上海不太平，絲廠都關門，恐怕這裡的繭廠也不能開。但老通寶
是不肯相信的，他活了六十歲，反亂年頭也經過好幾個，從沒見過
綠油油的桑葉白養在樹上……（259 頁）

　　張老頭子卻拍著大腿嘆一口氣。忽然他站了起來，用手指著村
外那一片禿頭桑林後面聳露出來的繭廠的風火牆說道：

　　「通寶！繭子是採了，那些繭廠的大門還關得緊洞洞呢！今年
繭廠不開秤！——十八路反王早已下凡，李世民還沒出世；世界不

太平！今年繭廠關門，不做生意！」

　　老通寶忍不住笑了，他不肯相信。他怎麼能夠相信呢？難道那「五步一崗」似的比露天茅坑還要多的繭廠會一齊都關了門不做生意？……

　　然而老通寶到底有點不放心。他趕快跑出村去，看看「塘路」上最近的兩個繭廠，果然大門緊閉，不見半個人；……

　　老通寶心裡也著慌了。但是回家去看見了那些雪白發光很厚實硬古古的繭子，他又忍不住嘻開了嘴，上好的繭子！會沒有人要，他不相信……。

　　可是村裡的空氣一天一天不同了。才得笑了幾聲的人們現在又都是滿臉的愁雲。各處繭廠都沒有開門的消息陸續從鎮上傳來，從「塘路」上傳來。往年這時候，「收繭人」像走馬燈似的在村裡巡迴，今年沒見半個「收繭人」，卻換替著來了債主和催糧的差役。請債主們就收了繭子吧，債主們板起面孔不理。

　　全村人都是嚷罵，詛咒，和失望的嘆息！人們做夢也不會想到今年「蠶花」好了，他們的日子卻比往年更加困難！這在他們是一個青天的霹靂！並且愈是像老通寶他們家似的，蠶愈養得多，愈好，就愈加困難，——「真正世界變了！」老通寶捶胸跺腳地沒有辦法。（277～278頁）

　　鐵的事實，使頑固的老通寶模糊地認識到真正變了的世界影響了他的勤勞生產，但是，世界究竟怎樣變，老通寶是不知底細的。他仍然想以「不變應萬變」，到處去碰運氣。

　　終於一線希望忽又來了。同村的黃道士不知從哪裡得的消息，說是無錫腳下的繭廠還是照常收繭……

　　……他們去借了一條赤膊船，買了幾張蘆蓆，趕那幾天正是好晴，又帶了阿多，他們這賣繭子的「遠征軍」就此出發。

　　……繭廠挑剔得非常苛刻……老通寶他們的繭子雖然是上好的貨色，卻也被繭廠裡挑剩了那麼一筐，不肯收買。老通寶他們實賣得一百一十塊錢，除去路上盤川，就剩了整整的一百元，不夠償還買青葉所借的債！老通寶路上氣得生病了，兩個兒子扶他到家。

……老通寶家……就此白賠上十五擔葉的桑地和三十塊錢的債！一個月光景的忍餓熬夜還都不算！（279～280頁）

在帝國主義軍事侵略的形勢下，資產階級損人利己的本質暴露得更清楚了，他們殘酷的剝削，造成了蠶農辛勤勞動而又窮困的悲慘的結局。真是希望愈大，失望也愈大。

（三）作者一方面暴露國民黨反動派所掌握的國家那部機器如何嚴重地阻礙了生產力的發展，如果不推翻反動政權，不消滅剝削，農民的勤勞生產是要落空的。但另一方面也批判了老通寶不問條件只憑經驗的近乎盲目的生產。作者在描寫老通寶的小兒子阿多時透露了這一點：

……老通寶那種憂愁，他（多多頭——引者）是永遠沒有的。他永不相信靠一次蠶花好或是田裡熟，他們就可以還清了債再有自己的田；他知道單靠勤儉工作，即使做到背脊骨折斷也是不能翻身的。……（272～273頁）

這就是作者對當時的廣大農民所進行的思想政治教育，鼓舞農民應走別的道路。這是《春蠶》的主題思想的最積極的一面，同時也是茅盾當時小說中社會主義因素逐漸增長的一個有力的證明。多多頭的信念，就是農民大眾對內外反動派反抗意識的萌芽，在這裡雖還停留在口頭上，但到了《秋收》和《殘冬》便變為實際的行動了。

（四）同時也必須指出：作者通過老通寶跟荷花的關係，老通寶跟四大娘的關係，對蠶農的宿命論思想——由於迷信而鬧不團結乃至互相仇視的思想，和老通寶的無原則的盲目排斥洋貨的保守頑固思想，也是作了鞭撻的。作者暗示著農民只有在思想上覺悟起來才能開展革命鬥爭。這在《春蠶》的姊妹篇：《秋收》和《殘冬》裡，用了明顯的典型事例，作了進一步的說明。

從《春蠶》的主題思想的分析，使我們知道茅盾的主觀創作意圖是通過客觀生活中真實的人物性格來體現的，思想「是轉化為人的。……這個人物越清楚地代表一種思想，思想與人物的結合越密切……藝術性就越強。」（安東諾夫：《論短篇小說的創作》）因此，主題思想的深刻性是與藝術形象的生動性是不可分的；否則，作者的主觀意圖，徒然給讀者一個抽象的概念而已。

三、結構及情節的發展

（一）情節概述：

《春蠶》的情節是通過四個大段來表現的：

第一大段寫主人公老通寶在清明節後出現在典型的蠶桑環境裡，坐在塘路邊，望著密密層層的桑樹和比露天茅坑還要多的繭廠，聽見由歌謠裡帶來的吉兆，不相信「今年上海不太平，絲廠都關門，恐怕這裡的繭廠也不能開」的傳說，仍然對今年的春蠶寄予新的希望。

第二大段是寫村莊裡的二三十戶人家懷著希望和恐懼的心情，準備養蠶，並通過老通寶一家寫出千百年相傳的迷信色彩非常濃厚的「收蠶」儀式。

第三大段是描寫具體的養蠶情況：蠶農輪流看守蠶房，和惡劣的氣候搏鬥，和不可知的命運搏鬥，和日日夜夜不能休息所引起的疲勞搏鬥。人人拚命幹活，老通寶還為了買桑葉抵押了最後的一點產業。

第四大段是寫春蠶的慘局：「蠶愈養得多，愈好，就愈加困難。」「因為春蠶熟，老通寶一村的人都增加了債！」給老通寶不相信政治上的混亂能引起商業上的蕭條（或者是生產力的萎縮）的思想一個打擊。

（二）情節發展中的線索：

在情節發展的過程中，一方面盛傳不太平的時局（帝國主義的侵略和封建統治的剝削）影響民族工業，絲廠繭廠均將關門，春蠶無望，一方面是主人公老通寶根據六十年來的經驗，除非是老天爺使蠶花不熟，時局是不會影響絲業和繭廠的。這個現實生活中的矛盾，其實就是理想和實際的矛盾。老通寶一班蠶農希望過安居樂業的生活，縱使朦朧地認識到世界在變，但總想安於現狀，以「不變」應萬變。但是，這在當時的條件下是決不可能的。老通寶理想中的「不變」和客觀世界的「經常的變」，貫穿在情節中，成為一條主線。發展的結果是老通寶和村人對春蠶的希望在現實面前破滅，老通寶氣得生了一場大病。

環繞這條主線還有四條副線：

一條是老通寶和小兒子阿多對勤儉生產的看法上的矛盾：老通寶不相信政局能影響生產，只相信春蠶熟就能解決窮困問題，甚至土地問題；而阿多卻永不相信，在混亂的局面下，養蠶和種地能解決根本問題。這也就是老通寶的想以不變應萬變和阿多的想「窮則變，變則通」，兩種極端相反的思想意

識間的矛盾。這個矛盾也可以說是逃避現實或遷就現實和迫切要求變革現實之間的矛盾。

其次一條是老通寶和兒媳四大娘在選擇蠶種上的矛盾：老通寶恨死了帶「洋」字的東西，因此不願用「洋種」；而四大娘卻主張用洋種。這也是「不變」與「要變」之間的矛盾，也可以說是保守和進取的矛盾。

第三條是老通寶一班人與荷花之間的矛盾：老通寶一班人都說荷花是「白虎星」，避之唯恐不及；而荷花則認為大家不把她當人看待，是莫大的羞辱。這雖是迷信和反迷信的矛盾，其實也是「不變」（繼承封建傳統，不把婦女當人看待）與「要變」（要求打破歧視婦女的傳統）之間的矛盾。

最後是「村裡有名淘氣的大姑娘」六寶和「愛和男子們胡調」的李根生老婆荷花間的矛盾，一方面表現農村人民錯綜複雜的關係，同時也製造氣氛，強調了第三條副線。

這些線索除在《秋收》和《殘冬》裡繼續發展外，在《春蠶》中也初步得到解答。在春蠶雖好並不解決問題一點上，證明阿多的觀點正確；在出賣繭了時洋繭值錢的事實上，也證明了四大娘的主張正確，在春蠶人熟一事上，更證明了一般蠶農說荷花是「白虎星」，對春蠶有妨礙的虛妄；在捋葉時證明六寶和阿多要好，荷花不過是個陪襯。在《殘冬》裡六寶還受了阿多和她哥哥陸福慶的影響，參加了革命。

這些副線都與主線交織一起，為主題的表現而服務，幫助讀者對作品獲得深刻而完整的印象。

四、人物描寫

如所周知，茅盾是以人物描寫見長的作家。如果讀他的小說，不注意他如何刻畫人物肖像、表現人物性格——主要是思想感情，而光去追求作品中的「故事性」，那就會拾起了芝麻，扔下了西瓜。因此，我們必須把注意力放在他如何刻畫人物性格上面去，看他如何通過人物的語言、行動、人物與人物的關係以及人物所處的客觀環境……浮雕似地刻畫他的人物。

讀過《春蠶》後，我們可以體會出茅盾描寫人物的一些原則。這些原則比較顯著的大體上有三個：

（一）個別與一般相結合——包含兩層意思：一是從人物安排上說，首先是由個別的人物「波及」（聯繫的意思）一般的人物，再由一般的人物烘

托個別的人物。這也就是「點面相結合」的意思。如在情節的開展中，首先出現老通寶這個主要人物，由他開始，通過他的想像，介紹了他和鎮上的地主老陳老爺、小陳老爺乃至小陳老爺的兒子陳大少爺的關係；接著又介紹了他自己一家有兒子阿四、兒媳四大娘、小兒子阿多、孫子小寶。再從他自己一家又波及到同村的人：荷花、荷花的丈夫李根生、六寶、黃道士乃至別處的親戚──親家張財發。然後再由這些一般的人物烘托老通寶、烘托阿多，使這些主要人物的性格更突出來。還有一層意思是從個性中表現共性，從共性中也表現個性。比如老通寶這個人物的個性是固執、保守、迷信、相信命運、不問政治……等，但也通過他這些個性表現了農民階級的共性：規矩、勤儉、具有嚴肅認真的勞動態度、頑強不屈的苦幹精神，使我們喜愛他、同情他、可憐他。但又責怪他，為什麼那麼頑固，看事情看得不遠、不全面、對新事物缺少敏感和信心，只曉得埋頭苦幹。前一層意思使我們明確人物的相互關係和主從關係，後一層意思使我們瞭解人物的思想實際和心理面貌。

（二）具體與抽象相結合──人物描寫包括外貌和內心兩部分。外貌是具體的，包括相貌、四肢、服裝等，比較容易描寫，而內心卻是抽象的，包括人物的感覺、感想、思想感情等，比較難於刻畫。而前者又往往是後者的反映，二者關係密切。人物描寫成功與否，就看二者是否有機的統一。能統一，便能刻畫出活生生的人物形象來。比如作者首先這樣地描寫了老通寶的肖像：

> 老通寶坐在「塘路」邊的一塊石頭上，長旱菸管斜擺在他身邊。「清明」節後的太陽已經很有力量，老通寶背脊上熱烘烘的，像背著一盆火。「塘路」上拉縴的快班船上的紹興人只穿了一件藍布單衫，敞開了大襟，彎著身子拉，額角上有黃豆大的汗粒落到地下。
>
> 看著人家那樣辛苦的勞動，老通寶覺得身上更加熱了，熱的有點兒發癢。他還穿著那件過冬的破棉襖，他的夾襖還在當舖裡，卻不防才得「清明」邊，天就那麼熱。
>
> 「真是天也變了！」
>
> 老通寶心裡說，就吐了一口濃厚的唾沫。……（258 頁）

讀者其所以對這位穿破棉襖拿長旱菸管的老頭子的感覺、感想、思想感

情乃至出身和處境，都得一切步的明確的印象，原因是作者把具體的形象和抽象的意念統一起來了。比如紹興人拉縴的形象是具體的，看得見；自己的感覺是抽象的，看不見。但因為別人的辛苦勞動，通過視覺的聯繫，使自己感到更加發熱發癢。這樣一來，老通寶抽象的感覺便具體化了，使讀者易於理會。

（三）批判與表揚相結合——人物描寫的過程往往是作者對讀者進行思想教育的過程。比如作者對老通寶這個人物一方面表揚他刻苦耐勞的精神，一方面也批判他的宿命論觀點和保守落後的思想。既有所肯定，也有所否定。

如果說前面兩個原則是人物描寫方面的藝術性原則，後面這一個原則便可以說是人物描寫方面的思想性原則。

茅盾刻畫人物的手法基本上是適應這些原則的。當然，這並不是說這些原則和適應這些原則的藝術手法是茅盾所獨創或者所獨具；而是想指出茅盾在三十年代就已運用了這些文學藝術的原則和手法，顯然是無產階級世界觀的獲得與完成的鮮明標誌。

《春蠶》中的人物描寫根據上述原則，主要的有如下幾點：

（一）通過客觀事物在人物頭腦中的具體反映來描寫人物的性格；人物的性格，說得狹窄一些，主要是指人物的思想感情；說得廣泛一些，包括人物的外貌、思想活動、精神狀態、動作和語言等方面的特徵在內。在茅盾的筆下，老通寶這個人物在讀者的腦子裡形成一個能觸摸得到的印象。比如第一大段作者把那個在清明節後還穿著過冬的破棉襖的主人公老通寶安排在一個典型的蠶桑環境裡：

> 在他面前那條「官河」內，水是綠油油的，來往的船也不多，
> 鏡子一樣的水面這裡那裡起了幾道皺紋或是小小的渦旋，那時候，
> 倒影在水裡的泥岸和岸邊成排的桑樹，都晃亂成灰暗的一片。……
> 那拳頭模樣的椏枝都已經簇生著小手指兒那麼大的嫩綠葉，這密密
> 層層的桑樹，沿著那「官河」一直望去，好像沒有盡頭。田裡現在
> 還只有乾裂的泥塊，這一帶，現在是桑樹的勢力！在老通寶背後，
> 也是大片的桑林，矮矮的，靜穆的，在熱烘烘的太陽光下，似乎那
> 「桑拳」上的嫩綠葉過一秒鐘就會大一些。
>
> 離老通寶坐處不遠，一所灰白色的樓房蹲在「塘路」邊，那是

繭廠。十多天前駐紮過軍隊，現在那邊田裡還留著幾條短短的戰壕。那時都說東洋兵要打進來，鎮上有錢人都逃光了；現在軍隊又開走了，那座繭廠依舊關在那裡，等候春繭上市的時候再熱鬧一番。老通寶也聽得鎮上小陳老爺的兒子——陳大少爺說過，今年上海不太平，絲廠都關門，恐怕這裡的繭廠也不能開；但老通寶是不肯相信的，他活了六十歲，反亂年頭也經過好幾個，從沒見過綠油油的桑葉白養在樹上等到成了「枯葉」去餵羊吃；除非是「蠶花」不熟，但那是老天爺的「權柄」，誰又能夠未卜先知？

「才得清明邊，天就那麼熱！」

老通寶看著那些桑拳上怒茁小綠葉兒，心裡又這麼想，同時有幾分驚異，有幾分快活。（258～259 頁）

這麼短短的一個片斷，概括了自然風景、歷史條件、社會風貌、人物關係——這些就是所謂典型環境。從這裡可以看出作者使他的主要人物（即典型性格）在典型環境中觸景生情，使讀者認識這個人物具有熱愛蠶桑，相信命運，但憑經驗，不問政治的性格。「景」是具體的，「情」是抽象的，兩者結合，情景交融，避免了為寫景而寫景的毛病，寫出了典型環境中的典型性格。這種性格，既有共同性，也有個別性。王朝聞同志說：

一般的說，形成性格的共同性的條件，是環境；形成個別性的是歷史。當然，歷史也有其歷史的環境作用，但對待今天的環境說，是歷史；今天的環境雖然不是和歷史絕緣的，但對待老遠的過去來說，是環境。（《新藝術創作論》140 頁）

這一段話正好說明老通寶的性格：熱愛蠶桑，靠經驗辦事，這是蠶農的共性，是由於當時那樣的典型的蠶桑環境造成的。而那種相信命運，不問政治情況的個性，則是由於他六十年來的歷史所形成的。當然，歷史在當時說來有環境的作用；環境對未來說來，也有歷史的作用。茅盾先生說：「背景不但指空間，而且也指時間，兩者都不能有錯誤。」（茅盾：一九五○年八月九日在北京中學國文教員暑期講習會所講《怎樣閱讀文學作品》）這正是對環境與歷史的交互作用的說明。而老通寶一班蠶農的典型環境就是包括了空間與時間而說的。空間是江南的農村，時間是「一·二八」前後。在這樣的典型環境裡的典型性格，才是共性（階級性）與個性的有機的統一。

我們在談到「通過客觀事物在人物頭腦中的反映來描寫人物性格」的手

法時，就必須瞭解茅盾筆下的客觀事物是自然環境、社會環境以及歷史條件三者的統一體。他的作品之所以能反映時代面影，批判社會現象，並預示革命發展的方向，原因也就在於他能表現典型環境的典型性格。

（二）通過人物的相互關係來描寫人物的性格。比如第二大段寫這些桑拳頭上的嫩葉現在都有小小的手掌那麼大了，蠶事的動員令也在各方面發動了。藏在柴房裡一年之久的養蠶用具都拿出來洗刷修補，那條穿村而過的小溪旁邊，蠕動著村里的女人和孩子。作者通過這樣一個場面的描寫使得人物在相互之間表現出他們的性格來：

> 這些女人和孩子中間也就有老通寶的媳婦四大娘和那個十二歲的小寶。娘兒兩個已經洗好了那些團扁和蠶簞，坐在小溪邊的石頭上，撩起布衫角揩臉上的汗水。
>
> ……
>
> 這時候有一個壯健的小伙子正從對岸的陸家稻場上走過，……跨上了那橫在溪面……的橋。四大娘一眼看見，……高聲喊道·
>
> ｜多多弟！來幫我搬東西吧！這些扁，浸濕了就像死狗一樣重！」
>
> 小伙子阿多也不開口，走過來拿起五六隻團扁，濕漉漉地頂在頭上，卻空著雙手，划槳似地蕩著，就走了。……那些女人們看著他戴了那特別大箬帽似的一疊扁，裊著腰，學鎮上女人的樣子走著，又都笑起來了。老通寶家緊鄰的李根生的老婆荷花一邊笑，一邊叫道：
>
> 「喂！多多頭！回來！也替我帶一點兒去！」
>
> 「叫我一聲好聽的，我就給你拿。」
>
> 阿多也笑著回答，仍然走。轉眼間就到了他家的廊下，就把頭上的團扁放在廊檐口。
>
> 「那麼，叫你一聲乾兒子！」
>
> 荷花說著就大聲地笑起來。她那出眾地白淨然而扁得作怪的臉上，看去就好像只有一張大嘴和眯緊了好像兩條線一般的細眼睛。她原是鎮上人家的婢女，嫁給那不聲不響整天苦著臉的半老頭子李根生還不滿半年，可是她愛和男子們胡調已經在村中很有名。
>
> 「不要臉的！」

忽然對岸那群女人中間有人輕聲罵了一句。荷花那對細眼睛立刻睜大了,怒聲嚷道:

「罵哪一個?有本事,當面罵,不要躲!」

「你管得我?棺材橫頭踢一腳,死人肚裡自得知:我就罵那不要臉的騷貨!」

隔溪立刻回罵過來了。這就是那六寶,又一位村裡有名淘氣的大姑娘。

於是對罵之下,兩邊又潑水,愛鬧的女人也夾在中間幫這邊幫那邊。小孩們笑著狂呼,四大娘是老成的,提起她的蠶箪,喊著小寶,自回家去。

阿多站在廊下看著笑。他知道為什麼六寶要跟荷花吵架,……

（264～265頁）

通過人物相互間的關係,寫出了農村青年婦女在愛情上相互嫉妒的心情。因為阿多是六寶的情人,而荷花又愛和男子們胡調,這中間便產生了矛盾。這種矛盾是在生產勞動的基礎上產生的,不是單純的寫愛情。它的作用在通過這一角落的活動看出農村錯綜複雜的關係,加強情節的現實性和親切感。在《春蠶》中寫阿多的地方雖不多,但他與老通寶截然不同的性格卻表現得非常明朗:他樂觀、進取、不迷信,雖然勤勞生產,卻知道單純勤勞,無濟於事。從精神實質看,他在《春蠶》中是僅次於老通寶的另一重要人物。這一段,作者通過環繞在他周圍的其餘的人,和他們的行動的相互關係的描寫,寫出了阿多這個人物所處的社會環境,就在這一環境中繼續發展了他的性格。到了《殘冬》,他便成了主要人物。

（三）通過人物的行為或行動來描寫人物的性格:比如寫老通寶用大蒜頭作占卜的工具,放在墙腳下看它是否發綠芽,來預測春蠶的命運;寫「窩種」時村中頒佈「戒嚴令」,至親好友不得往來,以免沖了蠶神;寫老通寶時常警戒他的小兒子多多頭不要跟鄰居荷花說笑,說「那母狗是白虎星,惹上了她就得敗家」。……這些行為都表現當地的蠶農特別是老通寶思想意識中濃厚的迷信色彩。茅盾說:「人物描寫是為要寫出性格及其發展,因此就需要從具體行動以及支配這些行動的思想情緒來寫人物,要從故事的發展來寫人物的成長,而且要從各種角度去寫,以免把一個人物寫得片面、單調、枯燥無味。」(《新的現實和新的任務》)《春蠶》中的老通寶這個人物的性格表

現，是符合他自己所說的理論的，足見他的理論是從長期的創作實踐中提煉出來的。

（四）通過人物的語言來描寫人物的性格：茅盾在《春蠶》中通過人物的語言來描寫人物的性格——思想感情，有兩種表現形式：一種是直接的，就是把人物說的話不走樣地直接用引號徵引下來。比如寫清明節後村中女人和孩子在溪邊洗刷養蠶用具時，四大娘和六寶之間有這樣一段對話：

「四阿嫂！你們今年也看洋種麼？」

小溪對岸的一群女人中間有一個二十歲左右的姑娘隔溪喊過來了。四大娘認得是隔溪的對門鄰舍陸福慶的妹子六寶。四大娘立刻把她的濃眉毛一挺，好像正想找人吵架似地嚷了起來：

「不要來問我！阿爹做主呢！——小寶的阿爹死不肯，只看了一張洋種！老糊塗的聽得帶一個『洋』字就好像見了七世冤家！洋錢，也是洋，他倒又要了！」（264 頁）

作者直接地引用老通寶的娘婦四大娘的話，表現出四大娘很不滿意她公公的保守思想，趁機加以諷刺。像這樣的語言，的確是從生活中來的，多變化，有情味，能夠構成鮮明的形象。另一種是間接的，就是把人物的語言溶化在作者的敘述裡。比如作者寫多多頭就是如此：

全家都是惴惴不安地又很興奮地等候「收蠶」。只有多多頭例外，他說：今年蠶花一定好，可是想發財卻是命裡不曾來。老通寶罵他多嘴，他還是要說。（268 頁）

老通寶嚴禁他的小兒子多多頭跟荷花說話。……阿多像一個聾子似地不理睬老頭子那早早夜夜的嘮叨，他心裡卻在暗笑。全家中就只有他不大相信那些鬼禁忌。……（271 頁）

……雖然在這半個月來也是半飽而且少睡，也瘦了許多了，他的精神可還是很飽滿。老通寶那種憂愁，他是永遠沒有的。他永不相信靠一次蠶花好或是田裡熟，他們就可以還清了債再有自己的田；他知道單靠勤儉工作，即使做到背脊骨折斷也是不能翻身的。……（272～273 頁）

這三段話把年輕的一代阿多的性格刻畫出來了。他為人樂觀，見識高，不相信命運，不迷信鬼神。但是這第二種表現形態，作者是在把握人物性格，密切扣緊情節的基礎上表現的。有些作者使用間接形態的語言最容易越俎代

庖地代替人物說話，就是因為沒有很好的把握人物性格並扣緊情節的發展的緣故。這樣地刻畫人物，結果往往使小說變成記敘文，自然不免概念化，人物怎麼活得起來呢！

　　（五）通過具體的場面使人物在行為上所表現的抽象的因素形象化：這就是具體與抽象相結合的原則。

　　比如說一個人的氣力大不大，是非常抽象的，必須通過客觀事物才能表現出來。你有一百斤氣力，光是說一百斤還是抽象的，必須扛得起一百斤的東西來才能使人看出你真有一百斤的氣力。作者描寫阿多的氣力非常大，從第二點中所引的例子就可以看出來。四大娘覺得養蠶的團扁浸濕了就像死狗一樣重，而阿多卻拿起五六隻頂在頭上，還空著一雙手，划槳似地蕩著。雖沒有說出他的力氣有多少斤，而他的力氣「大」這個抽象的概念卻形象化了。那就是說他的頭上可以頂五六隻「死狗」，而走路的姿勢還絲毫不受影響，悠哉游哉的走著，表示毫不在乎的樣子。

　　又如青年男女之間的愛情也是非常抽象的，但作者卻通過抒採桑葉的場面表現出來：

> 　　那六寶是和阿多同站在一個筐子邊「抒葉」。在半明半暗的星光下，她和阿多靠得很近。忽然她覺得在那「杠條」（帶葉的桑樹枝條──引者）的隱蔽下，有一隻手在她大腿上擰了一把。好像知道是誰擰的，她忍住了不笑，也不聲張。驀地那手又在她胸前摸了一把，六寶直跳起來，出驚地喊了一聲：
>
> 　　「噯喲！」
>
> 　　「什麼事？」
>
> 　　同在那筐子邊抒葉的四大娘問了，抬起頭來。六寶覺得自己臉上熱烘烘了，她偷偷地瞪了阿多一眼，就趕快低下頭，很快地抒葉，一面回答：
>
> 　　「沒有什麼。想來是毛毛蟲刺了我一下。」
>
> 　　阿多咬住了嘴唇暗笑。（272 頁）

　　這一個富有農村風味的生動的場面，把一對在半封建半殖民地社會裡受封建婚姻制度支配的青年男女間不可遏止的愛情，形象化地表現出來了。

　　又如生產中的勞動態度──「嚴肅認真」也是非常抽象的，而作者卻適應當時的社會經濟結構，通過傳統的風俗習慣的描寫，具體地表現出來：

穀雨節一天近一天了。村裡二三十戶人家的「布子」都隱隱現出綠色來。……四大娘看自家的五張「布子」。不對！那黑芝麻似的一片細點子還是黑沉沉，不見綠影。她的丈夫阿四拿到亮處去細看，也找不出幾點「綠」來。……幸而再過了一天，四大娘再細心看那「布子」時，哈！有幾處轉成綠色了！而且綠得很有光彩。四大娘立刻告訴了丈夫，告訴了老通寶、多多頭，也告訴了她的兒子小寶。她就把那些布子貼肉搵在胸前，抱著吃奶的嬰兒似的靜靜兒坐著，動也不敢多動了。夜間，她抱著那五張布子到被窩裡，把阿四趕去和多多頭做一床。那布子上密密麻麻的蠶子兒貼著肉，怪癢癢的；四大娘很快活，又有點兒害怕，她第一次懷孕時胎兒在肚子裡動，她也是那麼半驚半喜的！（267～268 頁）

從這種「窩種」的傳統習慣看，蠶農們在生產過程中的勞動態度是多麼的小心謹慎。「窩種」以後的收蠶儀式更是隆重：

終於「收蠶」的日子到了。四大娘心神不定地淘米燒飯，時時看飯鍋上的熱氣有沒有直衝上米。老通寶拿出預先買了來的香燭點起來，恭恭敬敬放在灶君神位前。阿四和阿多去到田裡採野花。小寶幫著把燈芯草剪成細末子，又把採來的野花揉碎。一切都準備齊全了時，太陽也近午刻了，飯鍋上水蒸氣嘟嘟地直衝，四大娘立刻跳了起來，把「蠶花」和一對鵝毛插在髮髻上，就到「蠶房」裡。老通寶拿著秤桿，阿四拿了那揉碎的野花片兒和燈芯草碎末。四大娘揭開「部分」，就從阿四手裡拿過那野花碎片和燈芯草末子撒在「布子」上，又接過老通寶手裡的秤桿來，將「布子」挽在秤桿上，於是拔下髮髻上的鵝毛在「布子」上輕輕兒拂；野花片燈芯草末子，連同「烏娘」，都拂在那「蠶簞」裡了。一張，兩張，……都拂過了；最後一張是洋種，那就收在另一個「蠶簞」裡。末了，四大娘又拔下髮髻上那朵「蠶花」，跟鵝毛一塊插在「蠶簞」的邊兒上。

這是一個隆重的儀式！千百年相傳的儀式！那好比是誓師典禮，以後就要開始了一個月光景和惡劣的天氣和惡運以及和不知什麼的連日連夜無休息的大決戰！（269～270 頁）

這種儀式雖然帶些迷信色彩，卻把蠶農們在生產過程中的嚴肅認真的勞動態度形象地表現出來了。但是在舊社會蠶農們儘管這樣地辛勤勞作，結果

還是陷入窮愁困苦的絕境。因此老通寶的小兒子阿多永遠不相信靠一次蠶花好或是田裡熟，就可以還清債，贖回田地。他知道單靠勤儉工作，即使做到背脊折斷也是不能翻身的。這樣的覺醒，實際是對反動統治階級反抗意識的萌芽，也是革命思想的萌芽！

從《春蠶》的人物描寫中，我們可以體會兩點：

（一）人物的面貌鮮明，眉眼各有不同，性格各有差別。一方面使人看出在當時紅色政權影響下的農民內部思想意識的矛盾，如：

1. 通過老通寶那種「老糊塗的聽得帶一個『洋』字就好像見了七世冤家！」的性格，反映出農民大眾的反帝情緒，但同時也批判了由反帝而產生的盲目排外的心理，以及由反帝而產生的抗拒新事物的態度。

2. 通過養蠶過程的敘述，描寫了蠶農的生產熱情，但也用事實揭發了相信命運和迷信鬼神的虛妄。如大蒜頭儘管不大發綠芽，荷花儘管偷了老通寶家的「寶寶」，但結果春蠶仍然豐產，並未受絲毫影響。

另一方面也使人看出農民大眾與統治階級的矛盾。那就是《春蠶》中的人物形象體現出階級矛盾的尖銳化。如寫收蠶的時期一天一天逼近，「二三十戶人家的小村落突然呈現了一種大緊張、大決心、大奮鬥，同時又是大希望。人們似乎連肚子餓都忘記了；老通寶他們家東借一點，西賒一點，南瓜、芋艿之類也算一頓，居然也一天一天過著來。也不僅老通寶他們，村裡哪一家有兩三斗米放在家裡呀！去年秋收固然還好，可是地主、債主、正稅、雜捐，一層一層地剝削來，早就完了。現在他們唯一的指望就是春蠶，一切臨時借貸都是指明在這「春蠶收成」中償還。他們都懷著十分希望又十分恐懼的心情來準備這春蠶的大搏戰！」（267頁）

作者雖不直接把封建統治階級的人物形象搬到紙面上，然而通過這樣的關鍵性的敘述，就使讀者看出農民階級和統治階級之間的尖銳的對立。

（二）突出地表現新生的一代，老通寶的小兒子多多頭，說他力氣大、見識高、不迷信、樂觀地工作，但卻不相信單純勤勞生產能解決農民的翻身大事。我們從他身上看出潛在的革命力量。作者突出地寫他，不外通過他來教育農民克服保守思想、落後意識，從而領導農民和反動統治階級作鬥爭。因此，多多頭這個人物的性格，在《秋收》和《殘冬》裡，得到了繼續不斷的發展，使他成為當時農民自發的武裝鬥爭的領袖之一。

《秋收》

一、《秋收》——革命的暴風雨來臨前的閃電

　　《秋收》是茅盾表現第二次國內革命戰爭時期江南農民生活的二個連續性的短篇的第二篇。它仍然像《春蠶》一樣，通過老通寶一家人種田豐收但遭受穀賤傷農的慘局的故事，反映江南農民在春蠶的慘痛經驗後陷於飢餓的絕境，逼不得已對囤積居奇的奸商和爲富不仁的土豪，展開鬥爭，藉以度過青黃不接的一段時期，然後努力種田，希望一次豐收翻過身來。但結果呢，由於農民的辛勤勞作，倒的確是豐收了，可是，農民卻享受不到豐收的幸福，反動統治者通過奸商搗鬼，使米價慘跌，農民的幻想像肥皂泡一般地完全破滅；原已病弱的老通寶竟然一氣而死。他那臨終時的表情似乎覺悟到小兒子阿多領導農民吃大戶搶米囤的鬥爭是正確的。這是對於那些盲目強調傳統的「人窮志不窮」的人生觀，打算在反動派統治下做「正派」人的保守思想（其實是奴才）的深刻批判，也是對於那些單純強調安分守己，聽天由命，不起來和反動派作鬥爭的人的當頭棒喝！

　　這就是《秋收》的主題思想，比《春蠶》的主題思想更積極，更深入了一些。

　　首先它指出農民運動的戰鬥傳統和變革現實的積極意義：當時江南農民吃大戶、搶米囤的風潮，正當大革命失敗後四五年的光景。這時期有兩種反動「圍剿」：軍事「圍剿」與文化「圍剿」；也有兩種革命深入：農村革命深入與文化革命深入。江浙地區的農民鬥爭正是當時農村革命深入的一個側面，是與黨所領導的十年土地革命戰爭血肉相聯的。那時似乎有些農民認爲

當時的農村革命深入，有些像是太平天國革命的翻版，作者恐怕模糊了人們的認識，特把大革命的影響、黨的領導像一條紅線似的牽引下來。當老通寶從黃道士口中得知小兒子多多頭參如了吃大戶、搶米囤的行列，就認為那「小畜生」是「那『小長毛』冤鬼投胎」，要害他一家。而且在晚上想起來「冷汗直淋，全身發抖。天哪！多多頭的行徑活像個『長毛』呢！而且老通寶猛又記起四五年前鬧著什麼『打倒土豪劣紳』的時候，那多多頭不是常把家裡藏著的那把『長毛刀』拿出來玩麼？『長毛刀』！這是老通寶的祖父從『長毛營盤』逃走的時候帶出來的；而且也就是用這把刀殺了那巡路的『小長毛』！可是現在，那阿多頭和這刀就像夙世有緣似的！」作者寫出了父子兩代其所以存在著矛盾的歷史根源：老通寶是深受祖父的影響的，而阿多頭則是在大革命時代就已經萌芽的一棵革命的幼苗。儘管被比作「小長毛」投胎，但投胎再世的「長毛」，由於時間、條件的不同，已經與先前的「長毛」有根本性質的區別了。

作者不但使人們對當時農民運動的性質獲得正確的認識，而且進一步指出農民運動是社會發展過程中階級矛盾的產物，具有變革現實的革命意義：

> 到了太陽落山的時候，老通寶的兒子阿四回家了。他並沒有借到錢，但居然帶來了三斗米。
>
> 「吳老爺說沒有錢，面孔很難看。可是後來他發了善心，賒給我三斗米。他那米店裡囤著百幾十擔呢！怪不得鄉下人沒飯吃！今天我們賒了三斗，等到下半年田裡收起來，我們就要還他五斗糙米；這還是天大的情面！有錢人總是越拌越多！」
>
> 阿四陰沉地說著。（《茅盾短篇小說集》上冊，1980 年 4 月，人民文學出版社，第 289～290 頁。以下只注頁碼。）

農民沒有飯吃，或者只能吃令人噁心的南瓜糊，而鎮上的「老爺」們開的米店卻囤著百幾十擔米，這成什麼世界！他們的米哪裡來的，很顯然，賒三斗，還五斗，還不都是窮人的血汗麼？在如此尖銳的階級矛盾中，繼承了大革命的戰鬥傳統的農民，自然會起來作變革現實的鬥爭。茅盾說：「當時農村經濟的破產，掀起了農民暴動的浪潮。」這「浪潮」是必然會成為衝擊舊社會的洪流的。

其次是指出農民「暴動」是走向武裝鬥爭的前哨，是有組織有計劃的，而且是在克服內部矛盾的基礎上進行的。

……村裡「出去」的人們都回來了。……老通寶……在計算怎樣「教訓」那野馬似的多多頭，並且怎樣去準備那快就來到的「田裡生活」。在這時候，在這村裡，想到一個多月後的「田裡生活」的，恐怕就只有老通寶他一個！

然而多多頭並沒有回來。還有隔河對鄰的陸福慶也沒有回來。據說都留在楊家橋的農民家裡過夜，打算明天再幫著「搖船」到鴨嘴灘，然後聯合那三個村坊的農民一同到「鎮上」去。……（292～293頁）

可見當時的農民運動在一定程度上也是有領導、有組織、有計劃的。但是不是農民之間除了老通寶、黃道士之流反對這種「暴動」外，就沒有別的人反對了呢？還是有的：

……鍠鍠鍠！是鑼聲。

「誰家火起麼？」

老通寶一邊問，一邊就跑出去。可是到了稻場上，他就完全明白了……。楊家橋的人，男男女女，老太婆小孩子全有，烏黑黑的一簇，在稻場上走過。「出來！一塊兒去！」他們這樣亂哄哄地喊著。而且多多頭也在內！而且是他敲鑼！而且他猛的搶前一步，跳到老通寶身前來了！老通寶臉全紅了，眼裡冒出火來，劈面就罵道：

「畜生！殺頭胚！……」

「殺頭是一個死，沒有飯吃也是一個死！去罷！阿四呢？還有阿嫂？一伙兒全去！」

多多頭笑嘻嘻地回答。老通寶也沒聽清，掄起拳頭就打。阿四卻從旁邊鑽出來，攔在老子和兄弟中間，慌慌忙忙叫道：

「阿多弟！你聽我說。你也不要去了。昨天賒到三斗米。家裡有飯吃了！」

多多頭的濃眉毛一跳，臉色略變，還沒出聲，突然從他背後跳出一個人來，正是那陸福慶，一手推開了阿四，哈哈笑著大叫道：

「你家裡有三斗米麼？好啊！楊家橋的人都沒有吃早粥，大家來罷！」

什麼？「吃」到他家來了麼？阿四簡直不能相信自己的耳朵。

可是楊家橋的人發一聲喊，已經擁上來，已經闖進阿四家裡去了。老通寶就同心頭割去了塊肉似的，狂喊一聲，忽然眼前烏黑，腿發軟，就蹲在地下。阿四像瘋狗似的撲到陸福慶身上，夾脖子亂咬，帶哭的聲音哼哼唧唧罵著。陸福慶一面招架，一面急口喝道：

「你發昏麼？算什麼！──阿四哥！聽我講明白！呔！阿多！你看！」

突然阿四放開陸福慶，轉身揪住了多多頭，一邊打，一邊哭，一邊嚷。

「毒蛇也不吃窩邊草！你引人來吃自家了！你引人來吃自家了！」

阿多被他哥哥抱住了頭，只能荷荷地哼。陸福慶想扭開他們也不成功。老通寶坐在地上大罵。幸而來了陸福慶的妹子六寶，這才幫著拉開了阿四。

「你有門路，賒得到米，別人家沒有門路，可怎麼辦呢？你有米吃，就不去，人少了，事情弄不起來：怎麼辦呢？──嘿嘿！不是白吃你的！你也到鎮上去，也就分到米呀！」

多多頭喘著氣對他的哥哥說。阿四這時像一尊木偶似的蹲在地下出神，陸福慶一手捺著頸脖上的咬傷，一手拍著阿四的肩膀，也說道：

「大家講定了的！村坊裡誰有米，就先吃誰，吃光了同到鎮上去！阿四哥！怪不得我，大家講定了的！」

「長毛也不是這樣不講理的，沒有這樣蠻！」

老通寶到底也弄明白那是怎麼一回事，就輕聲兒罵著。……

這時候，楊家橋的人也從老通寶家裡回出來了，嚷嚷鬧鬧地捧著那兩個米甏。四大娘披散著頭髮，追在米甏後面，一邊哭，一邊叫：

「我們自家吃的！自家吃的！你們連自家吃的都要搶麼？強盜！殺胚！」

誰也不去理她。……六寶下死勁把四大娘拉開，吵架似的大聲喊著，想叫四大娘明白過來：

「有飯大家吃！你懂麼？有飯大家吃！誰叫你磕頭叫饒去賒米

來呀？你有地方賒，別人家沒有呀！別人都餓死，就讓你一家活麼？噓，噓！號天號地哭，像死了老公呀！大家吃了你的，回頭大家還是幫你要回來！哭什麼呀！」

蹲在那裡像一尊木偶的阿四這時忽然嘆一口氣，跑到他老婆身邊，好像勸慰又好像抱怨似的說道：

「都是你出的主意！現在落得一場空！有什麼法子？跟他們一伙兒去罷！天坍壓大家！」（295～297 頁）

結果四大娘夫婦想開了，也同著兩個村莊的人到鎮上去。這種統一的行動是在克服內部矛盾的基礎上完成的，這一個矛盾是個人主義與集體主義的矛盾——個體利益和集體利益的矛盾，也是眼前利益和長遠利益的矛盾。只有克服了農民內部的矛盾，才能統一認識，整齊步伐，與反動統治階級作不調和的鬥爭。

第三、指出農民運動的目的，不僅僅是消極的為了解決目前生活問題，而且是為了更積極的推動生產。我們看：

……「搶米囤」的行動繼續擴大，而且不復是白米人，而是五六百，上千了！而且不復限於就近的鄉鎮，卻是用了「遠征軍」的形式，向城市裡來了！

離開老通寶的村坊約有六十多里遠的一個繁盛的市鎮上就發生了飢餓的農民和軍警的衝突。……農民被捕了幾十。第二天，這市鎮就在數千憤怒農民的包圍中和鄰近各鎮失了聯絡。（299 頁）

克服了內部矛盾的有領導有組織的農民運動，聲勢是如此浩大，不得不使反動派暫時讓步：

這被圍的市鎮不得不首先開了那「方便之門」。這是簡單的三條：農民可以向米店賒米，到秋收的時候，一擔還一擔；當舖裡來一次免息放贖；鎮上的商會籌措一百五十擔米交給村長去分俵。紳商們很明白目前這時期只能堅守那「大事化為小事」的政策，而且一百五十擔米的損失又可以分攤到全鎮的居民身上。

同時，省政府的保安隊也開到交通樞紐的鄉鎮上保護治安了。保安隊與「方便之門」雙管齊下，居然那「搶米囤」的風潮漸漸平下去；這時已經是陰曆六月底，農事也迫近到眉毛梢了。（299～300 頁）

生活問題得到暫時的解決，風潮的目的基本上達到，農民大眾於是轉向生產。

> 老通寶一家總算仰仗那風潮，這一晌來天天是一頓飯，兩頓粥，而且除了風潮前阿四賒來的三斗米是冤枉債而外，竟也沒有添上什麼新債。但是現在又要種田了，阿四和四大娘覺得那就是強迫他們把債臺再增高。（300 頁）

在種田一事上，老通寶一家的意見是不統一的，阿四夫婦與老通寶是對立的：

> 「放屁！照你說，就不用種田了！不種田，吃什麼，用什麼，拿什麼來還債？」

> 老通寶跳著腳咆哮，手指頭戳到阿四的臉上。阿四苦著臉嘆氣。他知道老子的話不錯，他們只有在田裡打算半年的衣食，甚至還債；可是近年來的經驗又使他知道借了債來做本錢種田，簡直是替債主做牛馬——牛馬至少還能吃飽，他一家卻吃不飽。「還種什麼田！白忙！」——四大娘也時常這麼說。他們夫婦倆早就覺得多多頭所謂「鄉下人欠了債就算一世完了」這句話真不錯，然而除了種田有別的活路麼？因此他們夫婦倆最近的決議也不過是：「決不為了種田要本錢而再借債。」（300～301 頁）

而老通寶卻不管三七二十一，還是賒了一張豆餅回來，板起臉孔對兒子媳婦說：

> 「……什麼債，你們不要多問，你們只替我做！」（301 頁）

矛盾暫時消除了，江南肥沃的農村中開始了繁忙的生產活動——「才了蠶桑又插田」。

第四，最後指出舊社會的生產關係阻礙了生產力的發展。

在農民大眾的辛勤勞作下，與旱災作鬥爭，的確爭得了豐收：

> 接著是涼爽的秋風來了。四十多天的抗旱酷熱已成為過去的噩夢。村坊裡的人全有喜色。經驗告訴他們這收成不會壞。……老通寶更斷言「有四擔米的收成」，是一個大熟年！有時他小心地撫著那重甸甸下垂的稻穗，便幻想到也許竟有五擔的收成，而且粒粒穀都是那麼壯實！

> 同時他的心裡便打著算盤：少些說，是四擔半吧，他總共可以

收這麼四十擔；完了八八六擔四的租米，也剩三十來擔；十塊錢一擔，也有三百元，那不是他的債清了一大半？他覺得十塊錢一擔是最低的價格！

只要一次好收成，鄉下人就可以翻身，天老爺到底是生眼睛的！（307 頁）

但是忠誠老實的農民想得太天真了，反動派如果肯讓人民大眾通過勞動來翻身，那它就不反動了。試看，當農民快要豐收的時候，官僚資產階級卵翼下的資本家，也就開始了殘酷的搜括：

但是鎮上的商人卻也生著眼睛，他們的眼睛就只看見自己的利益，就只看見銅錢，稻還沒有收割，鎮上的米價就跌了！到鄉下人收穫他們幾個月辛苦的生產，把那粒粒壯實的穀打落到稻箭裡的時候，鎮上的米價飛快地跌到六元一擔！再到鄉下人不怕眼睛盲地礱穀的時候，鎮上的米價跌到一擔糙米只值四元！最後，鄉下人挑了糙米上市，就是三元一擔也不容易出脫！米店的老闆冷冷地看著哭喪著臉的鄉下人，愛理不理似的冷冷地說：

「這還是今天的盤子呀！明天還要跌！」

然而討債的人卻川流不絕地在村坊裡跑，洶洶然嚷著罵著。請他們收米吧？好的！糙米兩元九角，白米三元六角！

老通寶的幻想的肥皂泡整個兒爆破了！全村坊的農民哭著，嚷著，罵著。「還種什麼田！白辛苦了一陣子，還欠債！」——四大娘發瘋似的見到人就說這一句話。（307 頁）

我們讀了這一段話，不禁想起列寧所說的話：「俄國工人階級讀著列夫·托爾斯泰的藝術作品時，就更清楚認識了自己的敵人……。」（季摩菲耶夫：《文學概論》平明出版社，八十六頁）當時中國農民的敵人是誰？大之則是國民黨反動派，小之則是奸商和高利貸者。「列寧最重視作家的真實性，就是說，他對於客觀現實的忠實反映。他對作家提出的也便是這樣一個要求。『如果我們之間真是有一個偉大作家的話，』列寧關於列夫·托爾斯泰寫道：『那麼他應該在他的作品中反映出革命運動的即使是僅僅幾個重要的片斷。』他認為這種真實性（即是說生活反映的真實性）是評價作家的基本標準。」（同上引八十六～八十七頁）茅盾在這裡真實地反映了當時殘酷的現實，值得我們給予較高的評價。

　　事實教訓了農民，單靠勤儉生產是不能翻身的！老通寶到要斷氣時，才覺得小兒子阿多的言行是對的。老通寶的覺醒標誌著農民的覺悟提高了一步。國民黨反動派如此阻礙生產力的發展，不起來武裝鬥爭，勞動人民哪有日子過呀！因此，當殘冬到來的時候，農民對剝削階級的武裝鬥爭開始了，《秋收》便是革命的暴風雨來臨前的閃電。

　　如果說《春蠶》提出了矛盾——多多頭主張變革現實和老通寶堅持安於現實，那末《秋收》就解決了矛盾，統一了認識；「殘冬」便是正式與反動階級展開武裝鬥爭了。在這裡，我們看出茅盾作品中社會主義因素已佔了主導的地位，應引起我們特別的重視。

二、結構及情節的發展

（一）情節概述：

　　《秋收》的情節是通過三個大段來表現的：

　　第一段，寫遭受了春蠶的慘痛教訓後的老通寶，得知小兒子多多頭參加了「反亂」，想起來總是害怕。可分三層來說：

　　老通寶由於春蠶的慘痛結局所引起的一場病奪去了他的健康，家庭生活也陷於飢餓的絕境，靠南瓜糊充飢，大家都瘦成皮包骨頭；尤其是孫兒小寶聞到南瓜味道就噁心，希望吃大米飯和叔父阿多從鎮上帶回來的燒餅。但是他的父親阿四去鎮上借錢買米沒回，叔父阿多也有三天兩夜不曾回家。這是第一層意思；

　　老通寶在正午捧了碗南瓜到「廊簷口」，感到靜悄悄的，村莊像一座空山，覺得病後的世界變了。忽然看見小寶拿著一個燒餅從荷花家裡出來，不禁引起他複雜的心情：艷羨、仇恨、嫉妒。他說那是荷花做強盜搶來的，而小寶卻說荷花是好人。這是第二層意思；

　　老通寶正在生氣，忽然黃道士從對面走過來，告訴他「世界要反亂」，他的小兒子阿多也學別村鄉下人的榜樣，跟著村裡的人吃大戶、搶米囤去了。老通寶不禁驚喜交集：喜的是荷花家的燒餅果然來路「不正」，驚的是自己的兒子也幹那樣的事，世界當真變了，想起來總是害怕。這是第三層意思。

　　第二段，寫老通寶由反對多多頭的行為到驚訝於多多頭的行為所產生的結果，有六層意思：

　　下午阿四從鎮上吳老爺處賒了三斗米回家，老通寶覺得來歷不明，認為

做人要人窮志不窮。他打算拆掉豬棚賣給小陳老爺,四大娘覺得髒木頭值不
得幾個錢,小陳老爺不見得要。老通寶卻說他家和陳府三代的交情,不會不
要;賣得幾個錢,阿多就不必幹那犯「王法」的事。這是第一層意思;

村裡「出去」的人都回來了,但阿多和陸福慶卻沒有回來,正在聯合別
村的人打算第二天到「鎮上」去。全村坊的人興奮地議論這件事,大家認為
老通寶脾氣古怪,都不告訴他。他在吃晚飯的時候當著阿四夫婦的面罵起來:
「不回來倒乾淨!地痞胚子!我不認賬這個兒子!」這是第二層意思;

老通寶一夜睡不安穩,聽見阿四說夢話,小寶也在夢中發笑,不禁胡思
亂想:他想到家道衰落,又想到春蠶賠本,又想起代代「正派」卻出了阿多
頭這孽種,活像他祖父從「長毛營盤」逃走時用刀殺死的那個巡路的「小長
毛」投的胎。他愈想愈害怕,卻沒想到他痛恨阿多的時候,正是阿多和陸福
慶領導楊家橋二三十戶農民到自己村坊來了。這是第三層意思;

阿多領導楊家橋農民到了自己的村坊裡,阿四慌忙地告訴他昨天賒了三
斗米,家裡有飯吃,不必去了。陸福慶連忙號召農民把它拿出來充公煮粥吃;
阿四夫婦大吵大鬧,最後被說服,並且還一同參加了吃大戶的隊伍。這是第
四層意思;

老通寶和黃道士在忙亂中會面,一個說農民吃了自家賒來的三斗米,比
長毛還不講埋;一個說農民把他的老雄雞也殺掉吃了,真正豈有此理!他們
的談話,正反映了農民大眾破釜沉舟的決心。這是第五層意思;

全村的人安然回來,而且每人帶了五升米,使得老通寶十分驚奇,覺得
世界變了,多多頭他們也能耀武揚威。老通寶想來想去,老是想不通。這是
第六層意思。

第三段,寫老通寶的保守頑固的思想終於在醜惡的現實面前開始轉變,
也有六層意思:

農民「搶米囤」的風潮到處暴發,聲勢浩大。反動政府認為不可輕侮,
採取緩和政策:一面派保安隊保護「治安」,一面開「方便之門」——農民可
以向米店賒米,秋收時借多少還多少;當舖裡來一次免息放贖;鎮商會籌措
一百五十擔米交村長分俵。這樣一來,「搶米囤」的風潮逐漸平息,接著是農
民要分秧種田了。這是第一層意思;

在種田一事上,老通寶和阿四夫婦意見不一致:老通寶主張借債種田,
阿四夫婦則決定決不為了種田要本錢而再借債。他們相信多多頭所說的「鄉

下人欠了債就算一世完了」這句話真不錯，老通寶卻賭氣「不再管他們的賬」，但結果還是跑到鎮上請小陳老爺出面到豆餅行賒了一張豆餅回來，要兒子兒媳不要過問債務，只管替他做。這是第二層意思；

天氣乾旱，稻田要車水，老通寶家人手不夠，陸福慶和六寶兄妹也來幫忙。多多頭因為老通寶死也不要見他，很少回村裡，就是回來了也是幫別人家的忙；而阿四夫婦卻渴望多多頭來車水，說他比得上一條牛。老通寶看著稻田要乾死了，只得默認。可是已經太遲，河水乾得只剩河中心的一泓，任憑多多頭力大如牛，也車不起水來，如果再不下雨，老通寶的稻就此完了。這是第三層意思；

村中的人都商量租用鎮上的「洋水車」來救急，而老通寶一聽到「洋」字就不高興。他希望天老爺顯靈，於是跑到「財神堂」前磕了許多響頭，許了心願。他以為就是「洋水車」當真靈，也得等別人用過再說。

別家租用「洋水車」當真靈驗，老通寶懷疑那是泥鰍精吐唾沫，一下子就要收回去的。不過一切的狐疑始終敵不過那汪汪綠水的誘惑，老通寶決定請教「泥鰍精」。他借了八塊錢，車了一寸深的油綠綠的水。老通寶想到去年糙米也還賣到十一塊半錢一石，豐收的幻想又在他心裡復活。這是第四層意思；

水是有了，稻卻沒有活態。多多頭提議晚上用一點肥田粉，猛不防老通寶就像瘋老虎似的撲過來喊道：「毒藥！小長毛的冤鬼，殺胚！你要下毒藥麼？」於是當晚老通寶在田塍上看守，既怕那泥鰍精收回唾液，又怕阿四他們偷偷去下「毒藥」。然而一夜平安過去了，老通寶的稻子奄奄無生氣，他雖疑惑泥鰍精的唾液到底不行，然而別家的稻卻很青健。四大娘急得臉紅脖子粗，說「老糊塗斷送了一家的性命」。陸福慶勸老通寶用肥田粉試試看，或者還可補救。他在稻子的死活關頭，也只得默認。肥田粉撒下後，恰好接連兩天沒有毒太陽，稻又青健了。老通寶不肯承認是肥田粉的效力，但也不再說是毒藥了。這是第五層意思；

「穀賤傷農」——豐收時米價一再下跌，農民們的幻想的肥皂泡整個兒爆破了。全村坊的農民哭著，嚷著，罵著。春蠶的慘痛經驗造成了老通寶一場大病，現在秋收的慘痛經驗便斷送了他的命。當他斷氣的時候，已不能說話，明朗的眼睛看著多多頭，似乎說：「真想不到你是對的！真奇怪！」這是第六層意思。

（二）情節發展中的線索：

第一、二兩大段時間不到兩天，寫飢餓的農民展開吃大戶、搶米囤的鬥爭；第三段包括風潮的平息和種田破產的過程（分秧、車水、施肥、收穫、乃至破產）。在情節的發展中主要的一條線索是父子兩代對待階級鬥爭上的矛盾：作為父親的老通寶認為做人要「正派」，要安分守己，要靠農事來解決生活問題，不主張造反——「造反有好處，『長毛』應該老早就得了天下。」作為兒子的多多頭則認為如不「造反」，就是把背脊骨做斷，也不能翻身，大兒子阿四大婦基本上也同意多多頭的做法。這一條主線的發展依賴兩條副線進行：一條是體現個體利益必須服從整體利益、目前利益必須服從長遠利益的那個楊家橋農民把阿四賒來的三斗米吃光的場面，克服了阿四夫婦的個人打算，投入階級鬥爭的熱潮，最後勝利而歸。另一條是體現老通寶的保守頑固思想初步被克服的車水和施肥兩個場面，鐵的事實使老通寶低下頑固而保守的頭來。這兩條副線幫助主線的發展，通過秋收的慘痛經驗，老通寶臨終時才似乎覺得小兒子阿多的行為是正確的。

在情節的發展過程中，黃道士的出現是一個關鍵。老通寶對荷花家的燒餅的來歷表示懷疑，忽然聽得黃道士說村坊裡的人都吃大戶、搶米囤去了，一方面欣慰他自己猜中了荷花家的燒餅果然來路不正，另一方面加深老通寶對小兒子阿多的痛恨：「一向看得那小畜生做人之道不對，老早就疑心是那『小長毛』冤鬼投胎，要害我一家！現在果然做出來了！——他不回來便罷，回來時我活埋這小畜生！」父子兩代對待階級鬥爭的態度根本不同，更加鮮明了。由此推動情節的發展，到多多頭領導楊家橋農民吃掉自己家的三斗米以後，恰好黃道士的雄雞也被吃掉了，他又出現在老通寶面前，異口同聲罵農民不講理。殊不知正是這些「不講理」的農民在追求真理，在跟壓在他們自己頭上的反動派作鬥爭，而且耀武揚威地取得了勝利，使反動派不得不開方便之門，暫時緩和對農民的剝削，讓農民進行「才了蠶桑又插田」的生產鬥爭。因此，黃道士第一次的出現，使得父子兩代在階級鬥爭上的不同看法明確了，暴露了老通寶思想上的弱點；黃道士第二次的出現，更加使人認識到頑固、落後的農民意識是進行階級鬥爭的障礙，必須通過各種方式加以清除。

高爾基在談及情節時，把它叫做「人物的聯繫、衝突、同情、反感，一句話他們的相互關係，是某些個性生長和形成的歷史」。他指明了情節一方面

是展示個性及其品質的手段；另一方面，是一組能顯示人物的同情、反感及相互關係的具體事件。（參考季摩菲耶夫：《怎樣分析文學作品》第四十二頁）《秋收》的情節沿著一條主線兩條副線發展，使讀者看到老通寶性格的逐步轉化，多多頭性格的逐漸成長。的確，情節是人物的「相互關係，某些性格生長和形成的歷史」。

三、幾個特點

首先應該指出《秋收》和它的姊妹篇《春蠶》與《殘冬》出現了正面人物，而且作者站在無產階級立場歌頌了這些正面人物。像作為革命風潮的領導人之一的阿多，在大革命時代就曾玩弄武器，在《春蠶》裡就已露了頭角，到《秋收》中便以農民「暴動」的領袖的姿態出現了。另一個領導人陸福慶雖出場較少，描繪不多，但也能使讀者認識他是肯定的人物。此外像陸福慶的妹子六寶、李根生的老婆荷花、阿四夫婦、小寶等，雖然各個人所起的作用各有不同，雖然都存在著不同程度的缺點（像阿四夫婦），但在他們身上都可以找到農民階級的優秀品質和革命的潛在力量。就是老通寶這個人物，作者也使他在殘酷的現實中逐漸克服他思想中的弱點，結局雖然可憐，但也是一個值得同情的可愛的勤儉的農民。這是從個別人物看。再從作為農民的整體來看，他們在鬥爭中克服了個人主義，走向集體主義，也是值得我們注意的。

正面人物大量出現，而且加以大力描寫，標誌著茅盾創作思想的偉大發展，應該引起我們特別的注意。他在一九二七年九——十二月寫作的《幻滅》、《動搖》和《追求》等三部小說，雖有若干生活經驗作基礎，但卻沒有出現肯定的正面人物。（雖然有一個李克，但形象與性格並不鮮明突出。）是不是在一九二五——二七年間，他所接觸的各方面的生活中就沒有肯定的正面人物的典型存在呢？當然不是。原因之一，前面已經說過，是寫作《幻滅》等三部小說的時候，他的思想情緒是悲觀失望的；這樣的悲觀失望的情緒使他忽略了正面人物的存在和他們的必然的發展。後來他認識了這一缺點，而且為了補足這一缺點，就在一年多以後寫了《三人行》。寫這部小說時，作者的革命立場是堅定的，但因為缺乏實際生活經驗作基礎，使得這一作品的故事不現實，人物概念化。（參閱《茅盾選集》:《自序》）然而《三人行》儘管寫得不成功，而在茅盾創作發展過程中卻有過渡性的意義，那就是由作品中沒

有出現肯定的正面人物過渡到出現肯定的正面人物；由表現應該加以批判的小資產階級知識分子過渡到應該加以肯定的正面的工農勞苦大眾。只有這樣地從發展上看他的作品中的人物，才能認識這出現了而且歌頌了正面人物一點，是《秋收》等三篇作品的共同特點之一。

其次應該指出：《秋收》不但有生活經驗作基礎，而且寫出了現實在它的革命發展中的眞實面貌。茅盾自己說過：「徒有革命的立場而缺乏鬥爭的生活不能有成功的作品。」（《茅盾選集》：《自序》）這句話是因爲《三人行》寫得不大成功而說出來的。到了所謂「農村三部曲」的時候，作者是既有革命立場，又有了相當的鬥爭生活的經驗。這一生活經驗的積累，主要是由於他直接參加過大革命的鬥爭，其次是由於他生長於江南蠶絲產區，耳濡目染，觀察得深刻，認識得全面，因此，《秋收》等作品基本上克服了像《三人行》那種人物概念化的毛病，同時也寫出現實在革命發展過程中的眞實面影，不但使人看到當時的社會面貌，而且知道那個面貌向怎樣的方向推進。比如作者描寫農民鬧「風潮」，使得反動派採取雙管齊下的政策。一方面是地方上所謂「公正」紳商議定開「方便之門」，一方面是偽省政府派保安隊來保護「治安」。前者反映農村中的土豪劣紳吸取了大革命時代的慘痛教訓，農民雖然可恨，但「暴動」起來，卻是可怕的，是殺不完的，不得不採取把「大事化爲小事」的政策；後者反映國民黨反動派當時正走向法西斯化，扼殺民主精神，兩者一結合，變成軟硬兼施，使風潮漸漸平息下去。但階級矛盾是不可調和的，相反的，更尖銳化了。風潮的平息不是階級對立的消泯，而是階級鬥爭的起點。作者這樣地寫農民運動，既不誇大，也沒縮小，表現出在發展中的歷史的眞實：反動勢力在一天天地削弱，人民力量在一天天地生長。

第三應該指出的是人物性格的發展決定了情節的發展：情節的發生與發展，是由人物的性格決定的。比如老通寶是勤儉的，但也是迷信、保守、落後的。在《春蠶》中作者把他刻畫得活靈活現，到《秋收》時進一步發展了他的性格：

（一）他看見兒媳四大娘煮南瓜少加了水，就認爲是「浪費」。

（二）他看見孫子小寶吃荷花的燒餅，一方面艷羨，一方面妒嫉和仇視，要追究燒餅的來歷；後來聽到黃道士說村人都去「搶米囤」去了，才證實她家燒餅來歷果然「不正」。

（三）他在《春蠶》中宣傳荷花是「白虎星」，誰惹上她就要倒霉，後來

事實證明荷花既沒有衝尅他家的蠶花，同時在《秋收》中她還是一個好勞動力，幫人車水，得到豐收，他看了也就無話可說。他的迷信思想也就在現實面前碰了壁。

（四）他恨死了小兒子阿多，但車水時又需要他的勞動力，只得默認要他來車水。

（五）通過車水、施肥的場面，他的保守思想也就宣告破產。

（六）等到《秋收》絕望，他與兒子間的矛盾竟然消除了，沒有帶到棺材裡去。

從《春蠶》到《秋收》，使人看到老通寶性格發展的完整的過程。他的性格的發展也就決定了情節的發展。

最後應該指出的是幾種主要的表現手法。分析文藝作品，有的專門從思想內容出發，讀者看了他的分析，對作品本身的理解沒有什麼幫助。這樣的分析不免存在概念化的傾向。也有的專門研究藝術形式，不大接觸思想內容，使讀者記住不少有關表現技巧的術語，但對思想內容卻體會得不大完整。這樣的分析不免存在公式化的傾向。這兩種傾向都使作品的思想性與藝術性割裂開來。我們認為作品分析必須在分析思想內容的基礎上同時分析表現技巧，看作品的思想意義是通過那些手法表現出來的。茅盾說：「作品的藝術技巧不是和作品的思想內容分立的，而是從屬於內容，服務於內容的，作品的結構和人物的描寫，本身就是思想的表現。離開思想內容，只依靠技術，是不能表達什麼的。因此，我們必須堅決反對資產階級那種純技術觀點和形式主義。但是在另一方面，如果以為作品可以不要依靠一定的技術就能夠生動地表達出正確的思想內容，這好比只要有戰略思想而無需掌握作戰技術一樣，其結果無疑還是要打敗仗的。因此我們又必須同時堅決反對那種輕視技巧或否認技巧的錯誤傾向。」（見《新的現實和新的任務》）這段話把思想內容與藝術技巧的關係作了確切的說明。《秋收》的藝術技巧除了前面分析的結構以外，還有幾種主要的表現手法。

（一）暗示手法：作者通過農民的嘴用「長毛」來暗示農民起義，用「外出」來暗示暴動行為，用「搖船」來暗示領導作用。但並沒有模糊我們對當時農民運動的認識，以為當時的農民運動和太平天國革命運動的性質完全相同。作者用「長毛」來作暗示，只是反映某些保守、落後的農民對農民運動的不正確的看法。作者暗示著當時的農民運動繼承了大革命的戰鬥傳統，是

白色恐怖中的「小紅點」，雖然僅僅是星星之火，但終是可以燎原的。

（二）側面的手法：作者只告訴我們當時吃大戶、搶米囤的風潮到處勃發，卻沒有正面告訴我們如何「吃」、如何「搶」的生動的場面，但是我們仍然可以從側面看出來。比如通過楊家橋農民拿阿四賒來的三斗米煮粥吃，就可以體會出「吃大戶」的場面如何；通過每人拿五升米回家，也可以體會出「搶米囤」的場面如何。這些都是使讀者通過想像來彌補正面刻畫不足的地方。如果連這些也沒有，那這作品的形象便無從捉摸了。

（三）陪襯的手法：在描寫人物上作者使用陪襯的手法——以陸福慶陪襯多多頭，阿四陪襯四大娘，荷花陪襯六寶，黃道士陪襯老通寶。比如黃道士是一個「包打聽」。在《春蠶》中，說桑葉要漲價的是他，說無錫腳下的絲廠照常收繭的也是他。在《秋收》中，說多多頭參加搶米囤的又是他。而老通寶呢，卻是一個努力爭取做「正派」人的人，每次見到黃道士思想上總有一次波動。黃道士可以說是推動老通寶性格發展的一個人物。我前面說黃道士的出現有關鍵性的意義，原因也就在此。如果沒有黃道士作陪襯，老通寶的性格就會不鮮明，而且也不能充分的發展。特別是當阿四賒來的三斗米被吃光之後，老通寶氣得「沿著那小灘，從束頭跑到西頭」，「非要找一個人談一下不可」的時候，「他看見隔河也有一個人發瘋似的迎面跑來」，「他看明白那人正是黃道士的時候，他就覺得心口一鬆」，知己相逢，非常投機。老通寶家的米被吃光了，黃道士家的雄雞被殺掉了，都憋著一肚子悶氣，正好互相發泄一通。他們都說農民「豈有此理」，而不認識農民正在追求真理！「怪物」烘托「頑固」，性格更突出、更形象了。

（四）呼應手法：《秋收》的結尾正是呼應《春蠶》的結尾，都是慘痛的教訓。這種慘痛的教訓，在半封建半殖民地的經濟基礎上，有它的必然性，不是農民的主觀努力所能改變的。江南農村的命根子，不是春天的蠶，就是秋天的米。春蠶的美夢破滅於前，秋收的幻想絕望於後，這豈是偶然的現象？這裡充分地表明了：在內外反動派壓迫與剝削下的廣大農民面前，擺著兩條道路——不是被逼上吊，就是「逼上梁山」。當時江南的農民，由於中國共產黨所領導的「農村革命深入」的影響，走上了革命的道路。因此，這一個呼應逼出了《殘冬》中武裝鬥爭的場面。

《殘冬》

一、《殘冬》——農民大衆自發的武裝鬥爭的開始

　　《秋收》中所表現的吃大戶、搶米囤的鬥爭雖然全體農民都參加了，但他們的出發點，多半是爲了解決目前的生活問題，很少想到把那樣的風潮發展成爲自覺的階級鬥爭。因此，許多農民只要暫時有了一碗飯吃，就不去考慮如何使他們自己永遠有飯吃。他們其所以這樣，原因是中了封建地主階級所散播的宿命論思想的毒害：「命裡有來終須有，命裡無來莫強求」，致使他們認識不到自己身上就潛在著使自己翻過身來的一股力量，因此，到了《殘冬》裡，首先展開在讀者眼前的還是一幅悲慘的以張剝皮爲代表的地主階級壓迫農民的「歲寒飢民」圖。這樣的圖景在當時農村革命深入的時候，是不容許它長久映在人民的眼前的。而如何轉變這一幅圖景的顏色，卻是有良心的中國人、特別是負有宣傳教育責任的革命作家所考慮的一個中心問題。當時的紅色政權是存在的，而且在壯大著。但是由於白色恐怖的隔絕，飢寒交迫的江南農民得不到黨的直接的領導，只能受些間接的鼓舞。作者掌握了這一情況，以爲最嚴重的問題是如何啓發江南農民階級覺悟的問題。雖然在《春蠶》和《秋收》中改變了某些農民的保守頑固觀點，而作爲封建主義的支柱之一的宿命論觀點和迷信觀點卻深入人心，牢不可破。不把農民從宿命論思想的濃霧中解放出來，農民就會永遠看不清自己的力量和自己的前途。因此，作者一方面暴露地主、官僚的醜惡本質，控訴他們陷害農民於悲慘的境地；而另一方面有力地剝落所謂「眞命天子」的謠傳的外殼（農民們由於一時還缺乏正確的領導，只好信仰迷信，發洩他們對現實社會的不滿情緒，寄

希望於所謂「眞命天子」，希望改朝換代，使他們得些好處。），揭露迷信的眞相和反動武裝的薄弱，暗示農民運動的方向——從宿命論思想解放出來走向堅決的武裝反抗，認清促使改朝換代的「眞命天子」，不存在於虛無縹緲的幻想之中，而存在於農民大眾自己的身上。自己的力量就是決定自己的命運的所謂「眞命天子」的化身。「冬天已經來了，春天還會遠嗎」？這就是《殘冬》的主題思想。這裡有幾點值得注意：

首先告訴我們由於地主階級對農民進行殘酷的剝削和迫害，農民對地主階級的本質是看得很清楚的。試看農民居住的村莊是一個什麼景象吧：

> 連刮了幾陣西北風，村裡的樹枝都變成光胳膊。小河邊的蓑草也由金黃轉成灰黃，有幾處焦黑的一大塊，那是頑童放的野火。

> 太陽好的日子，偶然也有一隻瘦狗躺在稻場上；偶然也有一二個村裡人，還穿著破夾襖，拱起了肩頭，蹲在太陽底下捉虱子。要是陰天，西北風吹得那些樹枝叉叉地響，彤雲像快馬似的跑過天空，稻場上就沒有活東西的影蹤了。全個村莊就同死了的一樣，全個村莊，一望只是死樣的灰白。（《茅盾短篇小說集》上冊，1980 年4 月，人民文學出版社，第 309 頁。以下只注頁碼）

這個荒涼的景象，就是地主階級洗劫農民的形象性的證明。但是地主階級那方面怎麼樣呢？

> 只有村北那個張家墳園獨自蔥蘢翠綠。這是鎮上張財主的祖墳，松柏又多又大。

> 這又是村裡人的剋星。因爲偶爾那墳上的松樹少了一棵——有些客籍人常到各處墳園去偷樹，張財主就要村裡人賠償。（309 頁）

活的農民，飢寒交迫，死氣沉沉；而死的墳園，卻松柏長青，生氣勃勃。兩者的關係，顯然是「生氣勃勃」的墳園建築在「死氣沉沉」的農民身上。這種情況正如一首民歌所說的：

> 集鎮觀（代表統治階級意識的道士廟——引者），
> 好地方，
> 松柏長在石板上。
> 揚開石板看，
> 長在窮人脊背上！（見詩選《東方紅》）

村莊和墳園的對照，把農村階級關係的對立形象化地表現出來，洋溢著

強烈的階級仇恨。地主階級儘管威風——別人砍了他墳園裡的一棵松樹，就要村裡人賠償，但農民也不是真正愚昧的，也就從這種淫威裡認識了他們的本質：

> 荷花在鎮上做過丫頭，知道張財主的底細，悄悄地對四大娘說道：
>
> 「張剝皮自己才是賊呢！他坐地分贓。」
>
> 「哦！——」
>
> 「販私鹽的，販鴉片的，他全有來往！去年不是到了一夥偷牛賊麼？專偷客民的牛，也偷到鎮上的粉坊裡；張剝皮他——就是窩家！」
>
> 「難道官府不曉得麼？」
>
> 「哦！局長麼？局長自己也通強盜！」（311 頁）

從荷花的話裡，使我們看出反動派內部的腐朽、醜惡本質，也體會出人民對封建地主和反動官僚相結合的反動政權的潛在的反抗意識。在這種潛在的反抗意識指引之下，像多多頭那樣覺悟較高的農民自然得出「規規矩矩做人就活不了命」、「不錯，世界要反亂了」的結論。

其次告訴我們被壓迫的農民儘管意識到「活不了命，就要造反」；但是誰來「造反」？依靠什麼力量來「造反」？大多數的農民足沒有意識到的。他們的神智被宿命論觀點和迷信觀點蒙蔽著，看不清自己，只有等待第三者來解救他們。這第三者又不是什麼現實的東西，而是子虛烏有的所謂「真命天子」。同時，他們的想法也不是長遠的、徹底的，只是希望「真命天子」出來後「三年不用完租」之類。這種不長遠、不徹底的想法對革命是不利的，充分反映出宿命觀點和迷信觀點對農民毒害之深！但是我們也必須肯定一點，即在當時具體的歷史條件下，農民不滿現狀，要求「改朝換代」，變革現實的主觀意圖，客觀上也造成人民對反動政權的離心力，仍有一定程度的積極意義。比如農民問黃道士「真命天子」幾時來，他說：等張家墳園的松樹都砍光了的時候就來了。於是農民都關心那松樹被砍的情況。當傳說七家浜出了「真命天子」的時候，荷花向著一團青綠的張家墳園說，這幾天裡松樹砍去了三棵。這種期待改變現狀的迫切心情，正是農民們仇恨舊社會的思想情況的真實反映。又如農民們當意識到「真命天子」出現時會殺人流血，他們為了免除殺戮之禍，都寄希望於黃道士的三個草人，對於住在村外三里遠的土

地廟裡的什麼「三甲聯合隊」的三條槍卻加以鄙視，而且將保衛團捐轉送給黃道士的草人。這雖表現農民的無知，卻也是對反動武裝的無能的一個絕大的諷刺。正如荃麟等同志所說：「作者在這裡有深深的悲痛，也有深深的憤怒。」（《文學作品選讀》下冊四十七頁）

第三、宿命論觀點和迷信觀點雖然能傳播對舊社會的潛在的反抗意識，能起一些「動搖人心」的作用，但究竟是農民落後意識的具體表現，與無產階級的世界觀是絕對違背的；同時，它基本上是被反動統治階級所傳播和利用的。比如「三甲隊」取締「眞命天子」，爲的是謠言影響了保衛團捐，影響了他們借「保衛」而進行的剝削工作。試看當他們把所謂「眞命天子」捉來後，知道得獎無望，便想通過黃道士來騙取人民的金錢。幸而惡毒的計劃還沒實現，作爲反動武裝的「三甲隊」便被以多多頭、陸福慶、李老虎爲首的農民隊伍解除了武裝，並解放了那個連自己也莫明其妙的「眞命天子」。而且多多頭最後還對他說：「哈哈！你就是什麼眞命天子麼？滾你的吧！」

這是對封建迷信的絕大的嘲笑，也是對農民寄希望於「眞命天子」的宿命論思想的有力的鞭撻！只有用這種無可爭辯的事實才能徹底消除迷信和謠言在人民中間的市場，才能使人們認清自己的力量和自己的前途。爲了使大家都能建設一個溫暖的幸福的家，就應毫不可惜，毫不留戀個人的破落的家，堅決克服守株待兔式的等待主義，主動地走上鬥爭的崗位。荃麟同志說：「這一句響亮而有力的話（即「你就是什麼眞命天子麼？滾你的吧！」——引者）是宣告了農民對宿命主義的告別。」（出處同上）農民只有從宿命論裡解放出來，才能認清自己正是決定自己的命運和前途的「眞命天子」！

二、結構及情節的發展

（一）情節概述：《殘冬》的情節是通過四個大段來表現的。

第一段，寫封建主義的山頭壓在農民頭上，農民希望變革現實；但爲宿命論思想支配的農民，對變革現實的看法，是不徹底的，只是希望「改朝換代」，希望「眞命天子」出現。這一段包含三層意思：

農村破產後，村莊人煙稀少，死寂沉沉；而地主張剝皮的祖墳張家墳園卻松柏長青，生氣勃勃，少了一根松樹，也要村裡人賠償。住活人的村莊有死氣，埋死人的墳園有生氣，這一個強烈對比，象徵階級矛盾的尖銳化。這是第一層意思。

　　村裡人發現張家墳園少了一棵松樹，大家商量對策：有的人主張趕快通知張財主；荷花的丈夫李根生則主張不用通知，走著瞧；趙阿大主張到鄰近那班種「蕩田」的客籍人家裡取贓，但多多頭反對替張財主捉人搜贓。爲了地主墳園少了一棵松樹，就鬧得村莊極大的不安，引起農民複雜的思想顧慮，充分表明地主階級如何殘酷地壓迫農民。雖然有多多頭那樣的農民表示不屈服，但多數農民仍然受宿命論思想的支配，希望能夠暫時調和階級矛盾。這是第二層意思。

　　通過荷花和四大娘的談話，揭露封建地主與反動官僚本質上便是盜賊。在盜賊統治下面，規規矩矩做人就活不了，都希望變革現實，「改朝換代」，有「眞命天子」出世。但她們倆爲了「眞命天子」是否已經出世的問題，爭吵起來。荷花說西天有一顆八角紅星，是「眞命天子」的本命星；四大娘卻說那是反王，批評荷花不懂，而且又罵荷花是「白虎星」。荷花咬牙切齒，比挨打還痛，加以四大娘那方面，參加了一個六寶，使荷花更想著如何出這一口氣。荷花心裡正在躊躇，剛好看見黃道士從東邊走來，她改換了主意。這是第三層意思。

　　第二段，寫荒年人心殷殷望治，謠言和迷信在老百姓中有了市場。這一段包含三層意思：

　　用插敘的方法，概述黃道士的生平：他本來也是種田的，曾被反動派拉過一次伕，回來時已經是舊曆除夕，吃了年夜飯，老婆便死了。從此，光棍一條，賣了田地，種點菜到鎮上去賣，賣了錢就喝酒，並且聽測字的老姜講「新聞」。由於在鎮上混久了，嘴裡常有些鎮上人的「口頭禪」，又像念經，又像背書，村人聽不懂，也不願聽，就把他看成「怪東西」。

　　飢荒年頭，黃道士賣菜的錢不夠飽肚子，戒了酒，逢人便說：世界要反亂了，東北方出了「眞命天子」。有人看見他躲在破屋子裡，屋子裡供著三個小草人，他在那裡拜四方，村人說他著了「鬼迷」。追根究底問他時，他卻躲躲閃閃。這是第一層意思。

　　荷花憋了一肚皮氣，見黃道士來了，馬上請他評理，說四大娘講那顆紅星是反王「眞是熱昏」！黃道士就胡謅一段話，告訴四大娘「眞命天子」出世了：「南京腳下有一座山，山邊有一個開豆腐店的老頭子，……天天……有人敲店板，問那老頭子：『天亮了沒有哪？天亮了沒有哪？』……老頭子就回答『沒有！』他不知道這問的人就是『眞命天子』！」六寶追問「要是回答

他『天亮了』就怎樣？」黃道士正在「那就，那就……」地支支吾吾，荷花馬上說，「那就是我們窮人翻身。」黃道士心裡感激荷花，而且說出了「眞命天子」「總有點好處落在我們頭上，比方說，三年不用完租」。四大娘就說：「老頭子早點回答『天亮了』，多麼好呢！」黃道士說：「哪裡成？……天機不可洩漏！」而且對六寶說：「回答了『天亮』就怎麼樣麼？……那天，天兵天將下來，幫著『眞命天子』打天下！」四大娘問他，「你怎麼知道那敲門問『天亮』的就是『眞命天子』？他是個怎麼樣兒？」黃道士很不耐煩，說豆腐店老頭總有點來歷，敲門的一定是「眞命天子」。說時板著臉孔，瞪著眼睛，神氣很可怕，聽的人毛骨悚然，就好像聽得那篤篤的叩門聲。總之，是黃道士乘機造謠，迎合老百姓殷殷望治的心理，使她們捉摸想像中的「眞命天子」，做他進行敲詐的張本。這是第二層意思。

既然黃道士肯定「眞命天子」已經出現，大家就問他的草人的用意何在。黃道士說，「哪一方出『眞命天子』，哪一方就有血光！」四大娘曉得所謂「血光」就是死了許多人，出「眞命天子」的地方不能沒有代價。黃道士接著說：「這裡，這裡，也是血光，半年吧，一年吧，你們都要做刀下的鬼，村坊要燒白！」四大娘說：「沒有救星了麼？」黃道士覺得騙人的機會成熟，就說：「我叫三個草人去頂刀頭子！……把你的時辰八字寫來外加五百個錢，草人就替了你的災難……」荷花問：「『眞命天子』幾時來？」黃道士說：「幾時來麼？等那邊張家墳園的松樹都砍光了，那時就來！」於是大家的眼睛閃著恐懼和希望的光，對黃道士的胡說，就不知不覺發生了多少信仰。這就是說被宿命論支配的農民希望，「改朝換代」時能免除災難。這是第三層意思。

第三段：寫飢荒時候，阿四夫婦商量出路問題：阿四還想種田，岳父張財發卻勸四大娘去做女工，但是阿四如果要種田，又少不了四大娘那雙手。多多頭卻主張他倆全到鎮上去「吃人家飯」，租田來種，做斷了脊梁骨還要餓肚子。但阿四夫婦捨不得拆散一個家，猶豫不決。多多頭則認為亂世年成，餓死的人家上千上萬，死一個人好比一條狗，拆散一下家不算什麼。阿四夫婦雖然覺得多多頭的話揭露了他們內心的秘密，但就是難下決心。四大娘在悲泣中仍然想著什麼時候「眞命天子」才出現，黃道士的三個草人靈不靈。這就是在宿命論思想支配下的人們的心理矛盾：又想活下去，又不願拆散妨礙活下去的那個淒涼的家。這樣一來使迷信和謠言更有了市場。

　　第四段，寫以多多頭爲首的農民解除反動派的武裝，戳穿所謂「眞命天子」的眞相。包含三層意思：

　　飢荒時候，蠶農忍痛挖掘桑樹根來充飢。有些青年男女像多多頭、李老虎、陸福慶和他的妹子六寶都離開了村子，不知去向。而一般老百姓卻相信黃道士的一派胡言，都設法積攢五百個錢把自己的「八字」掛在草人身上，希望「眞命天子」出現時，草人能代替自己去頂刀頭子，藉以免除災難。這是第一層意思。

　　村裡的趙阿大傳說就在七家浜地方出了「眞命天子」，村坊快要在「血光」裡了。而且荷花說這幾天張剝皮的松樹被砍去三棵，眞的，「眞命天子」要出世了。於是黃道士生意興隆，化了五百文的人不覺鬆了一口氣，那些沒有花錢掛紙條的人，像趙阿大自己，也寧願把送給反動武裝的保衛團捐移到黃道士的草人身上，不相信「三甲隊」那三條槍有多少力量。這個把保衛團捐轉送給黃道士的草人的消息被「三甲隊」知道了，「三甲隊」就把七家浜那個十一二歲、拖著鼻涕的傳說中的「眞命天子」捉到土地廟來了。這是第二層意思。

　　「三甲隊」捉到所謂「眞命天子」後，隊長以爲破了一件案子，希望得到獎賞。但值星官告訴他，基幹隊的棉軍衣都沒有著落，哪裡談得上獎賞。於是他們異想天開，想把黃道士捉來，利用他來騙取村上有錢人家的錢。正要逼迫那個所謂「眞命天子」的小孩說出村裡誰有錢時，他們的可憐的反動武裝被農民的革命隊伍多多頭、李老虎、陸福慶等解除了。多多頭揪斷了那「眞命天子」身上的鐵鏈，孩子被嚇昏了，牙齒抖得格格地響，甦醒過來，馬上就哭。多多頭在洋油燈下，笑著說：「哈哈！你就是什麼眞命天子麼？滾你的吧！」於是把那孩子給放回去了。這是第三層意思。

　　（二）情節發展中的線索：

　　從情節的發展中，看出當時江南的農民受地主階級殘酷的剝削和壓迫，多數農民因家庭包袱重，不敢與封建地主作正面的鬥爭，憑空希望「眞命天子」出現，雖然反映了對現實的不滿情緒，卻於實際沒有補益。但少數覺悟較高的農民，卻在破除迷信，反對宿命論的基礎上，跟地主階級進行了自發的武裝鬥爭。因此，多數農民由宿命論思想而產生的保守觀點和僥倖心理，與少數覺悟較高的農民對地主階級進行鬥爭的主動性、積極性間的矛盾的發生、發展和解決的過程，是《殘冬》情節發展的一條線索。這條線索貫串著

「某些個性（如比多多頭——引者）生長和形成的歷史」。由此可知：只有農民內部的矛盾解決了，農民階級對地主階級的鬥爭才能進行得堅決而徹底。

三、幾個特點

（一）「真實」是現實主義藝術的生命，是評價作家的基本標準。斯大林曾經不止一次地教導作家寫出生活本質的真實來。《殘冬》一如《春蠶》和《秋收》一樣，洋溢著舊社會實際生活的氣息，展現著一幅農村破產、農民不甘飢寒而死，終於走向自發性的武裝鬥爭的畫圖，「反映出革命運動的即使是僅僅幾個重要的片斷」。它使人對情節的發展感到自然、親切而生動，對當時的現實感到悲痛、憤怒。同時，又因這種令人悲痛憤怒的現實，已成為歷史上的陳跡，一去不復再返，又令人感到興奮，愉快而幸福。

（二）反映的生活既是從實際出發，不是從概念出發，那麼在實際生活中活動著的人物也自然是活生生的真實的。我們掩卷回憶，每一個人物的形象和性格就如在目前：有意志堅定、生性樂觀、精神愉快，看穿反動派的醜惡本質的多多頭；有忠厚、老實的阿四；有精明、幹練而又有些相信命運、捨不得拆散家庭的四大娘；有不大喜歡說話，專靠運氣辦事的李根生；有從丫頭出身、潑辣大膽、不甘寂寞、堅決反對別人污蔑她而又敢揭露反動派的本質的荷花；有慣於嫉妒、覺悟較高、首先參加農民運動的農村新女性六寶；也有比較落後，滿口「口頭禪」，信口胡說的黃道士；也有害怕地主，散播謠言的趙阿大。各個人物的性格不同，卻各自代表了農民性格的一面——進步的、中庸的、落後的，使得這篇小說人物雖不多，卻顯示著農村生活的無限寬廣，內容豐富，關係複雜。情節的發展，波瀾起伏。如果結合《春蠶》和《秋收》來看，更使人感到多多頭、四大娘、荷花……等人物性格突出，得到了合情合理的發展。特別是多多頭，他那堅定的性格，勇敢的行為，敵我分明的立場，還值得今天的青年們學習。

（三）在實際生活中活動的真實的人自然說著真實的話，因此，《殘冬》在語言運用上也一如《春蠶》和《秋收》有一些特點值得指出：

首先是語言能表現人物的個性並能適應人物性格的發展：比如多多頭看穿了反動統治階級的盜賊本質，告訴他嫂嫂這年頭規規矩矩做人就活不了；當哥嫂商量在飢荒年頭怎麼辦的時候，多多頭就乾脆告訴阿四：租田來種，做斷了脊梁骨也還要餓肚子，因此主張他們都離家「吃人家飯」去。但是四

大娘害怕把一家人拆散，猶豫不決，多多頭就說：「亂世年成……拆散算得什麼！……死一個人好比一條狗……」他的話好像一把刀戳穿了哥嫂的心。四大娘雖然沒有聽多多頭的話，而多多頭自己卻堅決地走上了反抗地主階級的戰線上去了，跟他一向說的話不僅相符合，而且做到了言行一致。他的語言充分表現了他的個性與他的性格的發展。

不僅多多頭的語言如此，即使是荷花與四大娘爭吵時的語言，也適應她們的性格的發展；如果結合《春蠶》和《秋收》來看，那就更了然啦！

其次是人物的對話和作者的敘述基本上都是「口語化」的。雖然還不能百分之百的體現農民的思想感情，但已嗅不到知識分子的書卷氣。比起五四時代的作品對話基本上是口語，而敘述卻基本上是歐化或者「學生腔」來，是一個很大的進步。這一個進步是過渡到文學為人民服務為工農兵服務的橋樑，具有劃時代的歷史意義。茅盾說：

> 文學作品的語言應當是形象化的，富有表現力的，準確的和精煉的，然後可以傳達作者所欲傳達的思想情緒，然後可以構成鮮明的形象。要表達一定的思想情緒，就必須用字正確，造句合法（語法），必須選擇適當的字，運用適當的句子。「語彙」貧乏，句法缺少變化，就會使得作品呆板枯燥，沒有吸引力。反之，堆砌浮詞，無原則地造作古怪的句法，就會使得作品拖沓、蕪雜、生硬，使人不能卒讀。我們不能不承認，這兩種毛病是同樣普遍地存在的。

（《新的現實和新的任務》）

茅盾的「農村三部曲」的語言其所以沒有這「兩種毛病」，是因為它們的語言基本性格化並且相當口語化了。

（四）通過對照的表現手法，指出正反力量的消長和農民階級勝利的前途。

首先通過村莊的死氣沉沉和墳園的生氣勃勃這一強烈的對照，指出反動勢力雖然強大，而農民卻也看穿了反動派跟匪盜一氣的醜惡本質，覺悟到規規矩矩做人是活不下去的了。這就是說正面力量在反動勢力迫害之下開始萌芽，人民已不完全是馴服的羔羊了。

其次由於農民渴望變革現狀，由相信反動派的武裝──「三甲隊」的三條槍到相信黃道士的三個草人，把保衛團捐移作救命錢。這一個對照，也深刻暗示反動勢力在人民中失去威信，開始走向削弱、崩潰，給正面的新生力

量創造了生長和壯大的條件。

最後通過武器掌握在反動派手裡和掌握在人民自己手裡的不同作用的對照，指出階級鬥爭勝敗的趨向。當武器掌握在反動統治階級手裡的時候，唯恐謠言煽惑人心，影響稅收，動搖反動政權的基礎，就把謠傳中的「眞命天子」捉來；而捉來之後，又想利用他來做工具，想把他和封建迷信相結合，轉而向人民進行更殘酷的剝削，使人民永遠陷入迷信和宿命論思想中，乖乖地做反動統治階級的奴隸或牛馬。但當反動派的武裝被農民群眾解除，武器掌握到人民自己手裡的時候，情形便完全兩樣了，不但是消極的把那個所謂「眞命天子」釋放，而且通過對他的釋放，積極地向農民進行了一次階級教育，讓人民深切認識大家所殷切期待的「眞命天子」，只不過是一個拖著鼻涕的十一二歲的小孩子，應該猛省：這是完全受了封建迷信和宿命觀點的愚弄和欺騙。唯有出自本身的力量才是解除反動武裝、變革現實的「眞命天子」。

（五）在結構方面的一個顯著的特點也是以對照的描寫開始和以對照的描寫結束。開端時的對照，農民處在被迫害者的地位，使讀者感到擔心；結尾時的對照，農民處在勝利者的地位，使讀者感到痛快。而這前後兩種對照的內在的聯繫卻是階級矛盾的發生和解決。雖然還不能作永久性的解決，卻指出了一個解決階級矛盾的方向──跟反動統治階級作不調和的鬥爭。

由最後兩個特點看來，《殘冬》雖然寫了近五十年，但它卻教導我們「知道什麼是正在產生的、新的、前進的、不可阻撓的力量；什麼是垂死的、舊的、腐朽的力量，從而來促進新生力量的加速生長和舊的腐朽的力量的加速死亡。」（茅盾：《新的現實和新的任務》）這也是茅盾創作中社會主義因素占據支配地位的具體表現。

《兒子開會去了》

一、結構、情節和它的特點

　　《兒子開會去了》是茅盾於一九三六年六月在上海寫的一個短篇，從側面反映了「一‧二九」「一二‧一六」學生運動以後在全國範圍內掀起的反帝反封建的愛國運動的浪潮。它的結構是通過六個段落表現的：

　　第一段，(「父親把原稿紙攤平……就走下樓去。」)寫一個十二三歲的小學生阿向徵得正在樓上寫文章的父親的同意：為了紀念「五卅」十一週年，跟同學們一塊到市商會去開會。

　　當然，父親對於只有十二三歲的兒子要去參加社會活動，並不是直截了當就予以同意的，而是首先記起妻子昨天告訴他的話，說兒子阿向近來常常和同學們出去走，甚至走到來回足有二十里路遠的文廟公園去，這樣小的年紀是要走傷身體的。父親想到這裡，雖然明白「今天是五月三十日」，但覺得他的兒子還沒有到參加什麼「運動」的時候，自然有不讓兒子去開會的意思。可是聰明的兒子識破了父親的心靈的機密，「先發制人」地說服父親：首先告訴父親不是他一個人去，而是有同班的三個同學去，還有「先生」另外走；其次告訴父親，不會迷路的，因為同路的人認識道路。於是父親的顧慮消除了，不但同意兒子去開會，而且決定給他車錢，免得他走傷身體，好使做母親的不致過於擔心。

　　由此看來，父親同意兒子去開會，是經過仔細的考慮的，父親是一個細心的人。兒子解答父親的疑問，也是很周密的，他是一個機靈的孩子。

　　第二段，(「兒子坐在小藤椅裡……便到廚房裡去了。」)寫當年的學生愛

國運動是有組織、有領導的，不過也是有危險的。但兒子以俏皮的言語和堅決的態度澄清了父母對他的顧慮。

我們看阿向這孩子是多麼聰明，他先上樓取得爸爸的同意，然後下樓告訴媽媽，媽媽認為既然父親都同意了，自然也同意。同時，阿向這孩子年紀雖小，意志卻是非常堅決的。「快點炒蛋炒飯吧，十二點鐘我要和他們會齊的。」從這句話的語氣看，同去開會的人當然不止三個。他之所以只說三個人同去，是為了減少父母的顧慮，表示今天去開會，只是兩三個人同去走走，沒有什麼了不起，用不著擔心。於是父母的顧慮被沖淡了。

我們必須注意一點：通過阿向和父母的談話，看出當時愛國運動的發動者、組織者和領導者，不是國民黨控制下的學校，當時一般的學校頂多默認學生們參加。「並沒正式叫他們去」，這一句話真實地反映了歷史的面貌。現在四十歲左右而又參加了或者「參觀」了當年愛國運動的人，想來都可以做見證吧。當時愛國運動的發動者、組織者和領導者，因本篇寫於國民黨政府的專制淫威之下，作者雖沒有明白指出，但卻暗示著是中國共產黨，是毛主席。這一點我們必須認識。

第三段，（「父親又盯住了他兒子的面孔看⋯⋯又有點快慰。」）寫在母親為兒子炒蛋炒飯的間歇時間內父親的思維活動，說明國民黨政府越來越腐敗、越殘酷。他回想十一年前發生「五卅」慘案時，妻子參加示威遊行，回到家裡，一把抱住自己只有兩足歲的兒子阿向，說她看見許多十二三歲的小學生也參加了遊行，被反動派的馬隊衝散，跌倒街頭，就希望阿向大了時，世界會變好，不會是老樣子。哪知世界越變越壞，每一次示威運動總有小學生挨皮鞭馬蹄的慘劇。特別是「最近」看了「一二·一六」北京受傷學生的攝影，也有十二三歲的小學生在內，她便對兒子阿向發出了反動派對於小孩子也下毒手的慨嘆！這是母親不放心兒子去開會的思想根源。而阿向的父親卻想到，十一年前跟阿向同樣大小的許多小孩子當時大概也同阿向一樣懷著又好奇又熱烈的心情準備去參加第一次示威，心中有一種難過和快慰相混合的感覺。這是他對兒子去開會雖然也感到不放心而終於同意了他去的思想根源。

第四段，（「兒子匆匆忙忙地在吃蛋炒飯了⋯⋯母親一直站在後門口看他走出了衖堂門。」）寫兒子以沉著的態度、堅定的口吻進一步掃除父母由於自己年幼所引起的顧慮。在這裡我們看見了當時的下一代，為了祖國的主權獨

立，領土完整，忘記了危險，忘記了自己弱小的身體，充滿愛國熱情，滿懷希望，勇往直前的藝術形象。

第五段，（「你不應該先允許他去的……然而他們的笑是自然的、愉快的。」）寫阿向的父母在兒子去開會去了以後，彼此間矛盾的發生和統一。

這一段指出了中國革命的長期性與艱苦性。上一代的人只要是不甘心做順民、奴隸的，都看得到中國革命的前途，也都希望自己的兒女是勇敢的革命的愛國主義者，希望苦難的日子很快地過去。他們想到當時的現實，自難免傷心得流淚，而想到未來，卻又心情愉快。這是阿向的父母在允不允許兒子去開會一事上，彼此間所發生的矛盾其所以能夠獲得統一的思想基礎。

第六段，（「整個下午過去得很快……喊得真高興呀！」）寫阿向的父母等待兒子歸來的心情：未回來時是憂慮，既回來後是高興。憂慮的不是別的，是怕兒子出問題或因年小而迷途；高興的卻是因為愛國示威遊行運動的順利完成。當時「喊得真高興」的「口號」，誰也知道，是中國人民奮鬥的目標，努力的方向。有了目標，有了方向，人民的期望才不會落空，才會一步一步的走向勝利。

這六段，前四段寫兒子去開會前報告父母並且說服父母的經過。第五段是本文的重點，寫出兒子開會去了以後父母之間的矛盾的發生和統一。他們之間的矛盾的統一是在愛子和愛國兩種「愛」的統一上完成的。他們認識到中國革命的特性，認識到兒子是未來國家的主人公之一，儘管不放心於他之年幼無知，但卻希望他趕快成長。更值得注意的，是提出了群眾觀點。母親想跟兒子一同去開會，必要時好要兒子跟她回來；而父親卻笑得很響地說：「他要跟群眾走，怎麼跟母親呢？」把下一代應走的道路明確地指點出來。當時集會的群眾是革命的隊伍，跟群眾走便會永不掉隊。第六段則表現父母盼望兒子過時未歸的焦慮和既歸以後的高興的心情，說明父母在兒子臨去前的擔憂，完全是因為兒子太小，放心不下，思想上並無反對兒子參加愛國運動的意思。這是我們閱讀這篇小說應該認識的第一點。

其次，本文情節的發展大體上以時間為順序──從上午十一時一刻起到下午九時半止。但第三段卻是在時間的推移中的一段插敘。這段插敘在情節發展上是一個主要的環節。有了這一段，情節的發展才不失之單調，才使讀者感到豐富多姿。它一方面暴露國民黨的統治一年反動一年，另一方面也交代了做父母的對兒子一代參加愛國運動雖不放心而又不堅決反對的複雜的思

想感情的歷史根源。

同時，情節的發展雖然只經過了一個下午，作者卻圍繞中國人民對革命具有無限信心寄希望於下一代這一點，寫出當時愛國運動的時代背景、組織領導、示威情況乃至反動派一貫出賣祖國的實質。總之，寫出了中國人民為爭取民主、自由的鬥爭傳統。這是我們閱讀這篇小說應該認識的第二點。

第三，這篇小說寫得非常含蓄，主要的寫作技巧是運用側面暗示的手法。它暗示著：

（一）阿向的父親是一個文字工作者，他同意兒子參加反帝反封建的愛國運動，母親是大革命時代的新女性，親眼看見過血染南京路的「五卅」慘案，而且參加了當時的示威遊行。他們雖是小資產階級，在對待兒子開會一事上，表現了不同程度的軟弱性和動搖性。但當時是青年救國運動，他們能同意兒子去參加愛國運動應該說是可貴的。並不如某些人所說的顯示了他們對於革命鬥爭的旁觀者姿態。他們在舊社會也是受壓迫的，所以當他們肯定阿向將來是勇敢的，希望他趕快長大時，彼此都笑了，對看了一眼，並且都覺得眼眶裡有點潮濕。然而他們的笑是自然的，愉快的。在作者的筆下，阿向的父母並沒有顯出對於革命鬥爭的旁觀者的態度。擔心兒子的健康和安全，未必就是軟弱。

（二）當時的愛國運動是有組織、有領導的，而且是規模宏大、波瀾壯闊的。兒子出發前，說明開會是有組織有領導的，地點是在十里外的市商會，十二點要到齊。同時，通過父親的回憶，說明十一年前的愛國運動規模就已那麼壯大，今天世界還是那樣，由於人民的覺悟提高，規模自然更加宏大。這不是想像，從不久前的「一二·一六」學生愛國運動就可以得到證明。因此，作者雖不正面描寫開會和遊行的場面如何宏偉，而讀者卻可以從側面獲得聲勢浩大的印象。加以在兒子回來前作者又使用一個反襯手法：說一個朋友收集得當天大會裡的各種傳單，等兒子回來時，一眼看見它們，也掏出自己帶來的一份，並且簡單的說出遊行的經過和呼喊口號的情況。這些都不是正面的描寫反帝反封建的愛國運動，而是通過暗示手法從側面來加以反映。

二、主題思想和它的社會意義

這篇作品是日本帝國主義加緊侵略我國，國民黨政府存心出賣祖國，中華民族隱伏空前危機的時候寫出來的。這一個危機之所以能夠「轉危為安」，

是因為當時中國共產黨號召全國人民起來和民族敵人作殊死的鬥爭。在黨的領導下，中國人民看穿了一個事實：一方面是國民黨的荒淫與無恥，一方面是共產黨的莊嚴的工作。一九三五年以後的愛國運動其所以轟轟烈烈波瀾壯闊，中國人民具備了這樣的認識也是主要原因之一。當然更主要的原因是黨的組織和領導作用的日益加強，是黨在人民群眾中的威信的日益高漲。這篇作品的創作意圖，通過人物形象，很強烈地感染了我們。作者從側面反映了當時愛國運動的面影：通過一個小孩子也參加了愛國運動，便充分暴露了帝國主義、封建主義和官僚資本主義三位一體的國民黨反動政權越來越反動，腐朽得要出賣祖國，殘酷得要殺害人民；而與之相對立的人民的反帝反封建的愛國運動也就越來越高漲，陣容越來越壯大，方向也越來越明確。這是作者企圖通過這篇作品來教育人民的中心內容。它的社會意義是深遠的：

首先，對於帝國主義在一九二五年一手製造的「五卅」慘案，北洋軍閥是容忍的，中國人民當時的反帝愛國運動就遭到反動派的扼殺。哪知十一年後的一九三六年，帝國主義的侵略越來越凶，而繼承了北洋軍閥的賣國衣鉢的國民黨政府也越來越腐敗：一方面簽訂賣國協定，一方面嚴禁愛國運動。

其次，有了中國共產黨的正確領導的中國人民是不甘心做亡國奴的，壓力愈大，反抗也愈強。做父母的一代大多數認識到中國革命長期而艱苦的特性，而做兒子的一代也更加勇敢堅決。未來是屬於青少年的，他們必須為爭取做未來世紀的主人公而奮鬥。

最後，當時的愛國運動是有組織有領導的。組織者及領導者是誰呢？是中國共產黨。這是誰也否認不了的歷史真實，我們從這篇作品中也可以體認出來：

（一）兒子去開會，時間在一九三六年的五月三十日，正當偉大的「一二‧九」、「一二‧一六」青年救國運動之後。如所周知，一九三六年以後的愛國反帝運動是一九三五年「一二‧九」、「一二‧一六」青年救國運動的繼續擴大和深入開展。而「一二‧九」、「一二‧一六」青年救國運動，又如所周知，它的組織者和領導者是中國共產黨。這些運動並非青年學生單純的愛國熱情的發洩，實在是繼之而起的八年抗日戰爭的「溫床」，也是促使中國人民從帝國主義和封建主義的迫害下解放出來，並且站了起來的一聲號角。

（二）當時的運動已有統一的口號，而這些口號都是「紅色」的紙條，不但號召統一的行動，而且標誌奮鬥的目標。

　　僅僅從這兩點看，便足以證明當時的愛國運動是中國共產黨組織和領導的。

　　從今天的情況來說，當時「喊得高興」的口號，和阿向的父親所作的「恐怕要到阿向的兒子做了小學生，這類群眾大會才是沒有危險的」預言，都已變為感受得到的具體的現實，不復是主觀的願望，而是客觀的存在了。

後　記

　　本書其所以只就茅盾在第二次國內革命戰爭時期的代表作品加以分析
（如五個短篇）和評價（如《子夜》只著重在介紹，關於它的系統性的分析，
將另寫專文），原因已在《代序》中談到——那就是這一個時期就茅盾思想的
發展說，有關鍵性的意義；就茅盾創作的成就說，有代表性的意義。特別是
這一時期的作品，比較地說，更為廣大讀者所愛好，而本書所討論的作品，
又多半被採用為大中學校的語文教材或課外讀物，是青年們經常接觸的，對
青年們的影響較大，都希望有人作一些分析與評價的工作。當然我們不能把
這一時期從茅盾整個的創作道路割裂開來，從而作孤立的研究。為了使讀者
理解這一時期茅盾創作的來龍去脈，更好地通過這些作品認識當時的現實在
革命發展中的面貌，認識茅盾對現代文學的貢獻，特在《代序》中將茅盾其
他比較重要的作品也作了些粗略的考察。這樣就可使讀者通過點面相結合的
分析與介紹，作為進一步深入鑽研他的作品的一個基礎或橋樑。不過，由於
茅盾作品的分析研究，截至目前為止，還是一個空白。這個空白是必須填補
的。因為沿著社會主義現實主義方向發展的我國現代文學，魯迅固然是一個
重點，茅盾也是一個重點。如果對茅盾沒有比較全面而有系統的理解，那必
然是一個缺陷。我這一次的嘗試，分兩步進行：首先通過《代序》把茅盾的
創作道路作了一個輪廓式的考察，特別是茅盾文藝觀點的演變、創作道路的
發展、創作思想中社會主義因素的增長以及代表作品的主要特點等關鍵性的
問題，作了一些簡明的闡述。然後就茅盾創作過程中成就最大影響最廣的第
二次國內革命戰爭時期的代表作品作了一些分析與評價，企圖在全面分析的
基礎上突出一些重點，既闡揚它們的思想內容，同時相適應地明確它們的藝
術價值，使讀者體會到茅盾作品的思想性與藝術性的有機的統一。這兩個步

驟是互相補充的，前者是後者的骨骼，後者是前者的血肉，目的在通過對具體作品的具體分析，使讀者了然於茅盾在社會主義現實主義創作方法的成長與發展過程中的輝煌成就和巨大貢獻。不過，由於我只是在較少依傍的情況下，結合歷年來在高校講授「現代小說選」、「中國現代文學名著選」、「新文學史」以及「現代文選」等等專業課程，在學習道路上艱難地摸索前進，深感心有餘而力不足。按我的業務能力和理論水平是遠不足以填補這一必須填補的空白的。儘管我「窮不自信」地想起從低到高的基礎作用或者從無到有的橋樑作用，可能還是免不了力不從心的。因此，我迫切地期待文藝理論工作者——特別是茅盾先生本人，有經驗的語文教學工作者和廣大的文藝愛好者，提供意見，幫助我訂補這部書的錯誤和缺點，使它能真正地起「拋磚引玉」的積極作用。

最後，為了讀者閱讀的方便，讓我把本書所討論的幾篇作品的出處寫下來：

一、《春蠶》：開明書店出版的《春蠶》單行本，內中收《春蠶》及《秋收》兩篇，又見《茅盾選集》和《高中語文》第五冊，「文學初步讀物」第一輯《春蠶》單行本。

二、《秋收》：見開明版《春蠶》單行本，又見開明版《茅盾短篇小說集》第二集。

三、《殘冬》：見一九三三年七月《文學》創作號，又見三聯版荃麟和葛琴編《文學作品選讀》下冊和開明版《茅盾短篇小說集》第二集。

四、《林家舖子》：見《新文學選集》：《茅盾選集》。

五、《兒子開會去了》：見《茅盾選集》。

六、《子夜》：原係開明書店出版，現為人民文學出版社出版。

按：《春蠶》、《秋收》、《殘冬》三篇有不可分割的關係。《茅盾選集》只選了《春蠶》一篇，致使讀者對其中人物性格的發展，特別是對農民階級思想感情的轉變和自發的革命鬥爭的成長，不能獲得完整的印象。因此我在這裡建議茅盾先生和《新文學選集》編委會在《茅盾選集》再版時，希望把不容易見到的《秋收》和《殘冬》兩篇加進去。這不只是我個人的願望，實在是廣大讀者的要求。

一九五三年十二月一日

再版後記

　　茅盾同志是令人欽敬的前輩作家之一。幾十年來，我曾承蒙他屢賜教益。抗戰後期他從香港脫險歸來，我們曾在桂林見面；抗戰勝利前夕，我們又在重慶見面。解放後，一九五〇年三月五日，在戴望舒同志的追悼會上見面。一九五三年暑假，我以《茅盾小說講話》的稿本請他過目，他謙虛地說：「對於自己的作品很難發表什麼意見，好壞還是讓別人去說」。一九五四年春天，上海「泥土社」出版了我的書。曾幾何時，胡風事件發生。從批判開始，以肅反告終。我雖與胡風素昧平生，但卻因「泥土社」曾經出版了我的書而受到牽連，從而相繼遭到某些人的譏諷甚至「人身攻擊」。一九五六年底問題搞清後，準備寫點答辯之類的小文章，又遇到反右鬥爭擴大化，失去了發言權，從此，待罪江湖二十多年，與沈老音問隔絕。直至一九七九年，才為徐州師範學院編輯的《中國現代作家傳略》函請他題簽，並撰寫自傳。如果沒有沈老的大力支持，《傳略》的編輯與出版是不會這樣順利的。他最初只答應題寫封面，不願寫自傳。但他終於答應了，在病中給當代與後世的青年留下了一份寶貴的自傳。從一九七九年以後，我多次去北京開會，都適逢沈老有病，未便打擾，總希望他完全恢復健康後，再去登門求教。何期噩耗傳來，他竟在今年的三月二十七日與世長辭，頓感斗暗山頹，良深震悼。除發唁電外，曾草悼詩三絕：

　　　　當年牯嶺雨瀟瀟，東渡扶桑一葦飄。
　　　　夜夢中原猶逐鹿，天涯幾度立中宵。

　　　　赤縣誰人懼陸沉？長從子夜辨雞音。
　　　　動搖、幻滅探新路，一到追求不變心。

　　　當代文壇掌巨旌，後生羅列燦群星。

　　　魚書閃爍般勤意，手澤常新淚縱橫。

　　沈老雖然逝世，但他的文學業績是不朽的。在他去世之前，我曾寫信告訴他，有出版社要再版《茅盾小説講話》，不是因為這本書寫得好，而是因為它可以顯示茅盾著作研究的歷史。沈老去世後，不少讀者向我索取這本書。其中特別應該提到的是沈老的故鄉浙江桐鄉縣委宣傳部的一位同志來信，說我的這本書，在桐鄉縣「多方尋找，均不可得，感到萬分遺憾」。為了答謝其盛意隆情，我告訴他這本書即將再版，藉以紀念茅公逝世一週年。今年九月在北京參加紀念魯迅誕生一百週年學術討論會，葉子銘同志利用會議間隙，邀我和其他同志發起組織「茅盾研究學會籌備小姐」，對茅盾著作進行系統研究。拙作《茅盾小説講話》，雖然不像樣子，畢竟是解放後第一本探討茅盾作品的書，起過拋磚引玉的作用。學會成立後，茅盾研究當出現新的突破。茅盾的文學業績是多方面的。我的《講話》只涉及他在三十年代最有代表性的幾部作品，也算突出了重點。為了紀念茅盾曾經對這本書全部過目，除作部分修訂外，都保留原來的樣子。

　　葉聖陶先生聽說我這本為大中學語文教學服務的小冊子即將再版，十分高興，欣然命筆，為封面題字，特此深致謝意。

一九八一年十月一日